超界

② 狼蛛与红火蚁

BEYOND THE BOUNDARIES OF TIME AND SPACE

赫尔墨斯 著

北京联合出版公司
Beijing United Publishing Co.,Ltd.

图书在版编目（CIP）数据

超界. 2，狼蛛与红火蚁 / 赫尔墨斯著. -- 北京：
北京联合出版公司，2017.7
　ISBN 978-7-5596-0097-4

　Ⅰ . ①超… Ⅱ . ①赫… Ⅲ . ①科学幻想小说－中国－
当代 Ⅳ . ①I247.5

　中国版本图书馆CIP数据核字(2017)第079563号

超界．2，狼蛛与红火蚁

作　　者：赫尔墨斯
出版统筹：新华先锋
出版策划：王　铭
责任编辑：丰雪飞
特约监制：黎　靖
策划编辑：黎　靖　李　娜
ＩＰ运营：覃诗斯
封面设计：王　鑫
版式设计：刘　宽
封面绘图：吴　莹　唐自焕
营销统筹：章艳芬

北京联合出版公司出版
（北京市西城区德外大街83号楼9层　100088）
北京慧美印刷有限公司印刷　新华书店经销
字数160千字　787毫米×1092毫米　1/16　17印张
2017年7月第1版　2017年7月第1次印刷
ISBN 978-7-5596-0097-4
定价：39.80元

目　录

001 / Chapter 01
　　人　球

005 / Chapter 02
　　幻　觉

012 / Chapter 03
　　蔓　延

019 / Chapter 04
　　监督者

025 / Chapter 05
　　狼蛛与红火蚁

034 / Chapter 06
　　废　墟

040 / Chapter 07
　　鱼死网破

050 / Chapter 08
暗 室

060 / Chapter 09
灵 媒

069 / Chapter 10
路 线

076 / Chapter 11
回 家

088 / Chapter 12
徘 徊

096 / Chapter 13
全民皆兵

107 / Chapter 14
交 点

116 / Chapter 15
隐藏的屋子

125 / Chapter 16
冥　想

132 / Chapter 17
狼蛛的面具

141 / Chapter 18
蜘蛛巢穴

149 / Chapter 19
灵魂归来

160 / Chapter 20
匠人与锤子

171 / Chapter 21
幽深之地

182 / Chapter 22
笼　子

191 / Chapter 23
入　瓮

200 / Chapter 24
潜入蚁群

211 / Chapter 25
意料之外

222 / Chapter 26
链　接

230 / Chapter 27
直觉与逻辑

239 / Chapter 28
绝地反击

251 / Chapter 29
返　回

259 / Chapter 30
控　制

CHAPTER
01

人　球

2051 年 9 月 4 日下午，在美国的田纳西州，年轻的自由摄影师乔纳森·哈夫纳和他的同伴巴尼正开着自己的车子经过一片旷野，他们正在追赶一股龙卷风。他们之前拍摄过一次龙卷风，因此也挣了一笔钱，这一次他们在这片旷野之地看见的龙卷风，比上一次在北卡罗来纳州拍到的更为壮观。

他们对拍摄龙卷风很有经验，巴尼开着车子与那股龙卷风保持着一段距离，并随时预测龙卷风的走向，以防止自己被风卷走。乔纳森通过高清摄像机所拍摄的画面，清楚地记录了在风暴周围所发生的一切。一棵棵大树就在高空中的风暴里若隐若现，还有一些房屋的碎屑。

这股龙卷风越刮越大，似乎都能将大地掀开一般。即便如此，他们还是在风暴中看见了一闪而过的古怪现象。摄像机里所捕捉到的画面里，在风暴中似乎有一个球体，这个球体一闪而过，速度极快，只偶尔在风暴中露出一点儿，根本无法判断大小。但这个球体看起来很古怪，不像他们所见过的任何东西。

"你看见了吗？"乔纳森问道。

"什么？我在开车。"

"风暴里有一个球体！"乔纳森指着外面，激动地说道。

"什么球体？"

"对，是个球体！又来了！快看！"

巴尼立即朝那股龙卷风望了过去，果然在刹那间，他看见一个黑灰色的球体在龙卷风的边缘转了一圈，随即又钻进了风暴内。

"这他妈的是什么鬼东西？"巴尼问道。

"不知道。不管怎么样，这一次不仅仅是拍摄龙卷风，我们还要搞清楚那个球体究竟是什么！"

"那你的眼睛可不能有半点儿松懈，因为等风停了之后，那个球会落下来的。"巴尼笑道，"也许是艘藏在地底的外星飞船。"

"管他是什么，总之你车子跟紧一点儿！"乔纳森继续举着摄像机对着那股尚未止息的龙卷风。巴尼更是开足了马力，紧跟在龙卷风后方。

那个球体又出现了，顺着螺旋形的风一直上升，几乎就要登临龙卷风的顶端，可是眨眼间又飘到了风暴内，躲在里面，不再露面。

"见鬼！"

这场龙卷风渐渐地停息了下来，他们能看见高空中时而有东西飞出，例如折断的树木、被撕裂的墙壁或屋顶。他们在一片混乱中，仔细搜索着那个球体。

"在那儿！"巴尼说着，指向高空中云雾缭绕的一片地方。果然在那里，他们又看见了那个球体。在高清摄像机的拍摄下，他们难以相信自己的眼睛，因为这个被龙卷风卷入高空的球体，看起来更像是一群人紧紧抱在一起，首尾连接，团成了一个球。毕竟距离很远，他们也不敢完全确定，但总能感觉到其中是很多酷似人体的东西纠缠在一起，然而这种纠缠的方式又绝不是人类能做出来的。

"真他妈的见鬼了！"乔纳森看着自己拍摄的画面，对所见的一切感到大为困惑。

"这是人吗？一群人？"巴尼说道，"怎么看起来就像是一只大蜘蛛！"

"你见过这种东西吗？在某本科学杂志上，或某个神秘学家所画的那些古怪图案上？"乔纳森说道，"反正我从来没见过这种东西。"

"没有。"

"那个球落下来了！"

巴尼开车，直奔那个球落下来的地方驶去。

"快！快！那鬼东西快掉下来了，我看见了！就在那儿！快！快追过去！"乔纳森喊道。

巴尼加大油门，全速追去。所幸这里并没有什么车辆，他们在旷野上顺着他们刚刚看见的那个球落下的方位追了过去。乔纳森不时地望着周围，这里视野开阔，如果那个球落在附近，他们很容易就能看见。但龙卷风刚消散不久，漫天烟尘尚未完全散去，他们还是得在弥漫的尘土中仔细搜寻。

等到烟尘逐渐散去，他们就下了车。在开阔的地面上，他们一眼就能望到天尽头，但是怎么也找不到刚刚在风暴里看见的那个古怪球体。

"真是见鬼！那个该死的球滚到哪儿去了？"巴尼说道，"我们刚才都看见了，总不能我们俩都看错了吧？"

乔纳森抓了抓头，说道："我们再到那里看看。"

他们越过了一个小山坡，看着下方，然而依旧没有看见任何古怪的东西，只是龙卷风吹过的地方，地面上总是一片狼藉。在各种断瓦残垣或残枝败叶铺满的地面上，他们仔细寻找任何哪怕在他们看来有一点点类似刚才那个古怪球体的物体。

"好吧，看来是没有，也许就是普通的大树被吹断了，在空中转来转去。"乔纳森说道。

"是吗？你觉得那个怪球像树吗？或者像某个农舍被吹起来的屋顶？"巴尼说道，"不过你已经把那玩意儿给拍下来了，我想就凭那段录像，也能卖不少钱呢。"

"那是，但我还是想找到那个怪东西。"乔纳森说道。

"我想它很可能被那阵风给吹到别的地方去了，就好像一个地方发生一场龙卷风，结果在另一个距离很远的地方会从天上掉下来鱼和青蛙。"巴尼说道，"也许那个鬼东西已经被别人发现了。"

乔纳森点点头，说道："这样，我们开车围着周围再找一圈，如果还是找不到，那就算了。"

他们开着车，在周围所有被龙卷风卷起又抛下的各种物品中又仔细看了一遍，但看见的都是常见的东西，并没有看见那个奇怪的球体。他们只得放弃，上了附近的一条公路，路上不时能看见被龙卷风带过来的各种东西，如树枝、石块等。整条公路上没有一辆车，但他们看见了有几十个人正在路上行走。

"那些人怎么会在这儿？"巴尼说道，"刚才那么大的龙卷风，这一带的人应该都跑光了。"

乔纳森也感到奇怪，他仔细看了一眼，发现这些人都穿着银灰色的衣服，走在一片狼藉的公路上，着实让人感到奇怪。

就在他们准备开车上前一探究竟的时候，有个人敲了他们的车门……

CHAPTER
02
幻　觉

2051 年 9 月 5 日，陈羽接到了一个任务，要调查一起杀人案。一早，他就来到了案发现场——一座监狱。监控录像记录了在这里发生的一切。三名狱警将监狱里的三十四名囚犯提了出来，在操场上用冲锋枪对他们扫射，三十四名囚犯全部身亡。

如果这么看的话，这个案子一目了然。三名狱警擅自杀死了三十四名囚犯，而这三十四名囚犯当中，相当一部分都是有期徒刑，罪不至死。可是一切都没有监控录像里看见的那么简单，因为几乎在同一时间，另一座监狱里也发生了类似的事情，死了五十一名囚犯。监控录像显示，是那里的五名狱警做的。然而，这三名狱警和那五名狱警之前并不认识。更重要的是，他们都说仿佛听见了一个声音，这个声音在他们的大脑中响起，让他们就像是着了魔一样，做出了同样的事情。

在用测谎仪进行多次测试后，他们说的每一句话都是真的，并且他们与这些被杀的囚犯之间也并没有什么私人恩怨。最离奇的在于其中有两名狱警在那个时候是下班时间，然而他们因为脑中的那个声音，再次回到了监狱，与其他狱警共同参与了杀死囚犯的犯罪事件。

陈羽在监狱里调来了这些被杀囚犯的案底，发现他们大都不止一次犯过罪，而那些没有被杀害的囚犯都是初犯。

在看守所，陈羽见到了被关押的狱警。那些狱警看起来都是满脸的无辜，似乎他们只是被操控的傀儡，不知道自己做过什么。陈羽见到其中一个狱警，他不到三十岁，眉清目秀，在他看见陈羽的时候，显得还有些局促。

"你好，请问你叫什么？"陈羽知道他的名字，但还是要问一下。

"吴晓龙。"

"今年多大了？"

"二十六岁。"

陈羽点点头，说道："这些被杀的囚犯，我想你应该都认识吧？"

"是的。"

"平时和他们很熟吗？"

"算不上，只有两个人还可以，一个叫刘福，一个叫郑贵喜。有时候我会和他们多说几句。"

"这两个人犯过什么罪？"

"刘福之前曾多次伤人，这一次是杀了人，都是因为一时的冲突引起的。"吴晓龙说道，"而郑贵喜则是因为抢劫杀人，之前还染过毒瘾。这一次抢劫，按照他本人的说法，也是因为他又想吸毒，在抢劫的过程中还杀了一个人。"

"这两个人性格怎么样？"

"刘福很聪明，对什么事都满不在乎。郑贵喜也是对什么都不在乎，不过他看起来有些颓废，经常一个人独处。"吴晓龙说道。

"很显然，我看你的样子，应该和这些囚犯没有什么个人恩怨。"

"是的。"吴晓龙说道。

"你说你在脑海里听到了一个声音，那我现在就想问，你听到的是什么？"陈羽终于问到了正题。

吴晓龙此刻有些为难，他皱着眉头，说道："我不知道，这不是语言，只是一种信息。"

"你能表述出来吗？尽可能用语言来形容这种信息。"

"我真的说不清楚，有点儿类似做梦，但又是很有规律的，和莫尔斯密码不一样。这种信息非常抽象模糊，但……就像……就像……烟雾……我真的不知道该怎么说，反正不是那种无意义的乱码，因为中间有个明确的信号，让我杀了这些人。"吴晓龙有些痛苦地说道，他已经尽全力来描述出现在他脑海中的那个声音了。

陈羽听到这番描述之后，也没有什么答案，他破过很多离奇的案子，但这对他来说是头一次。他沉思片刻，又问道："那你在对这些囚犯开枪的时候，你脑子里有意识吗？你有明确的记忆吗？"

"有记忆，而且非常清楚，但那时我的脑子仿佛是别人的，就好像这个记忆是外力输入到我脑子里的一样，没有自己的意识。"吴晓龙说道。

陈羽又问了另外几个狱警，得到的答案颇为类似。这让他没有头绪，不过这个案子在监控录像之下一目了然，这些狱警的确用自己的身体做出了犯罪行为。对于法庭来说，这案子的判决并不困难。可是这些狱警所说的这种极其特殊的体验，让陈羽觉得或许这些狱警都是无罪的，然而他不知道该如何解释。

接下来，这个案子要交给法庭，同时也有一些科学家参与研究这八名狱警所描述的那种奇怪现象。

陈羽回到了家里，感到非常苦恼，这是他这么多年来，第一次对一个案子完全没有头绪。

晚上，他闷闷不乐地看着一档自然科学类的节目，讲述的是红火蚁的故事。这时，赵璐拿来了一盘削好的苹果，放在桌上。

"怎么了？你今天看起来心情不太好。"赵璐说道，"吃点儿苹果吧。"

陈羽拿了一片苹果，一边吃一边说道："没什么，一个古怪的案子，找不到思路。"

"你觉得这些蚂蚁能给你启发吗？"赵璐笑道。

"也许吧。"

"是什么案子？"

"是个杀人案，杀人凶手已经抓住了。"

"那你还操什么心？这案子都破了。"赵璐说道。

"关键是里面的疑点我还是没弄懂，他们都说脑子里出现了幻听，这个可是难倒我了。"陈羽说着，又吃了一片苹果。

"这应该是科学家研究的事情，你弄不明白也是正常的。他们不应该请你去调查，这根本就不对。"赵璐说道。

陈羽笑了笑，说道："苗苗呢？她刚开学没几天，作业写得怎么样了？"

"已经写完了，她这会儿已经睡着了。"

陈羽来到了女儿所住的小房间，悄悄地打开灯，看见她已经安然入睡，粉红色的小脸儿露在被子外面，一双眼睛很松弛地闭着，这让他的心里感到很安稳。他轻轻地来到书桌前，翻看了一下女儿的作业，并没有检查对错，只是大略看了一眼。陈羽看见女儿的床头柜上放着几本《威利的世界》，他欣然一笑。他记得这是自己小时候非常喜欢看的一部动画片，只是那时并没有看过这套书，后来就帮女儿买了一套，自己也时常会翻一番。时至今日，他依旧觉得这套书妙趣横生。

离开了女儿的房间，他也将这个案子暂时放到了一边。总之，他现在的生活非常完美，最起码在他看来是这样的。

"你还打算给她报一大堆学习班吗？"陈羽问道。

"不了，只是看着别人家的孩子都上了很多个班，苗苗不上，我担心她会被落下。"赵璐说道。

陈羽笑了笑，说道："你终于肯听我的了，那些学习班对孩子来说就是地狱，学那一大堆没用的东西，有什么意义？"

"我也知道，但总是有很多人喜欢拿这些没有意义的东西去互相攀比。我现在也想通了，如果她是个天才，只要一些引导，她自己就能发挥潜能；如果不是，学得越多越没用。"赵璐说道。

"你这么想就对了。"陈羽说道。

赵璐看了看钟，说道："十点了。"

"你刚才提醒我了！得去问科学！"陈羽突然想到了什么，说道，"我得查一查。"

"查什么？"

"关于人脑中的幻觉。"陈羽说道。

赵璐露出无奈的笑容，说道："好吧，我看电视去了。"

陈羽一头钻进了自己的书房，打开电脑，将书架里关于讲述人体的书统统拿了出来。他还是想知道人脑中出现奇怪的信号，是否真的能指使人去做一些事情。虽然他不是科学家，但是他对于这一类奇怪的事情始终充满了好奇，如果他弄不明白，就会一直记着。

在接下来的几天里，陈羽一直在寻找关于类似的科学理论，他也不确定那究竟是何种现象。与此同时，在法庭上发生了一件非常古怪的事情。这八名狱警在两个法庭上全都被无罪释放，引起了舆论的一片哗然。在法庭上，辩护律师只是说了几点，都是关于那些被枪杀的罪犯的危害性以及多次犯罪的记录，而法官竟然就判了这些狱警无罪。

整件事后来偃旗息鼓，再也没有人过问，上面的监督机构也没有过问，所有的一切就好像从未发生过一样。然而这一切都不会毫无痕迹，陈羽相信这一点，他开始以自己的方式介入了这件怪事的调查中。

他找到了嫌疑犯之一——刘福的家人。当他把这件事原原本本地叙述给刘福的家人听的时候，刘福家人的态度是非常古怪的漠然，就好像这件事与他们没有任何关系一样。无论陈羽怎么说，他们都没有太大的反应。后来，他又找到了郑贵喜的家人，他们与刘福的家人反应一样，就好像他们家从来没有郑贵喜这个人一样。

调查到这里时，陈羽也有些无所适从了，他也不知道该怎么继续下去，因为没有人追问这些事情的原委，看起来一切都是再正常不过。在监控拍摄下杀人，并经过法庭的判决，而且没什么人对判决结果有异议。然而在陈羽看来，这一切都透着古怪，只是他不知该从何入手。

不过陈羽面对任何问题时，永远都在想解决的方法。他从来不会去做那些无病呻吟的感慨，他更讨厌那些低级弱智的文艺腔，他认为那些都是无能者的思维。他相信理性与逻辑可以解决所有的难题。终于，他再一次找到了吴晓龙，想了解一下当时在法庭里发生的每一个细节。

在一个星期天，他来到了吴晓龙的家里。吴晓龙见到是他，起初愣了一下，有些犹豫，但最终还是让他进屋了。

"侦探先生，你还有什么想知道的吗？"

"你一个人住吗？"

"是的。"

"你家人呢？"

"我父母不在南桐城。"

陈羽微笑着点了点头，问道："你是单身？"

"目前是的。"

"其实我今天来，是想了解一下，当时你在法庭上所发生的事情。"

"你是要我复述一遍当时的庭审？"

"是的，你愿意吗？"

吴晓龙给陈羽倒了杯茶，说道："这件事已经结束了，你为什么还盯着不放？"

陈羽笑了笑，说道："我只是对一些细节感到好奇，我可以向你保证，你对我说的话，不会有第三个人知道。我也无意去改变什么判决结果，我只是想知道答案，仅此而已。"

吴晓龙叹了口气，说道："好吧。那天在法庭上，一切就和正常的庭审一样，整个过程出乎意料地简单，双方律师看起来只是象征性地做了一些辩护和陈词，最后法官就判了我们无罪。具体的话我记不大清了，大概的内容就和后来报道的差不多。”

“我知道，为你们辩护的律师说了什么？”陈羽问道。

“他说了一句话，我印象比较深。他说：‘法官大人，你知道的，他们是无罪的。’”

“律师是这么说的？听起来好像法官和律师都知道审判的结果。”陈羽说道，“这的确有点儿蹊跷。”

“对，我现在已经不做狱警了。这件事我不知道该怎么去说，我可以对天发誓，我并没有想要杀那些囚犯，一切都是鬼使神差。”吴晓龙的表情有些痛苦，这很容易理解。

陈羽不置可否，他说道：“律师说了这句话之后，又发生了什么？”

“法官点了点头，陪审员也没说什么。后来，就判了我们无罪，当庭释放。上面也再没有要求过重审此案。”吴晓龙说道。

陈羽陷入了沉思，这事太过古怪，因为之前吴晓龙所说的话经过测谎仪的检测，并没有说谎的迹象；也不存在行贿这一说，因为并不只涉及他一个人。而且眼下吴晓龙说的关于法庭上的这些细节，看起来也并非在说谎。可陈羽现在对这一切都无法轻易相信了，因为有太多不合理的地方。

“侦探先生，我得出门买点儿东西去了。”

“那好，我也要回去了。”

两个人一同下了楼。到了街上，陈羽刚要和吴晓龙说“再见”时，吴晓龙突然指着一个人，惊诧地说道：“这个人……这个人是陪审员里的一员！”

陈羽回过头，顺着吴晓龙所指的方向望去。有一个穿着黑色西装的男子，此刻正徘徊在吴晓龙家住的楼下，男子也一眼看见了吴晓龙。陈羽在一旁一眼就看了出来，这个男人来这里是在观察着什么。

CHAPTER
03

蔓　延

　　在斯洛文尼亚的波斯托伊纳溶洞里，正准备上演一年一度的音乐节。为了体验在溶洞里听巴赫的音乐，陈羽一早就买好了票，坐着列车横穿这座巨大的天然溶洞，经过帷幔厅、水晶厅，一直来到了演奏厅。途中他还看见了生活在水中的洞螈，它们不需要眼睛，可以数十年不进食，这就是洞穴生物学研究的众多奇异物种之一。

　　来到了演奏厅，已经有人先到了。在陈羽的前排，坐着的是一个来自英国的女孩儿，陈羽从她的英国腔能大致判断出来。她也是慕名而来的。她穿着一件米色风衣，从背后看有一头波浪长发，其中还散发着淡淡的茉莉香。这种味道让陈羽不由得产生了一种好感，只是他看不见这女孩儿的脸。

　　演奏开始了，一首一首的曲目下来，当大厅里响起了《马太受难曲》时，高亢的女高音让原本冰冷的山洞都仿佛充满了激情。陈羽并不信仰基督，但当他看见米开朗琪罗的《创世记》时，仍旧会被其无可比拟的气魄震慑，而巴赫的音乐也会让他时常感到自己也许是有信仰的。一旦脱离了这些经典的艺术，他仍旧是一个无神论者。

　　巴赫的音乐在溶洞里产生了神奇的效果，连绵不绝的回音，让人听了之后，有一种类似于微醺的状态。人开始变得飘飘忽忽，仿佛真的被巴赫的音乐带进了一个高于现实的世界中。可是，当这些歌唱家唱到关于耶稣被捕的段落时，突然的一声枪响，瞬间将音乐所营造出来的氛围化作乌有。很多人发出了惊呼声，陈羽也吓了一跳。

这时，在他们的周围，竟然出现了一张白色的黏稠的网。陈羽一时也惊愕不已。坐在他前方的那个英国女子此刻终于转过头来，她的两只眼睛呈现出不同的色彩，左眼呈碧绿色，右眼是深棕色。在人群混乱的一刹那，陈羽就被她那双摄人心魄的眼睛给迷住了，仿佛时空在一瞬间停止住了，他的脑海里出现了一团雷暴。紧接着，这女子一把拉住他的手，带着他一同躲到了座位中。

陈羽一时间脑中混乱，他完全没有意识到发生了什么，只听见有枪声。他抬头瞄了一眼，看见在台上的那几个演员似乎被一种白色的黏液粘住了，然而这也有可能是他眼花所造成的幻觉。

"怎么回事？"陈羽惊声问道。

"跟我走！"这名英国女子说着，从身上拿出了手枪。陈羽这一次看得很清楚，她对着前方那些在台上的音乐家开了枪。在他尚未反应过来时，她从怀中掏出一颗炸弹，对着那一团白色的东西扔了过去。接着，她和陈羽都趴了下来。之后，就是一阵巨响，几乎要将整座溶洞炸塌，陈羽能感觉到一股热浪就从他的上方划过。

他抬起头，看见前方被炸出了一团黑烟。这名英国女子就带着他朝着那团黑烟冲了过去。陈羽此刻回头一望，看见还有一个男子，他手里拿着枪，正对着后面连续射击，但未等他仔细看清楚，就被这名英国女子带了出去。

"你是谁？为什么要救我？"陈羽问道。

"先别问，跟我走！"

这名女子带着陈羽跑出山洞后，立马上了一辆车，转眼车便绝尘而去。

"你要带我去哪儿？"

"布莱德！"

"你是英国人？"陈羽为了确认，又问了一下。

"是的。"

陈羽坐在车后座，看着山洞外面，仍旧是一片平静，好似两重世界。这名女子开着车，在纵横街道上穿行，此刻她并没有说太多的话。陈羽虽然对这件事充满了疑惑，但也没有一直追问，就这样静静地坐在车后座，等待着他们抵达目的地。过了几分钟，陈羽还是忍不住问道："对不起，刚才在溶洞里究竟发生了什么事？"

"我一句话和你说不清楚，但你相信我，我是在救你。"

"你叫什么？"

"莉迪亚·道尔顿。"

"道尔顿小姐，我还是想知道，这么多人，为什么你偏偏要救我？"

"因为我们认识。"

"什么？"陈羽惊住了，说道，"对不起，小姐，我们好像今天是第一次见面。"

"好吧，你会知道事情的真相的。"

陈羽笑了起来，说道："你愿意认识我，我倒是没什么意见。"

"我没有开玩笑，你刚才差一点儿就被他们捕捉了。"

"捕捉？"

"是的。"莉迪亚说道，"你能不能先别问这么多，你帮我看看有没有人追在我们后面。"

陈羽回过头看了一眼，说道："没有汽车或摩托车追在我们后面，倒是有个轮椅在拼命追赶我们。"

"这会儿，我可不欣赏你的幽默！"

"好吧，我不说话了。"陈羽带着满心的疑问坐在车后座，跟着莉迪亚一路朝着布莱德镇的方向驶去。

当他们抵达布莱德镇的时候，已经是傍晚时分，夜幕垂临，日光渐逝。莉迪亚开着车一直来到了布莱德湖边。

布莱德湖是一个冰川湖，晶莹剔透得好似玻璃一样，被当地人称为"大山的眼睛"。湖岸周围郁郁葱葱的景色，正凸显了欧洲森林所特有的性质。非洲的刚果丛林过于粗犷原始，而亚马孙丛林则显得过于幽深，反之，欧洲的森林透着一种精致细巧，就好像有一只无形的大手雕琢过的一样，像一座花园。而布莱德湖湖畔的层层碧翠，林木葳蕤，犹如童话故事里所描述的美丽梦境一样。湖水表面水雾蒸腾，湖水本身剔透见底，让人见了就有一种想在这里终此一生的冲动。

那座圣马利亚教堂在湖中心的岛上，显得格外静谧和庄严，而他们要去的地方正是那座教堂。当莉迪亚将车子开到湖边的时候，陈羽本以为他们会下车，然而莉迪亚启动了一种特殊的模式，车子的四个轮子以及底盘发生了变形，车子变成了一个像游艇一样的装置。接着，莉迪亚开着车子直接行驶在湖面上。

"这么干净的水，都被你给污染了。"陈羽说道。

"别傻了，在水面上行驶，用的动力来源就是水，没有任何污染。"莉迪亚说道。

陈羽回过头，看着车子的后方，排气管果然没有排出一点儿尾气。他看着四周，原本像镜子一样的湖面被横过来飞速旋转的车轮弄得涟漪阵阵。水花时而激荡，几乎接近车窗的高度，然而这辆车子的车门是完全密闭的，这一段在湖面上的疾驰，车内并没有渗入一滴水进来。当陈羽还没看尽兴时，他们已经到达了湖中小岛。

"本地的斯洛文尼亚人怎么就允许你开车经过他们的布莱德湖？"陈羽问道。

莉迪亚下了车，陈羽也跟着下了车。莉迪亚说道："你会知道的。"

莉迪亚带着陈羽走到了圣马利亚教堂的门前，她拿出手机发送了一条信息，大约十几秒钟后，教堂的大门打开了，他们走了进去。

教堂内空空荡荡的，显得格外静谧。陈羽第一次进入他一直想进来的教堂，典雅的装饰、考究的设计，让他的心都不由得安静了下来。他们来到了二楼的一个房间里，房间里坐着一个白人男子，不知道是哪国人。

"你采集到样本了吗？"那个男人开口就问道。

"没有，他们的反应很快。"莉迪亚说道。

男人低下头，叹了口气，有些失望。他看了一眼陈羽，问道："他是谁？"

"我的朋友，我和你说过的。"

男人点了点头，说道："他现在还是时空安全局的探员吗？"

"你是吗？"莉迪亚对陈羽问道。

"时空安全局？"陈羽很茫然地看着他们两个人，问道，"这究竟是怎么回事？你们说的话，我一个字都听不懂！"

男人不耐烦地说道："我可没有时间对你做出解释，总之，如果你不是时空安全局的人，那你现在就可以走了，外面有一条小船。"

"他走不走还轮不到你来决定，他比你早加入时空安全局，比你更有资历！"莉迪亚反驳道，"如果没有他，这个世界将会和现在的世界完全不同！"

"如果要这么说的话，他在加入时空安全局之前还是个潜行者。"男子毫不退让。

莉迪亚听了很是生气，她说道："如果你没有什么好的建议，就给我离开！"

男子有些尴尬地笑了笑，说道："好吧，我不说了。"

莉迪亚转头对陈羽说道："陈羽，你相信我，我们曾经认识。"

陈羽吃了一惊，说道："你知道我的名字？"

"是的，我知道。"莉迪亚说道，"我们曾在另一条时空线中认识，不过我想你肯定记不得了。"

"另一条……时空线？"陈羽完全摸不着头脑。

莉迪亚一时也不知该从哪儿讲起，她有些无奈地笑了笑，说道："这么说吧，你曾经和另外四位时空安全局的探员，在一次行动中，找到了一个组织的头目，最终回到过去杀掉了那个头目。如此你们就改变了整个时空轨迹，我们才会来到这里。"

"好吧，就算如你所说，那你也应该失去记忆了，怎么你会记得我，知道我的名字？"陈羽问道。

"因为我之前去了一个地方，那个地方可以储存一切时空内所发生的事情。它保留了我在另一个时空线内的记忆，并重新植入这个时空线里的我的脑中。"莉迪亚说道，"这么说，你能理解吗？"

"不能！"陈羽说道，"你先告诉我，刚才在溶洞里发生了什么事？那些白的东西是什么？"

"这就是我找你来的目的。"莉迪亚说道，"我们也不知道，所以要调查这件事。"

"为什么找我？就因为我曾经是时空安全局的探员？"陈羽问道。

"是的。"莉迪亚说道，"总之，你愿不愿意帮我们调查这件事？"

陈羽一时犹豫不决。

"你应该知道在美国田纳西州发生的事情吧？"

"龙卷风？"

"不仅仅是龙卷风，"莉迪亚说道，"如果只是一阵风的话，没什么值得调查的，关键是龙卷风里面出现了古怪的东西。"

"什么？"

"这段录像是两个摄影师当时拍摄的，他们分别叫乔纳森·哈夫纳和巴尼·奥图尔。不过现在这两个人已经失踪了，警方一直找不到他们的下落，只找到了他们的车子和一台摄影机，你看看。"莉迪亚说着，将那段录像在电脑里放了出来。

陈羽十分仔细地看着录像当中的龙卷风，当他看到中段的时候，不由得吃了一惊，因为他也看到在龙卷风里面似乎出现了一个非常古怪的球体，边缘部分看起来像有很多人抱在一起。

"你是说这个？"陈羽指着画面中的古怪图案问。

"对，没错。"莉迪亚说道，"包括今天在波斯托伊纳溶洞里发生的一切，也和这段录像有关。现在我正式邀请你再一次加入时空安全局，协助我们一同调查这件事。"

陈羽笑了起来，说道："不管我曾经是不是时空安全局的探员，我现在可没这个兴趣，我只想找个安全的地方。说实话，今天我就想听听音乐，结果还被这些怪事给搅了，我心情很糟糕，所以没心思加入你们这个时空安全局。"

　　那名男子哼了一声，显得很得意，很显然他刚才说的话与陈羽的态度的确是相呼应的。

　　莉迪亚并没有着急，她说道："我知道你不愿意加入，但是如果我把在另一个时空线中你所经历的一切，输入你的大脑中，我想你一定会改变你的选择。"

　　"说实话，你还是没有告诉我，你说的那个可以储存任何时空线内所发生的一切事情的地方究竟是哪儿。"陈羽说道，"关于时空的理论我也知道一些，如果回到过去改变某件事，那么整个未来的线索都会发生改变。"

　　"你说得对，但这个地方是物理学家和数学家通过复杂的数学模型创造出来的一个可以超出一切时空限制的地方。这个地方不受过去和未来的任何影响，它独立于一切时空之外。我们把这个地方称之为'上帝的办公室'。"莉迪亚说道，"如果你想了解这一切的话，我可以带你去。"

　　陈羽听了也犹豫了，因为他虽然不愿意介入这件莫名其妙的怪事，可他又对此充满了好奇。也许是因为"上帝的办公室"这个名字着实能吸引他的注意力，就好像他曾经的确和这个地方有着某种联系一样。

　　"你的意思就是，我所有的疑问都可以在'上帝的办公室'里找到答案？"陈羽问道。

　　"是的。"

　　陈羽又犹豫了片刻，接着，他一拍大腿，说道："好！我想看看这其中究竟是怎么回事。"

　　莉迪亚欣然一笑，说道："太好了！"

　　"等一下！我只是说想了解一下这件事的来龙去脉，我并没有说要加入时空安全局。"陈羽说道。

　　莉迪亚听了，只是莞尔一笑，说道："我只给你答案，选择在你手里。"

CHAPTER
04
监督者

2051 年 9 月 10 日早晨，陈羽仍然在睡梦中。在梦里，他见到了一个非常美丽的英国女人，他能感受到浓浓的爱意，即便他已经意识到自己是在梦里，这种感觉仍旧无比真实。不过，当桌上的手机响起来的时候，陈羽一瞬间惊醒了，他的梦也随之被忘得一干二净。他爬起身来，接了电话。

"喂，你找哪位？"

"是陈羽先生吗？"

陈羽愣了一下，因为这个电话号码他头一次见到，他问道："是的，你是谁？"

"你可以叫我墨丘利。"那个声音说道。

"你好，古罗马的神，我现在没工夫听你在这边胡扯！"说着，陈羽就要挂了电话。

"等一下！"那边说道，"陈羽先生，有个老熟人托我给你打这个电话，提醒你一下，你很危险。给你一个忠告，没什么事千万不要出门，因为随时会有人对你进行暗杀。"

陈羽没有再搭理他，就挂了手机。

他并没有在意，而是像往常一样去了自己的侦探事务所。但在这一天当中，他还是会忍不住不断地去想那个叫墨丘利的人所说的话。虽然他几乎是不信的，但一个信息在他的脑海里总是会产生一些影响，就像是一个从来不相信算命的人，结果无意中算了一卦，他即便一直不相信，也忘不掉。

晚上，赵璐下班回家，他们的女儿陈苗苗也早已放学回来，一家三口在饭桌上吃着晚餐。

"你这一天在外面没碰见什么事吧？"陈羽问道。

赵璐愣住了，问道："我能有什么事？"

"哦，只是随便问问而已。"陈羽又对自己的女儿问道，"苗苗，你今天在学校还好吧？"

陈苗苗说道："挺好的。"

陈羽点点头，说道："嗯，你们今天一切都好，这倒是不错。苗苗，上课的时候没有注意力不集中吧？"

"没有。"

"你工作一天，累不累？"

"你今天怎么有点儿怪怪的？你平时可不会问这些琐事的。"赵璐笑道。

"是吗？"

"是的，这些家长里短、婆婆妈妈的话，你从来都不会主动说。"赵璐说道。

陈羽笑了笑，说道："谁说的，只是说得少而已，没想到你还觉得不习惯了。"

赵璐也笑了起来，说道："不说这些了，你今天工作还顺利吗？"

"还好，你一早就走了，那时我还在床上，接了个电话，是个莫名其妙的人打来的，他说他叫墨丘利。"陈羽说道。

赵璐不由得一笑，说道："那你应该说你叫朱庇特。"

"我可没心思和他扯。"陈羽说道，"他说我有危险，让我这几天不要出门。这算是什么？威胁电话吗？"

"你可以查一查这个号码，查查看这个叫墨丘利的人究竟是什么来头。"

"没必要查，很可能就是个恶作剧。"

"不，你还是小心点儿，因为你之前也破过一些大案，也许是打击报复。"赵璐说道。

陈羽点了点头。吃完饭后，他独自一人在书房里，用电脑开始查询这个号码，并利用特殊的软件搜索有关的信息，然而结果是一无所获。他觉得有些可笑，这很可能就是在路边买的一张电话卡，没有任何备注，无处查询。他关了电脑，躺在床上，没有看电视，也没有看书。赵璐就坐在他旁边，正在看一部电视剧。

"你就躺在这里发呆吗？"赵璐看着身旁的陈羽，问道。

"发发呆挺好，捋一捋脑子。"

赵璐没有理他，继续看电视。陈羽脑中在想前几天和吴晓龙看见的那个人，吴晓龙认出那个人是陪审员里的一人，那么，这个人为什么会出现在吴晓龙家附近，这让陈羽难以理解。只不过这并不构成一个案子，他也不好过分参与，但他是个侦探，因此对这一类的事情总是有着挡不住的好奇心。他又想到今天接的这个电话，以及之前吴晓龙等数名狱警杀囚犯并被判无罪的事情。他甚至试图将这几件看起来八竿子打不着的事情联系在一起。他设想出各种可能，但都没有任何证据。不过他觉得将这些素材整理一下，可以写成一部传奇小说了。

第二天，女儿还在床上睡觉，陈羽和赵璐两个人一早就起床了，赵璐为他们准备早点。这是一个非常惬意的早晨，阳光从窗口洒进屋内，气温不冷不热。这是普通的一天，没有任何不一样的地方，就好像穿一件旧衣服一样舒服。

陈羽在客厅里见赵璐正在为他们煮粥，他走了过去，从背后搂住妻子的腰，说道："你知道世界上最小的国家吗？"

"什么？梵蒂冈？"

"不，是塔沃拉腊岛王国，这座岛上的国王统治的居民只有十几个人，还有一百多头山羊。"陈羽说道，"国王最大的权力就是可以在岛上唯一的餐厅里免费吃喝。"

赵璐听了后，觉得很是有趣，说道："这是童话故事吗？"

"不，是真的。"

"这个国家被世界承认吗？"

"不。不过在我看来这是个很有趣的国家。"陈羽说道，"为什么非要让别的国家承认？如果有可能的话，我倒是很想以后找一块外人都找不到的地方，带一些人过去，然后我就是国王，你就是王后。"

赵璐回过头，说道："我喜欢你的想法。"

"要我去叫醒苗苗吗？"

"让她再睡一会儿，她今天放假。"

这时，门铃响了。陈羽过去开门，是一个陌生男子，他说道："我是来查水表的。"

陈羽让这个男子走了进来。男子来到厨房里，看见了赵璐。就在这一刹那，赵璐的肩膀突然耸了一下。陈羽并没有在意，只是坐在客厅里。那人打开了水表，和一般查水表的一样，仔细看了看上面的读数，然后写在了单子上。

写完后，那人走到了门口。陈羽上前准备关门，然而那个男子突然在门口停住了脚步，背对着陈羽，陈羽在这一刹那感到了不对头。这个男子回过头，用一双诡异的眼神盯住了他。

就在这时，陈羽听到身后传来了急促的脚步声。他回过头一看，赵璐正拿着菜刀奔自己而来。

"你做什么？"陈羽一时惊愕得手足无措，就在这一刹那，刀刃刺破了陈羽的皮肤。陈羽立即闪躲，无奈这一刀还是插入了他的腹部。陈羽这一辈子从未这么吃惊过，他完全不能理解这一切到底是怎么回事。更让他感到胆寒的是，他的女儿陈苗苗这会儿从房间走了出来，看见浑身是血的自己，竟然出奇地冷漠。

陈羽回过头，那个男人已经消失不见了，而赵璐此刻拿着刀，试图要杀死自己。他看着自己妻子的眼睛——一双空洞的、没有灵魂的双眼，就像是被魔鬼附体一样。更让他感到恐惧的是他女儿的眼神，此时是如此平静，就好像是看着一只即将被拍死的蚊虫。

陈羽被刺了一刀，他捂着伤口，疼痛感弥漫到全身上下，他看着血从自己的指缝间流出，他能感觉到自己越来越虚弱，而赵璐没有丝毫怜悯地朝着自己逼近。他在这一刻想起了在吴晓龙身上曾经发生的事情，他知道自己也撞上了。昨天给他打电话的那个名叫墨丘利的神秘人，也许早已知道了即将发生的一切，只可惜自己从来没有相信过。这一切都在他脑子里飞速闪过，然而他现在已经无路可逃了。

"你快醒一醒！璐璐！快醒过来！"陈羽绝望地大叫道。

然而赵璐似乎被一种无形的力量彻底控制了，她成了杀人的木偶。陈羽在这一刻已经毫无办法，他感到身体越来越无力。就在这时，陈羽家的大门被撞开。一个壮汉闯了进来，他手里拿着一柄手枪，对准赵璐。

"不要！"陈羽此刻还想着要保护妻子，可这壮汉还是开了一枪，只不过并未打在赵璐的身上，而是打在了她的手臂上，迫使她手中的刀掉落在地。

"你是谁？"

"跟我走！"

壮汉一把就拎起了陈羽，陈羽重伤在身，拖着蹒跚的步伐紧跟在壮汉身后。他们下楼的时候，陈羽看见刚才那个查水表的陌生男子已经死了，就倒在楼梯口处。而赵璐还在后面追赶，看样子她仍旧不肯放过陈羽。陈羽捂着伤口，问道："刚才那人是你杀的？"

"没错，他是个监督者。"

"监督者？"

"对，你先别问，很多事情我也弄不清，先逃离这里再说！"壮汉说着，和陈羽一起来到了楼下的花园里。男子带着陈羽上了一辆车，疾驰而去。

陈羽坐在车后座，他旁边坐着一个外国女子。她看见陈羽受了重伤，立即用纱布为陈羽止血。他已经没有多余的力气了，不到一分钟就昏死过去。

"没事，这种小伤死不了人，你不用太担心。"男子一边开车，一边说道。

这个外国女人用英语说道："他不能再死了。"

"对，我知道。"男子说道，"连他老婆都被控制了，真是难以置信！"

"我们现在也是毫无头绪，谁被控制谁被杀，看起来都毫无规律可言。"女子说道。

"说实话，这一次的敌人比上一次的潜行者还要狡猾。"壮汉说道。

"你开快一点儿，我们得尽快返回，否则他会撑不住的。"

"好的。"这名强壮的男人说着，加大油门，在公路上绝尘而去。

CHAPTER
05

狼蛛与红火蚁

　　梦里，陈羽走进了一片一望无际的原野，遍地都是野花。不远处的一个小山坡上，长着一丛丛树木，有桂花树、马府油树、冬青、蓝花楹，树丛中有一座木质的房子。他走在原野上，看见有一个美丽的女孩儿，穿着一条欧洲中世纪的长裙，姿态典雅地站在屋前，正看着自己。

　　他对这个外国女人没有任何陌生的感觉，在梦里，他相信自己已经认识这个女子很久了。他满心欢喜地朝小屋那里走去，就好像这是他最终的归宿。他和这名女子进了屋之后，就再也不会出来了，世界上的一切都与他们再无关联。

　　可是，就好像有一种来自天外的力量开始不断地骚扰他。这时，他突然意识到自己是在梦里，但他醒不过来，原本梦中的场景也已经崩塌消散，他就如同跌落深渊一样。终于，他听见身旁有人在说话，听不清楚，但是他知道这是现实中的人的声音。

　　他吃力地睁开了眼睛，眼前模糊，依稀能看见周围有人，他这时渐渐意识到自己原来已经身受重伤。他开始努力回忆在昏迷之前所发生的事情：被自己的妻子所伤，又被一个陌生男人给救了，在一辆车里，他也能隐约记得有个女人在为他包扎伤口。之后，他就没有印象了。他感觉自己刚才做了一个梦，然而此刻无论如何也无法回忆起来了，就好像大多数人做过的梦一样，随风而逝。

"这是哪儿？"陈羽用微弱的气息问道。

一个女子凑了过来，把耳朵贴在陈羽的嘴边，问道："你说什么？"

"这是哪儿？"

"欢迎来到天空之城，拉普达。"

陈羽没有再说话，他只是觉得浑身都不舒服，尤其是伤口那里，到现在还隐隐作痛。他皱着眉头，闭上眼睛，躺在那里。

"他没事。"旁边一个人用英语说道。

又过了一天，陈羽才觉得自己的身体稍微有所好转。早晨，他坐起身来，靠在床板上，看见自己的腹部被纱布牢牢裹住。他心里一阵怅然，因为这伤竟然是自己的妻子捅的。虽然他知道这其中一定另有原因，但是他想起妻子拿刀的样子，想起自己的女儿在一旁冷眼旁观的样子，心里就感到一阵寒凉。他隐约知道自己的妻子和女儿出了事，他现在只想早点儿好起来，救回自己的妻子和女儿。

他看了看周围，发现自己在一个并不大的房间里，右侧就是一扇窗户，阳光从外面洒进来，正好落在床上和他的身上。旁边有一个柜子，里面放着一些衣物，左侧是一张桌子。除此之外，房间里便空无一物了。

他想要下床，就慢慢地移动着身体，他的伤口依旧隐隐作痛。他也不敢乱动，以免原本愈合的地方再裂开。但是这房间里没有任何人，他不愿意就这样一直躺在这里。这时，终于有人进来了，是一个外国女人。陈羽想起来，她就是在车里为他包扎的人。

"你怎么下来了，快回去，别动了伤口！"这女子说着，上前又把陈羽扶上了床。

"我想上个厕所，可以吗？"陈羽用英文回应道。

这女子笑了起来，说道："你摸摸自己下面。"

陈羽怔了一下，伸手轻轻摸了一下，原来自己已经被安了一根导尿管。他有些难为情地问道："是你帮我安的？"

"不是我，是这里的医护人员帮你弄的，你已经昏迷两天了。"女子说道。

"见鬼！能不能让人把这根管子给我拿掉！"陈羽有些恼火地说道。

"好，待会儿我让他们帮你拿出来。"女子说着，给陈羽倒了一杯温水，说道，"你先喝点儿水，待会儿会有人给你送吃的。"

陈羽着实口干舌燥，拿到后一口就喝完了。

"这是什么地方？"

"拉普达。"

陈羽摇头笑道："你别和我开玩笑了。"

"是真的，这里是拉普达。"女子再一次说道，"不过你也可以把这里当作一个临时的空中王国。"

"什么意思？"

"意思就是你在这里，暂时是非常安全的。"

"好吧，拉普达王国……这究竟是怎么回事？我是被自己的妻子刺伤的，然后被你们救了下来，这其中究竟发生了什么？"陈羽迫不及待地想知道所有的事情。

"我不知道你能不能理解，自从这件怪事发生之后，我们这个世界就比以前更加和平了。"

陈羽愣住了，他把她刚才说的这句话在脑海里又过了一遍。每一个词语他都听得懂，但是组成一个完整的句子后，他着实有些摸不着头脑。

"这叫什么怪话？好吧，先别急，我可能受了伤，脑子里有点儿缺血。你先告诉我，你叫什么？"

"我叫艾琳娜。"

"你是哪国人？你的英语不是英国腔。"

"对，我是德国人。"艾琳娜说道。

"德国人……很好，你现在和我解释一下你刚才说的那句话。"陈羽说道。

"我想你还记得在你昏迷之前发生的事情。那个到你家里查水表的人，是一个监督者，他在监督你妻子杀你的行为。"艾琳娜说道。

"你是说，我妻子是被这个监督者控制了？"

"不，关于这一点，我们没有任何证据，但是其中一定有联系。"艾琳娜说道，"现在我就想问你，你想不想救你的妻子？"

"当然，还有我的女儿。我想她也一定被控制了，当时我受伤的时候，她一点儿都不慌张，反而很冷静地在旁观。"陈羽说到这里，眼神里透着悲伤。

"对，没错。"艾琳娜说道，"如果你想救回你的妻子和女儿，希望你能加入我们。"

"你们什么？"

"时空安全局。"

"时空安全局？这名字倒是挺有趣，这和物理学研究的时空定理有什么关系吗？"陈羽笑着问道。

"的确有关系。"艾琳娜说道，"等你伤好了之后，我会带你去见我的同事们。"

"很好，我就是格列佛。"陈羽笑道，"那你们知道我妻子、我女儿，包括之前所发生的一些类似的事情，究竟是怎么回事吗？"

"这就是我们时空安全局的任务，调查这件事，查出背后的主谋。"艾琳娜说道。

"说实话，一般像这种安全局之类的地方，里面的人都是经过千挑万选才能当上探员的。你怎么就直接对我发出邀请？你知道我就一定合格吗？"陈羽问道。

"因为另一个你曾经就是时空安全局里的探员。"艾琳娜说道。

"另一个我？什么意思？"

"简单地说，这里是 EIPU1，EIPU 是缩写，全名是 the earth in a parallel universe。在我们所处的这个宇宙之外，还有无限个宇宙空间、无数个自己。在另一条时空线索当中，来自 EIPU7 的你，曾经是时空安全局的人。我们也曾经合作过，瓦解了潜行者组织。"艾琳娜说道，"其实你的线索也很复杂，一开始你生在 EIPU1 里，因为潜行者，你被他们秘密杀害；但是又因为 EIPU7 中的陈羽，和我们一同瓦解了潜行者组织，杀了他们的头目，重置时间线，所以你才会重新出现在这里。"

陈羽听了，沉默了许久，说道："你等一会儿，也就是说，一开始是有我的，然后因为你说的那个潜行者组织，我被杀害，另一个平行宇宙里的我和你们一同瓦解了潜行者，我又重新存在了。你们是怎么瓦解的？"

"穿越时空，回到过去，杀掉了潜行者的头目，改变了未来一系列的连锁事件，重置时间线，你才能重新在 EIPU1 里存在下去。"艾琳娜说道，"所以虽然我们是头一次见面，但对我来说，我就像见到老熟人一样。"

"等一下！"陈羽说道，"如果重置了时间线，你怎么能知道在修改之前的时间线里所发生的事？"

"这就要提到一个特殊的地方，叫'上帝的办公室'。"艾琳娜说道，"这个地方是跳出一切时空限制的，它不受我们这个四维时空的影响，因此它也能记录任何一个时空点内所发生的事情。即便是被修改过的时空、修改过的事件和修改之前的事件，它也可以记录下来。"

陈羽说道："说实话，我很难相信你的话。"

"我知道这对你来说不可思议，不过你必须试着相信我所说的。如果有可能，我会带你去'上帝的办公室'，你就会了解我说的全都是真的。"艾琳娜说道。

"我的伤怎么样了？多久才能完全恢复？"

"明后天左右，你就能下床了。"艾琳娜说道。

两天后，陈羽的伤虽然尚未痊愈，不过他已经能够下床走动了。早晨，他穿好了衣服，来到了窗口。这一望，他惊呆了，因为他所在的地方，竟然飘浮在高空中，正如艾琳娜所说的，他们这里就像是斯威夫特笔下的拉普达。他打开窗户，在高空俯瞰，不远处就能看见一层层云雾，下方是密集且渺小的城市，从上方能清楚地看见城市纵横交错的街道布局。

陈羽走出了房间，这是他第一次走出房间。房间外是一座大殿，大殿内有几十个人。中央放着一张大长桌，两旁椅子整齐地排列开来。顶端正中有一盏大吊灯，大殿两边各有九根廊柱。那几十个人就像是在派对上一样，随意地站在周围，彼此地说着话。

陈羽在这一刻脑子里有点儿发蒙，他从没有见过这样的场面。艾琳娜看见陈羽走了出来，上前说道："陈羽，你身体能行吗？快坐下来。"

"不，就站着。"陈羽问道，"这是什么地方？在空中？"

"我说过了，这就是拉普达王国。"艾琳娜说道，"你现在相信了吧？"

"这是什么？飞船吗？"

"是的，或者说是一座飘浮的庄园。"艾琳娜说道。

"你们是怎么办到的？"

这时，一个白发男子走了过来。他是个美国人，因为他的胸前有一个很小的美国国旗的图案。虽然他一头白发，但看起来只有四十多岁的样子，他对陈羽说道："能做到这一点，最大的功劳还是尼古拉·特斯拉。"

"特斯拉？他的手稿？幽浮原理？"

"对，我们根据特斯拉生前遗留下来的手稿，建造了这个拉普达飞行宫殿。"白发男子说道，"就连供电系统都不需要成本，随时都可以获取，并且完全隐形，肉眼看不见，雷达也监测不到。这都是特斯拉的功劳。"

"我一直以为关于特斯拉的这些都是谣传，没想到是真的！"

"对，当年因为一些原因，他的手稿被封存了。"白头男子说道。

"你是谁？"

"我是费尔南德斯，我知道你叫陈羽。"

"费尔南德斯先生，能和我说说，这其中究竟发生了什么事吗？"

"好的，虽然这个拉普达是科学史上的一个奇迹，但本质上其实是一个避难所。"费尔南德斯说道，"你的妻子和女儿已经成为受害者，但你并没有，所以她们要杀你。这背后的很多原因，目前我们尚不得知，我们只知道这个背后的组织叫作'狼蛛与红火蚁'。他们的手段非常诡异，我们首先要破解他们的手段，了解他们的目的，才能瓦解他们。"

"'狼蛛与红火蚁'？这个名字倒是很有趣。"陈羽说道，"艾琳娜之前和我说过，自从这个组织开始有所行动之后，我们的世界反而变得和平了，这是怎么回事？"

"我们目前判断，是这个组织以他们的某种方式，让整个人类按照他们设定的程序运行，因此才会变得更加和平、更加有秩序，但这背后一定有他们的阴谋。"费尔南德斯说道。

"没错。陈羽，你听好了，我们这里的人都已加入了时空安全局，其中有科学家、探员、军人，你将成为我们的一员，帮我们对付这个'狼蛛与红火蚁'的组织。"艾琳娜说道，"因为在EIPU7里，那里的你已经成为时空安全局的探员了。两个你在不同的宇宙，从不同的角度去调查这件事,对我们会非常有利。"

陈羽沉思了片刻，说道："你们有什么想法吗？"

这时，那个壮汉走了出来，说道："当时的情况太紧急了，可没有时间采集样本。"

陈羽听了，有些恼火，他问道："你是说我的妻子和女儿？你想用她们来做样本？"

艾琳娜微笑着说道："你不必这么敏感，毕竟也没有把你的妻子和女儿带来。不过，我们的确得找到样本才能研究这其中的奥秘。"

"你们之前采集过吗？"

"还没有。"壮汉说道。

"他叫王腾，曾经和EIPU7中的你一起调查过潜行者组织。"艾琳娜说道。

这个叫王腾的人笑了笑，说道："这真是很有趣，那个和我们曾经调查潜行者的真正的陈羽目前在EIPU7，而现在我们要和另一个版本的陈羽一同完成任务。"

陈羽对他们毫无记忆，因此也无法对艾琳娜或王腾产生某种似曾相识或久别重逢的感觉。听到他们这番话之后，反而有些尴尬，因为按照艾琳娜的说法，当他们与另一个自己在调查潜行者组织的时候，自己那时候是处于死亡的状态。

"你在这里再休息一段时间，等你身体恢复了再参加任务。"费尔南德斯说道。

"既然你们刚才都说了时空的问题，那么这里能穿越时空吗？"

"可以，时空安全局在不同的宇宙中有固定的站点，互相之间可以连接。"艾琳娜说道。

"这里是哪儿？或者说这里是哪国的领空？"陈羽问道。

"说不清，中国北方或者是俄罗斯。"艾琳娜说道，"这个你不用担心，雷达是探测不到的，目前只有我们时空安全局掌握了特斯拉手稿中的奥秘。"

"那特斯拉手稿中有没有什么科学理论能解释这个'狼蛛与红火蚁'组织使用的手法？他们怎么就控制了我的妻子和女儿？"陈羽每次说到这里，心里都会有一个疙瘩。

"我知道你对你妻子和女儿的事情耿耿于怀，但是你要知道，她们被控制了，你妻子对你做的事情，不是出自她的本心。"艾琳娜说道。

陈羽叹了口气，说道："我愿意加入时空安全局。"

"好极了，你现在就是正式的时空安全局的探员了。"费尔南德斯说道，"这是你的证件，保管好。"他递给了陈羽一个时空安全局探员的证件。陈羽也没有多看，就放在了口袋里。

"那天王腾救我的时候，杀死了一名监督者，这些监督者身上有什么古怪吗？"陈羽问道。

"可惜了，那天我匆匆忙忙地带你逃走，也没有留下活口。"王腾说道，"不过，这些监督者和被控制者很显然是不同的，他们是监督被控制者是否发生了异常。"

"没错。"费尔南德斯说道，"现在我们的世界，即便原本战火不断的中东地区，现在都接连停了战火，有些地方甚至变得秩序井然。我想那里一定有大量的监督者，在监督那里的人是否真正受到了控制。"

"那我们怎么办？去中东吗？"

"是的。"费尔南德斯说道，"变化最大的地方，应该最能找出一些异常。"

"我们这个时空安全局，最初是由谁建立的？"陈羽问道。

"在调查潜行者的整个行动里，时空安全局的诞生已经很难考证了。那次任务结束之后，整个时空发生了彻底变化。当时间线被重置之后，也就是你在新的时间线内重新生活的这一次，最初的创建人是一个叫史密斯·里夫斯的人，他本名叫江天佐。在时间线被重置的时候，他独自一个人留在'上帝的办公室'里，所以时间线的重置并没有改变他的历史轨迹，是他创建了新的时空安全局。"费尔南德斯说道。

陈羽说道："既然这样，能不能通过'上帝的办公室'，直接搜索到'狼蛛与红火蚁'这个组织诞生的那个时空，以及这个组织发展的过程？"

"如果可以的话，我们早就这么做了。"艾琳娜说道，"要知道，无限宇宙的无限时空，如果想具体搜索某一个时空点内发生的事情，这个信息量太大，就算你花几十年时间，也未必能找到你想找到的事情，所以这你就不用想了。"

"那我们去哪儿？"

"突尼斯。"

CHAPTER
06

废　墟

多日之后，陈羽的伤已无大碍，他们随即用一天的时间抵达了突尼斯。因为他们的这艘拉普达飞船可以躲过雷达的扫描和人的肉眼，因此他们将飞船任意停在了郊区的一片空旷之地上，其余的人留在飞船上。陈羽、费尔南德斯、艾琳娜和王腾离开了飞船，他们必须在这里找到有关监督者的线索。

当他们开着车，一路来到突尼斯城城中心时，没有一个人对他们有所怀疑，他们成功地骗过了所有人的耳目。

陈羽问道："为什么选择突尼斯？"

"虽然突尼斯并不是变化最大的地方，但这里之前也有过混乱，最近一段时间变得和平起来。"艾琳娜说道，"即便是突尼斯，也有可能随时变成最危险的地方。"

"最重要的是，三个月前在突尼斯发生了一次恐怖袭击。那些武装恐怖分子后来都去自首了，却在牢里集体被杀，无一幸免，尸体还被烧成了灰。"费尔南德斯说道，"之后再没有人去管这件事，从那次事件后，突尼斯变得非常和平，没有任何暴乱，甚至连普通的犯罪也大为减少。我们时空安全局的一个分部设置在这里，分部当中就有一名突尼斯人，他平时就住在突尼斯城里，是他发过来的消息。"

"他叫什么？"

"你知道，那些阿拉伯人的名字都很长，你可以叫他优素福。"费尔南德斯说道。

"我们现在是要去找他吗？"

"是的。"艾琳娜说道，"他会给我们在突尼斯调查所需要的帮助和指引。"

费尔南德斯说道："突尼斯之后，我们可能还会去一趟巴西。"

"不用说，巴西的治安情况也变好了。"陈羽说道，"说实话，我从没有见过这么古怪的组织，他们似乎是为了让世界变得更加和平。"

"对，但是你不要忘了你是怎么受伤的，这其中的阴谋是我们目前难以预料的。"艾琳娜说道。

王腾说道："根据我们之前的调查，这里的动乱主要是在北部地区发生的。我想我们应该去那里。"

"那就走吧。"

他们一路开车，朝着突尼斯北境地区驶去。这一路上，他们看见的突尼斯就和一般的城市一样，有条不紊地运行着。

"刚才我和优素福联系了，他会在迦太基古城那里见我们。"王腾说道，"正好是我们正在赶往的方位。"

下午，他们到达了迦太基古城。他们下车后，很快就进入了历史的迷局中。这片迦太基遗址，如今仍旧依稀可见古时候的繁华，神庙、宫殿、雕刻、竞技场等不必细说，总之比起罗马城的遗址也毫不逊色。他们来到了一座宫殿前，这时，从不远处的城墙后走出来一个人，这个人就是优素福，穿着一身灰色西装，大步走来。他双目深凹，鼻梁高耸，皮肤黝黑，是典型的阿拉伯人相貌。

"优素福先生，让你久等了！"费尔南德斯说道。

优素福说道："你们这一路顺利吗？没有被谁发现吧？"

"应该没有。"艾琳娜说道，"你为什么要在这里见我们？"

"你们跟我来。"优素福说着，带着他们进入了迷宫般的废墟中。他们穿过竞技场，绕过了喷泉，来到了一座神庙前。

"你们先看一看，确定周围没有人跟踪你们。"

他们四处仔细看了一眼，加上他们之前来的时候也在不断观察周围的环境，因此基本上确定没有人跟踪他们。这时，优素福带着他们几人进入了这座神庙中。神庙内空荡荡的，什么都没有，一些雕刻和壁画已经十分老旧，有的已经磨损得看不清了。

"这里有什么？"费尔南德斯问道。

优素福在墙壁上按下了一块凸出的砖头，地面上赫然出现了一个洞，原来这里竟然还暗藏着密道。他们几个人都为之一惊，优素福之前从来没有和他们说过这里。

"这是一个密道？这是什么时候建的？"王腾问道。

"这条密道并不是我们建造的，我想应该是古代迦太基人建造的，看起来应该是用于战乱时的逃生密道。我们发现之后，就把这条密道变成了我们的一个秘密地点。"优素福说道。

"这里面有什么？"陈羽忍不住问了一句。

"进去就知道了，走吧。"

他们下了这条密道，密道的入口再一次合上。优素福拿出手电筒，带着他们顺着阶梯一点点往下行走，大约走了十几级台阶，他们来到了平地上。顺着一条幽暗狭长的走廊一路向前，大约走了三分钟，终于来到了一片开阔地带。优素福在墙壁上摸索到了开关，打开后，里面一片透亮。

在这间密室内，放有一张长桌，上面放着一台电脑，旁边堆着一些文件。优素福走上前，说道："这些文件大部分你们都知道，但是我在这里查到了一家公司，叫'彩虹桥公司'。这是个跨国公司，之前这里发生的一些事情，让我注意到一些监督者很可能是来自这家公司。"

"具体说说。"费尔南德斯说道。

优素福打开电脑内的一个文件，说道："你们看，在那次恐怖袭击中出现过三个人，分别是美国人彼得·罗伊、英国人安德森·贝克特以及日本人宇智波枫。他们全都是彩虹桥公司的人。"

"我之前也见过一个人，他或许也是监督者。在中国南桐城，他参与过一个古怪案件的陪审，后来曾在被告的楼下徘徊观察。"陈羽说道，"这些监督者似乎到处都是。"

"没错，但是他们又非常隐蔽。我们曾经派人进入彩虹桥公司内部，最终是失败了。"优素福说道，"这些监督者是关键，如果你们能有办法进入彩虹桥公司，并能最终确定他们三个人是监督者，获得相关的信息，我们就距离这个神秘组织更近了一步。"

"把这个公司的信息给我们。"费尔南德斯说道。

优素福找到了关于彩虹桥公司的信息，他说道："这家公司是一家以经营房地产为主的公司，并没有做什么比较新奇的东西，不过这应该是掩人耳目。"

"这毫无疑问。"王腾说道，"还有呢？"

"这个公司的总部在土耳其，其下的子公司分部在突尼斯、中国、俄罗斯、美国、法国、意大利、加拿大、加纳、巴西、印度、日本、以色列、澳大利亚这些国家。公司的总裁隐姓埋名，但我们获得消息，他的名字叫所罗门·斯坦。"优素福说道，"我想现在可以制订一个计划了。"

"很显然，我们需要调查这个公司。"王腾说道。

"对，不过如何调查，如何渗透进去，这个还得有一个计划才行。"费尔南德斯说道，"优素福先生，你对这个公司还有什么了解？"

"目前也就这么多了。"

陈羽在一旁沉思了半天，没有说话。这会儿，他说道："我想回一趟南桐城。"

"为什么？"

"当时走得太仓促，有一些疑问没有搞清楚，我必须回去一趟。"陈羽说道。

"你有什么疑问？"艾琳娜问道。

"当时王腾来救我，打死了一个监督者，以及我刚说的另一个案子中牵涉的监督者。他们的身份，我想确定一下。"陈羽说道，"最重要的是那个怪案的主犯叫吴晓龙，我去他家里找他的时候，他的一切行为都是正常的，所以我觉得这些被控制的人，也许不一定每时每刻都是受到控制的。"

优素福说道："按照你的说法，这两个人的身份的确值得调查清楚。这样，我有个计划，艾琳娜和费尔南德斯，你们两个人在这里调查这个彩虹桥公司，陈羽和王腾，你们两位回南桐城，一起调查那两个监督者。"

"等一下，你说发生恐怖袭击的时候，彼得·罗伊、安德森·贝克特以及宇智波枫在场，他们做了什么？有监控视频或什么目击者的描述吗？"陈羽问道，"因为你刚才说到这三个人的时候，并没有给出特别明显的线索。"

"那些暴乱分子偷袭的时候，现场一片混乱。根据警方提供的线索，这三个人在那时去了现场，警察没能把他们拦下来，但他们去了之后没几分钟，偷袭就结束了。"优素福说道，"这是我在警方那里得到的线索。"

"没有拍下来吗？"

"没有。"优素福说道，"后来警方去现场处理的时候，他们就走了，那些警察也没问。"

陈羽说道："看起来的确像监督者，那些暴乱分子就这样被杀了，也没有经过审问？"

"是的，似乎那些法官和警察都默认了一样。"优素福说道。

"和南桐城之前发生的事情很像。"陈羽说道，"看起来这其中的确有监督者，而且那些法官也好、警察也好，也都是被控制了。你刚才说了，这个彩虹桥公司在中国也有分部？"

"是的，没错。"优素福说道，"在中国的一些大城市都有，我查一下。"说着，优素福在电脑里开始查彩虹桥公司在中国的分布情况，很快他就查出这家公司在中国的很多地方都有分部，在陈羽的家乡南桐城也有分部。

"看来我的猜想有可能是真的，也就是说，之前在南桐城的那个监督者，很可能也是这家公司的人。"陈羽说道，"我们得从这些监督者身上下手，才能找到他们控制其他人的方法。"

"你分析得有些道理。"优素福说道，"好，如果你和王腾准备好了，我现在就送你们去南桐城。"

"什么？"王腾惊呼一声。

"是的，我们在这里设置了时空穿越的装置，如果不牵涉时间，只是做一次空间的转移，只需要一瞬间。"优素福说道。

"那在南桐城那里呢？有连接的站点？"陈羽问道。

"是的，到时候你就知道了。"优素福说道。

"那好吧，现在就把我们送去南桐城。"陈羽说道。

"等一下！"艾琳娜说道，"陈羽，你是最后加入时空安全局的人，有些事情你必须知道，在地面上行走是很危险的，要尽可能隐藏自己。"

"谢谢你的提醒。"陈羽说道，"希望你们在突尼斯的调查能取得进展，我们随时保持联系。"

"好。"

CHAPTER
07

鱼死网破

　　陈羽的脑子里完全没有回忆，但是他看见了在另一条时间线中自己所经历的一切，他感觉很奇怪，他甚至觉得这不是自己。然而，他似乎对另一条时间线中的自己有一种神奇的感觉。他如同看电影一样，将另一条时间线内自己所经历的一切都看了一遍之后，有一种似曾相识的感觉。

　　他猛然回过头来，从诡异的影像中脱离了出来，看见此刻依旧站在他身后的莉迪亚，他也有一种似曾相识的感觉。他怀疑这种感觉是不是只是一种心理暗示。

　　"怎么样？"莉迪亚问道。

　　陈羽没有说话，而是依旧震惊地看着莉迪亚。

　　"我知道你无法一下接受这些信息，不过也没有关系，当上一次时间线被重置之后，那段被记录下来的历史，其实就是被时空抛弃的历史，只是单纯地被记录在这里而已。"莉迪亚说道。

　　"对，'上帝的办公室'，可以记录被抛弃在时空之外的历史。"陈羽笑道，"我们曾经是恋人，这倒是让我没有想到，不过我现在有妻子，也有女儿。"

　　莉迪亚只是笑了笑，说道："上次你在波斯托伊纳溶洞里遇到的事情，之后新闻上并没有报道，你相信吗？"

陈羽冷笑了一声，说道："不用说也知道，那些媒体也被这个组织控制了，就是你之前说的'狼蛛与红火蚁'这个组织。"

"对，说白了，我们需要找到在溶洞里的那些音乐家，也就是你看见身上冒出白色物质的那些人。"莉迪亚说道，"我们必须找到其中一个做样本，才能知道这其中的奥秘。"

"我经历过一次，我知道那有多危险，也许那些白色的东西会把在周围调查的人都给杀死。"陈羽说道。

"那我们就制订一个计划，来诱捕其中的一个人。"莉迪亚说道。

陈羽走出了这个房间，来到了大厅里，看见外面一片漆黑，他们正处于更高的维度中。他看着玻璃上写的那些密密麻麻的数学公式，那些他曾经参与设计的潜行者组织里的模型，他又想到后来失忆之后亲手瓦解了潜行者，如今这些都被抛出时空之外，成为被遗弃的段落。此刻他站在这里，又要参与调查"狼蛛与红火蚁"这个组织。他甚至怀疑，每一段时间也许都有无数种可能，因此所谓的历史和那些正在经历的现在，以及尚未发生的未来，都只是一个个片段，连接成成千上万条线，然而只留下了眼前的这一条，因此这条线里的自己能站在这里。

"你怎么了？"莉迪亚问道。

"随便想了一些事情，和这个任务无关。"陈羽说道，"我想回家看看。"

莉迪亚沉默了片刻，说道："好，我陪你回去。"

"你之前说的那个史密斯·里夫斯，到现在也没有出现过？"陈羽问道。

"对，但是这一次的时空安全局的行动是他组织的，他也许正在某个地方调查'狼蛛与红火蚁'组织。"莉迪亚说道。

"那我们怎么去南桐城？"

"可以通过粒子分解，把我们在瞬间送到南桐城。"莉迪亚说道。

"还是算了吧！"陈羽说道，"我刚才看了，这是很痛苦的。"

"没错，这种方法虽然快，但是也危险，因为人被分解之后再重新还原，有时候会出现差错，而且即便成功，对身体损害也很大。"莉迪亚说道，"所以还是乘坐飞船比较好。"

"那我们什么时候走？"

"今天下午。"莉迪亚说道，"在离开之前，我们得等一个人发来的信息。"

"谁的信息？"

"史密斯·里夫斯。"莉迪亚说道。

话音刚落，在墙面上就出现了一段话。

"是他的信息。"

这段话的内容是：我知道陈羽已经重新加入了时空安全局，这对我们来说是件好事。我给你们的建议就是让你们去土耳其，在那里能够找到线索，亚瑟就在那里，你们一旦到了土耳其，他就会接应你们。

"什么意思？让我们去土耳其，那我们还去不去南桐城？"陈羽问道。

"这样，今天下午我陪你回南桐城。你看一眼之后，就和我去土耳其。"莉迪亚说道。

"好。"

他们乘坐飞船，经历了空间穿越，在一瞬间，飞船就停泊在南桐城的郊区地带——一片山谷中。莉迪亚给飞船设定了自动回程模式，将闭合曲线定在三个小时以内，他们必须要在三个小时内返回飞船，然后回到"上帝的办公室"。

"五点之前，我们要回到飞船里。"莉迪亚说道。

"那就抓紧时间。"

飞船里已经预备好了一辆车，他们一路开车，来到了南桐市区内，按照陈羽的指示，不到一个小时，他们就到了他的家。

"我在车里等你，三点半的时候我会给你打电话，最迟五点一定要返回。现在是两点五十。"莉迪亚说道。

陈羽点点头，上了二楼，回到了自己家里。今天是星期天，他的妻子应该是在家的，他先敲了敲门，门没有开，他只能拿出钥匙，打开了门。进门一看，妻子正无精打采地坐在沙发上，看着电视。

"还在生气吗？"陈羽问道。

"没有。"赵璐说道，"你挺潇洒，一个人出国玩儿去了。"

陈羽一脸歉意地笑着，说道："对不起，家里一切都好吧？"

"我还活着，女儿去同学家玩儿了。"赵璐说道。

陈羽点了点头，说道："对不起，能现在把苗苗叫回来吗？"

"她在同学家，你有什么事？"

陈羽一时间也不知道该怎么说下去，气氛僵硬，他很尴尬。他沉默了一会儿，又说道："我回来是告诉你，我也许会出一趟远门。"

赵璐笑了，说道："你这几天跑到国外，不算出远门吗？"

陈羽不能把自己加入时空安全局以及要完成的任务告诉赵璐，他一时也不知道该如何说，于是又是一阵沉默。

"你去吧。"赵璐说道。

陈羽愣了一下，问道："什么意思？"

"你要去哪儿你就去。"赵璐说道，"我觉得我们这样分开一段时间会好一点儿。"

陈羽有些无奈地点了点头，说道："好吧。"

"来，你过来。"赵璐说着，向陈羽招了招手，脸上浮现出了笑容。陈羽有些纳闷儿，因为赵璐刚才还是一脸冰冷的样子，但自己的妻子露出笑容，并让他过去，他还是没有多想，就走到了赵璐身前。

陈羽坐在沙发上，刚转过头，他的脸上还带着微笑，然而赵璐竟然一下就扑到了他的身上，他吃了一惊。就在这时，赵璐张开大口，她的嘴里突然喷吐出一股白色的东西，朝着陈羽的脸直袭而来。陈羽大惊失色，在这一刹那，他想起了在斯洛文尼亚发生的事情。

陈羽只得按住赵璐的肩膀，不让她碰到自己，可赵璐口中那股白色的东西眼看着就要粘到他的脸上了。他使出浑身的力气，将赵璐一把推开。他知道自己的妻子已经被他们控制了，此刻不容他多想，他一下子从沙发上跃起，准备逃离这里。

然而，他突然感到身后有一个东西粘住了他，他回头一看，赵璐站在后面，她口中那股白色的东西已经粘在了他的衣服上。他的头皮一阵发麻，连忙脱掉衣服，忍不住又回头看了一眼，那团白色的东西几乎吞噬了他的外衣，接着又朝他袭来。

这时，大门被一脚踹开了，莉迪亚大步走了进来。赵璐看见她，口中那股白色的东西立刻分了叉，其中一股朝着莉迪亚袭来。莉迪亚拿出打火机，点燃之后就对着那股白色的东西扔了过去。一簇火苗虽然不大，但将那白色的东西点着了。陈羽看见门后的杀虫剂，拿起来对着那簇火苗喷了过去，火苗瞬间蹿了起来。赵璐面目狰狞，她依旧试图要利用口中白色的东西来捕捉他们俩。

"快跑！"莉迪亚上前一把拉住陈羽，两个人试图从大门跑出去。可赵璐口中那团白色的东西竟然一下子粘在了门上，并且朝着他们再度袭来。

"哦！见鬼！这是怎么回事？"陈羽大叫道。

"先别问，走！"

两个人绕过了沙发，赵璐就像个僵尸一样，朝他们扑来，口中的白色东西发出了一种令人作呕的声音。

"跳窗！"说着，莉迪亚拉着陈羽的手，两个人跑到了边儿上的一扇窗前，猛然跳下。陈羽只得在这刹那的工夫做准备，当他们破窗而出，玻璃碎片就围绕在他们身边的时候，赵璐仍旧试图用口中白色的东西去捕捉他们，但并没有成功。他们跳到了地上，还好是从二楼跳下来的，并没有受什么伤。

大街上的人听到玻璃被打碎的声音，又看见两个人从二楼落下，纷纷盯着他们看。他们顾不得这些，快步跑到了车里。莉迪亚开车，在几秒钟之内，他们就已绝尘而去。

陈羽坐在车里，这会儿他终于平静下来，他回头看了一眼，此刻已望不到自己的家了。他哀伤地道："就连我妻子也变成了这样，如果当时我没有离开，或许就不会发生这样的事了。"

莉迪亚能感觉到陈羽的疑惑和愤怒，她说道："我说了，加入我们，查明真相，最终才能救回你的妻子还有女儿。我想，不仅是你的妻子，你的女儿应该也变成这样了。"

陈羽说道："我想见见我女儿，能带我去吗？"

莉迪亚摇了摇头，说道："很遗憾，时间不允许。"

陈羽的脸色更加黯淡，他虽然能够想到，但莉迪亚似乎是故意说出来的，就是想让他的情绪跌落谷底。莉迪亚一边开着车，一边意味深长地冷笑了一声，说道："你想想看，刚一开始你进门的时候，她是怎样的状态？"

陈羽想了一下，说道："就是和平时一样，之前我们吵架，她还在生我的气。"

"也就是说，过了一会儿，她才变成了那样，对你发动了偷袭。"莉迪亚说道。

"对，就是这样。"陈羽说道，"我想……就是说她虽然被控制了，但是仅仅会对我这种没有被他们控制的人发动偷袭，否则她就会和平时一样。"

"差不多就是这样。"莉迪亚说道。

"去土耳其，看看那边究竟有什么样的线索。"陈羽说道。

莉迪亚开车，一路朝着那座山谷驶去。陈羽没有再说话，因为他现在心情简直糟糕透了。他本想今天见到赵璐，就跟她和好如初，没想到在他去斯洛文尼亚这短短的时间内，自己的妻女就已经被"狼蛛与红火蚁"控制了。他开始后悔当初为什么要和赵璐吵架，现在想起来，连和她好好说话的机会都没有了。他很担心妻子和女儿的生命安全，因为赵璐口中吐出的白色物质让他感到恐惧。他不知道究竟是什么入侵了妻子的身体，他甚至担心自己的妻子是否已经只是一具行尸走肉，失去了灵魂。之前因为争吵的情绪渐渐消散，他越来越害怕自己会失去妻子和女儿。

"对了，之前你和你妻子为了什么事吵架？你居然还一个人跑到斯洛文尼亚去听音乐会，可见你们之前的那次争吵一定很厉害。"莉迪亚问道。

陈羽没有说话，他对当初看似潇洒的行为感到愧疚和厌恶。他觉得自己的行为太过幼稚，就像个不懂事的小孩儿，可是他有时候的确会按捺不住自己的性子，每次回想起来，都会懊恼不已。

"你不说也无所谓，不过你去斯洛文尼亚是对的，最起码你没有被控制。"莉迪亚说道。

"如果我没有去的话，也许我的妻子和女儿都不会被控制。"

"你太异想天开了。"莉迪亚说道，"在斯洛文尼亚那次，如果不是我救了你，你已经被控制了。相信我，这个组织的手段绝对让人匪夷所思、防不胜防。你没有被控制，并且还能加入我们时空安全局，这样才有更多的机会调查清楚这件事。"

陈羽叹了口气。

"你不用多愁善感了，你妻子和女儿都还活着。"

"我现在只希望能尽快多搜集一些线索。"陈羽说道，"因为现在我们知道的这点儿事情，还是毫无头绪。"

"到了。"

他们来到了那座山谷中，莉迪亚把车开进了飞船里，然后关上了舱门，等待着闭合曲线的回旋。

"这该死的闭合曲线，难道就不能调快一点儿吗？"陈羽问道。

"这可是时空的闭合曲线，不是录像带的快进快退。"莉迪亚说道，"你耐心一点儿，我们在这里暂时不会有什么危险。"

"不知道那个亚瑟在那里得到了什么线索。"陈羽说道。

莉迪亚说道："到了也得先吃顿饭再说，你别说你不饿。"

陈羽表情黯淡，没有说话。

莉迪亚说道："待会儿就请你去吃土耳其烤肉。你千万别说你现在心情低落，没有胃口，再怎么也得吃饱了才有力气救回你的妻子和女儿。"

陈羽说道："土耳其那么大，是去伊斯坦布尔，还是去安卡拉？"

"里夫斯先生也没有说，这样吧，我给亚瑟打个电话，问问他在哪儿。"莉迪亚说着，打了个电话，在电话里，亚瑟那边说让他们去布尔萨。

"布尔萨，那里倒是有很多宗教建筑，以及一些奥斯曼帝国时期遗留下来的古迹，是个好地方。"陈羽说道。

"我曾经去过你们中国，去了西安和阆中，这是两个很有意思的地方。"莉迪亚说道。

"是吗？这么说吧，你觉得你们英国的威尔特郡的巨石阵也好，还是苏格兰的爱丁堡这些地方也好，和西安、阆中比起来，你觉得哪里更有意思？"陈羽问道。

"我觉得西安和阆中更有意思。"

"对，因为你是英国人，你会这么看。"陈羽说道，"世界就是一群不同的人，在不同的地方造了一大堆各不相同的东西，然后互相之间来回走走，就会觉得很新奇。"

莉迪亚说道："那你觉得波斯托伊纳的溶洞很神奇吗？"

"当然，因为我不仅在里面听了巴赫的音乐，还见到了水里的洞螈。"陈羽说道。

"时间快到了，做好准备。"

还有五分钟，闭合曲线就将回旋，他们在飞船里做好准备，看着时钟一点点地转动。这时，陈羽的脑海里想到了关于时间与空间的另一种定义，即宇宙由四种基本元素组成：时间、空间、物质和能量，而时间和空间都是绝对静止的，运转的则是能量，而一切物质内都有能量，因此能量作为内在的驱动力，让物质在静止的时空走廊里发生变化，然后我们会觉得是时间在走动，就好像坐在列车里的人总以为车窗外的树木和房屋在往后跑一样。很显然，这已经被相对论否定了。不过，陈羽在飞船里等待的最后五分钟里，的确产生了这样的感觉，他甚至想到了特斯拉的很多成就，其实是来自牛顿的一些理论。如果牛顿的诸多定理被爱因斯坦否定，那么特斯拉如何能够成就卓著？也许人认为的所谓对与错，只是人下的定义而已，并没有什么更大的意义。

"我们到了。"莉迪亚说了一句，陈羽如梦初醒。

他们走出了船舱，又回到了"上帝的办公室"。陈羽看着这间跳出一切时空线之外的"上帝的办公室"，体会到一种很古怪的情绪，并不是什么俗套的孤独感或某种无病呻吟的弱智文艺腔，而是他感到自身也具备"上帝"的属性，因为这样一种地方是跳脱一切束缚，独立于万物之上的。就像印度教说的梵天，人类的一切语言都可以形容他的一部分，但加在一起也无法穷尽梵天的本质，抑或道家所说的"大道无言""大象无形"。他看着这间"上帝的办公室"，其实是有一个具体形状的，他能感觉到这其中经过无数次精密复杂的计算，抑或所谓的"大道无言"，只是那时的人还无法用语言来描述。而眼前，通过深不可测的科学手段，最起码可以计算出上帝的一部分属性，并且能够使之明确。如此想来，他的确有一种不断接近上帝的感觉，而且这并非幻觉。

莉迪亚启动了程序，他们将地点设置在了布尔萨的一个无人之地。在一瞬间，就好像是魔法一样，他们走出船舱，就来到了布尔萨的一片荒芜之地，他们将飞船调成了隐形模式。

"先给亚瑟打个电话。"莉迪亚说道。

"嗯，一边走一边打。"

两个人朝着市区走去，莉迪亚给亚瑟打了个电话，亚瑟在电话那头告诉他们将要去的地址，是一家酒店。

"先吃烤肉吧，你的表现在是五点二十分，不过这里应该是中午十一点二十分。"莉迪亚说道。

"没错，走吧，原本在中国的晚饭变成了这里的午饭。"陈羽说道。

他们找到了当地的一家餐厅，点了最有名的烤肉。

"对了，我一直想问，你的眼睛是天生的吗？两只眼睛不同颜色。"陈羽问道。

莉迪亚神秘一笑，说道："这个问题比较难回答，但我的眼睛并不是天生的。"

"那是什么原因？我听说大卫·鲍威的眼睛是因为受伤变成了双瞳异色，

难道你也是？”

莉迪亚再一次意味深长地笑了笑，说道：“我说了，这个问题很难回答，但也可以告诉你，并不是因为受伤。”

“这个问题很难回答吗？”

“是的，因为你必须亲眼见到了‘上帝’，才能理解这个问题的答案。”莉迪亚笑道。

陈羽耸耸肩，一时也不以为意，说道：“我们也吃得差不多了，去找那个亚瑟吧。”

两个人离开餐厅，按着亚瑟给出的地址，很快就找到了那家酒店。他们来到了三楼左边的第二个房间，莉迪亚上前敲了敲门，无人响应。她又敲了敲门，依旧无人响应。

“你给他打个电话。”陈羽说道。

莉迪亚打了个电话，但无人接听。陈羽顾不了这些，一把就将门推开了，两个人走进了房间，但眼前的一幕让他们倒吸了一口凉气。亚瑟死了，他手里拿着手枪，将枪口对准了自己的太阳穴，那里有一个被子弹打穿的痕迹。

CHAPTER
08

暗　室

　　莉迪亚非常警觉,她立即环顾周围,看有没有人发现或房间里有没有人埋伏。陈羽顺手将房门关上,生怕有人经过这里。

　　"很显然,他死了。"陈羽说道,"我得看看他是怎么死的。"

　　"你能搜集指纹吗?"

　　"没有仪器,不过我先看看。"陈羽说着,来到了亚瑟的尸体旁,尽可能不去碰周围的任何东西。莉迪亚也站在一旁,连墙壁都没有靠。陈羽仔细检查了一番尸体,发现亚瑟刚死不久,他还发现周围并没有明显的打斗痕迹,房间里除了尸体以外,其他地方都很整洁干净。他越过尸体,来到了阳台,也并没有发现有什么凶手逃脱时遗留下的痕迹。

　　"没有打斗,所以现在的确需要一个验证指纹的仪器,否则我也无法断定。"陈羽说道,"还有个办法,看监控,最起码看看在亚瑟死之前,有没有什么人来过他的房间。你能弄到吗?"

　　莉迪亚拿出了电脑,很快她就利用黑客软件,成功进入了这里的保安系统,调出了这里的监控视频。在视频里他们看见大约在十一点半的时候,也就是他们两个人正在吃午饭的时候,有一个人进了亚瑟的房间,不到五分钟就出来了。

"看来凶手很可能就是这个人！"莉迪亚说道。

"不，我觉得还是得看看指纹，尤其是手枪上的指纹。"陈羽说道。

"好，你等一会儿。"说着，莉迪亚利用手机下载了一个软件，并安装上，说道，"你用我的手机，现在就可以搜集指纹了，不过你先看看亚瑟的指纹。"

陈羽先确定了亚瑟的指纹，然后开始在亚瑟全身，包括手枪上搜集别人的指纹。然而扫了一圈，竟然一无所获，并且也没有任何刻意擦拭的痕迹，这让陈羽有些难以置信。

"你再找找其他地方，比如墙壁、门这些地方。"莉迪亚说道。

陈羽又在这些地方来回扫了一遍，结果依旧没有发现任何指纹，或试图擦拭指纹的痕迹。

"什么都没有，这里只有亚瑟的指纹，并且手枪上亚瑟的指纹没有任何被破坏的痕迹。"陈羽说道，"如果这么看的话，这是个自杀案件。"

"怎么可能？"莉迪亚有些激动地惊叫了一声，说道，"之前我给他打电话，他都在和我说话，他为什么要自杀？"

这时陈羽回过头用一种质疑的眼神盯住了莉迪亚，他感觉这一切都很古怪，一路上只有莉迪亚与亚瑟在联系，自己从没有和亚瑟说过一句话，也没有听见亚瑟说过一句话。起初他只是觉得亚瑟对自己不屑一顾，因此也不愿意与亚瑟多说什么，让莉迪亚与亚瑟联系，可以免去很多不必要的尴尬，如今看来，这其中大有文章。

"你在怀疑我，是吗？"莉迪亚开门见山地问道。

"这一路都是你在和亚瑟联系。"

"好，我让你听听我和他的对话。"

"不，这个东西很容易作假，一段录音而已，现在已有软件能模仿各种人的声音，这技术并不高端。"陈羽说道。

莉迪亚听了，没有急于去辩解，只是冷笑了一声，说道："那你就说说吧，我是如何杀死亚瑟的。还有之前进了亚瑟房间的那个人，你觉得是我让他杀死了亚瑟，是吗？"

陈羽没有说话，半晌才说："我并没有确定就是你，但很显然你是有嫌疑的。"

"很好，我有嫌疑，那你打算怎么办？是把我交给当地的警察，还是交给时空安全局的主管？"莉迪亚反问道。

莉迪亚非常聪明，并且能够临危不乱，她对一切突发事件都能处理得游刃有余，即便是陈羽误会了自己，她也并不太在意。陈羽知道，这个莉迪亚绝不是一个普通的角色，即便自己已经加入了时空安全局，到现在他也只见过安全局里的莉迪亚与亚瑟，还有那个只闻其名未见其人的史密斯·里夫斯。他觉得莫说是"狼蛛与红火蚁"这个组织，即便是他所在的时空安全局也都内有文章。他现在必须想一个办法，能够让自己处在安全的境地，因为如果莉迪亚有问题的话，他必须保证自己不被伤害。

"我倒不是要把你怎么样，我说了，我也不能完全确定。我想问问你，你对这个案子有什么看法？"陈羽问道。

莉迪亚看陈羽的眼神里掠过一丝怀疑，继而说道："你是侦探，我的看法就是之前进了这间屋子的那个人有着最大嫌疑。"

"你能帮我查到这个人吗？"

"这比较难，我试试。"莉迪亚说着，开始在电脑里搜索监控视频里的那个神秘背影的真实身份。

陈羽又找到了穿透亚瑟脑袋的子弹，他对照了一下，这颗子弹也完全匹配这把枪。他在地面上寻找类似鞋印之类的线索，但是几乎什么都看不出来。以他多年从事侦探的经验来看，这个案子偏向于自杀。然而他仍旧有一肚子疑问，他翻找亚瑟在死前是否留下了什么线索，终于，他在亚瑟的嘴里发现了一些蹊跷。亚瑟的嘴唇有被牙齿咬破的痕迹，嘴唇上还残留着一些血迹。他打开亚瑟的嘴，忍着一股臭味，发现亚瑟的舌头也有被咬破的痕迹，舌尖处的咬痕清晰可见。

他又发现在亚瑟的左脸颊以及脖颈处有指甲划伤的痕迹，他检查了亚瑟的双手，他左手的食指和中指的指甲盖都有磨损的痕迹，并且还带着血迹。陈羽虽然在这里无法做DNA的最终鉴定，但是他大概能够确定亚瑟在死之前，咬过自己的嘴唇和舌头，也抓过自己的脸颊和脖颈。

陈羽根据这些发现，猜想亚瑟在死之前一定遭遇过一些事情。他试图还原，就好像一个受尽折磨的人，在挣扎时咬破了自己的嘴唇和舌头，并抓破了自己的脸颊和脖颈，然后实在不能再忍受那种痛苦，而掏枪选择了自杀。他看见亚瑟的太阳穴周围有被烧焦的痕迹，他能够断定这的确是自杀，因为只有将枪口顶在自己的皮肤上，开枪时才会产生瞬间的灼烧，再加上枪柄上除了亚瑟的指纹之外，没有其他人的指纹，也没有擦拭指纹的痕迹。

"你查到了吗？"陈羽问道。

莉迪亚一边操作电脑，一边说道："大致锁定了这三个人，他们全都是中国人，一个叫张穆，一个叫沈卓，还有一个叫黄辰。"

"他们三人的资料，你能查到吗？"

"没问题。"莉迪亚说道，"张穆是一家广告公司的老板，沈卓是一个复员军人，黄辰是个无业游民。"

陈羽再次停了下来，他沉思了好一会儿，说道："这三个人看起来都不像是重要人物。"

"没错。"莉迪亚说道，"但是你要知道，这很可能只是表面，我能查到的只有这些，真正的凶手很可能只是利用一个普通的身份来隐藏自己。"

"这个我当然知道，刚才我又仔细看了一下亚瑟的尸体，我几乎可以判定他是自己开枪打死了自己，但在他自杀之前，遭遇了某些我们难以想象的事情。他咬破了自己的嘴，抓破了自己的脸颊，我想他所遭遇的事情一定与之前那个进了他房间的人有关。"陈羽说道，"我现在拿不准是否该去问酒店的负责人员，让他给我一份居住在酒店里的人员名单。"

"的确，亚瑟的尸体如果被人发现，我们就麻烦了。"莉迪亚说道，"我们还是先离开这里。"

"你能联系到那个史密斯·里夫斯吗？"陈羽问道。

"能，"莉迪亚说道，"走吧。"

两个人悄无声息地离开了酒店，来到了离这里两条街远的地方。

"我们进来和离开的时候，也被监控拍下来了，我想我们很快就会有麻烦。"莉迪亚说道。

陈羽此刻有些恼火地说道："这究竟算怎么回事？那个史密斯·里夫斯让我们来这里，但现在接应我们的人死了，线索也断了，还能查出什么？"

莉迪亚没有说话。

陈羽拿出了耳机，戴在耳朵上，此刻他没心思去想那些，只想让自己能够静一静。莉迪亚走过去，毫不客气地拿了一个耳塞，放在自己的耳朵里。

"《布兰登堡协奏曲》，看起来你很喜欢巴赫。"莉迪亚说道。

陈羽有些无力地笑了笑，说道："让我听完。"

他们就这样一路走在布尔萨的街道上，一直也没有人来找他们。他们在布尔萨城中游荡着，一时间也不知道该如何进行下一步。这会儿，陈羽的耳朵里响着的是赋格曲，一首接着一首。他这会儿的确是感到眼睛也好，耳朵也好，都变得不再重要，因为这旋律来自内在，源源不断。如此这般，他也忘了过了多长时间，总之他这会儿感觉自己重获了新生，他拿下耳机，说道："我有一个办法。"

莉迪亚听到沉默半天的陈羽终于说了一句，不由得吃了一惊，随即问道："什么办法？"

"办法我有了，只要你敢，就有可能成功。"陈羽说道。

"我没什么不敢的。"

"那就好。"

在那家酒店里，终于有服务员推开了亚瑟所住房间的门，过了片刻，他就报了警。警方来到这里，进行了一番调查，并且找出了相关的监控视频，他们在视频里锁定了最后进入这个房间里的两个人——陈羽和莉迪亚。警方开始派出人马搜捕这两个人。

此刻陈羽就在这家酒店的另一个房间里，他心里也充满了不确定，因此格外焦虑，但是他仍旧尽可能地稳住自己，不让自己显得慌乱。但他心里知道，自己极有可能面临危险。

终于，警察找到了他所在的房间。陈羽瞪大双眼，看着进来的这群人，坐在椅子上一动不动。接着，他们对陈羽说了一大堆土耳其语，陈羽丝毫听不懂，只得用英语回应，终于有一个警察用英语说道："你涉嫌与一桩谋杀案有关，现在我们要正式逮捕你。"

陈羽没有说话，只是点了点头。那些警察把陈羽押上了警车，送到了当地的警局。

当陈羽进了警局的审讯室时，他的心就有些发慌了，因为这是一个有些幽暗的小房间，里面只有一张桌子和三把椅子。陈羽坐在一头，对面坐着一名警察。

"你是中国人？"

"是的。"

警察从口袋里拿出了一张照片，是死者亚瑟的照片，他说道："死者亚瑟·里尔，是一名英国人，你认识死者吗？"

"见过一次。"

"就是今天你杀他的这次？"

"不，在之前。今天我到他房间里时，他已经死了。"陈羽说道。

"和你同行的另一个女人是谁？"

"一个朋友。"

"就是朋友这么简单？"

"是的。"

"她现在在哪儿？"

"我不知道。"

警察停顿了一会儿，说道："好，你的意思就是你没有杀害亚瑟·里尔，那我问你，你当时看见亚瑟·里尔死在房间里的时候，为什么不报警？为什么离开房间之后，订了另一个房间？你这样的行为很古怪。"

"我不会土耳其语，反正我相信你们迟早会发现的。"陈羽说道，"你们有没有在现场发现我的指纹？"

"没有，但这并不能说明你不是凶手。"警察说道，"和你同行的那个女人叫什么，是哪国人？"

"她叫阿米尔，是南非人。"陈羽说道。

警察听了后，愣住了，说道："你说的是实话吗？"

"你可以用测谎仪来测一测。"陈羽说道。

警察深吸了一口气，说道："你们来土耳其做什么？"

"来调查一些事，你知道能从嘴里吐出白色物质的怪人吗？"陈羽终于说出了最重要的话，他的心止不住地乱跳，紧紧盯着这个警察。这个警察听到陈羽说了这句话之后，也沉默了，他表现出一种怪异的状态，他的两颗眼珠开始向上翻，露出了眼白。

陈羽左手扶在桌沿上，右手放在椅子上，他的脑海里甚至想到了宫本武藏所说的"二天一流"的技法。

"你怎么了？"陈羽见那个警察许久不说话，便试探性地问了一句。

警察一瞬间恢复了常态，说道："你有一种办法可以使自己避免任何麻烦。"

"什么办法？"

"告诉我，你的那个同伴在哪儿，她究竟叫什么。"

陈羽摇了摇头，说道："我刚才已经说了，我不知道她现在在哪儿。"

"你们是怎么分开的？"

"她说有些事，先走一步。"

警察站起身来，说道："看起来你们并没有加入我们，现在只有一个办法了。"

陈羽再一次恢复警觉，问道："什么办法？"

警察没有说话，而是张开大口，从他的口中冒出了一根和手臂一样粗的白色东西，朝着陈羽袭来。

"慢着！"陈羽坐在座位上，一动没动，他竭尽全力保持镇定，大声说道，"我告诉你她在哪儿！"

警察口中的那根白色物体又缩了回去，他说道："你害怕会死在这里吗？"

"是的。"

"但我告诉你，你并不会死。"警察说道，"加入我们，你会更加安全。"

"你是说让我变得和你一样，嘴里也能吐出那个白色的东西？"

"没错。"

"等一下，在我加入之前，你得告诉我这究竟是什么东西。"

警察没有说话，他的眼珠又开始往上翻，眼睑微闭，只露出一道眼白。陈羽很明显地感觉到这里的一切都已经变得不再正常，这个警察的状态就像是电影里的僵尸一样，然而与僵尸不同，这警察似乎又有着正常人的一面。只是他口中那根白色的东西，让陈羽想起了自己的妻子，这让陈羽的心又跟着揪了起来。

"你怎么了？"陈羽又问道。

警察依旧没有说话。

陈羽站起身来，缓缓地走到了边儿上，背靠着墙，一只手扶着椅背。那个警察说道："加入我们，成为一个整体，我们彼此之间可以互相联系，就像是蚂蚁群一样。"

"那个白的东西是什么？"

"这就是网络。"

"那你们的目的是什么？"

警察没有说话。

陈羽的心凉了半截儿，此刻他必须想办法脱身了。他说道："我想问一下，你想找到我的那个同伴，是想让她也加入你们吗？"

"这是迟早的事情。"

"那好，我知道她很可能去了一个地方。我说个地址，你们就派人去，找到她，让她加入你们。当然，我是说可能，我不能确定。"陈羽说道。

警察沉默了一会儿，陈羽此刻的心几乎要提到嗓子眼了，他紧握拳头，手心里的汗已经从指缝间渗出。这个警察说道："你给你的同伴打个电话。"

　　"你可以搜我的身，我的手机丢了，她的电话号码存在手机里，我可记不住。"陈羽说道。

　　警察深吸了一口气，有些恼火地看着陈羽。陈羽装作一无所知的样子，靠在墙壁上站着。

　　"你不能光说一个地方，你得亲自带我们去。"警察说道。

　　陈羽这才松了口气，问道："为什么？"

　　"谁知道你说的那个地方究竟有没有埋伏，你带我们去。如果你说谎，我们当场就会毙了你。"警察说道。

　　陈羽撇了撇嘴："好，你不相信我没关系，那就让我带你去。"

　　"是带我们去，我不会一个人和你去的。"警察说道。

　　"可以，你安排好人，我就带你们去。"陈羽说道，"不过我想知道，你为什么要让我们加入，难道这里的人全部都加入了吗？"

　　"我所知道的都加入了。"警察说道。

　　"我想亚瑟的确是自杀。"陈羽说道。

　　警察有些吃惊，问道："你怎么能断定？"

　　"首先从现场来看，没有找到凶手的指纹，也没有打斗的痕迹。他的太阳穴上有烧焦的痕迹，只有用枪口顶着太阳穴，在开枪的瞬间才会造成这种烧焦的痕迹。我想他应该是自杀，而且他自杀的原因，很可能是因为他见到了某种无法抵抗的力量。"陈羽说道，"我想是你们的人迫使他选择自杀，因为他完全不想加入你们。"

　　警察露出了冷笑，说道："你很厉害！不愧是时空安全局的探员！"

　　"你知道我的身份？"

　　"没错，亚瑟死在房间里，这个局是我们布的。因为我们得知他是在这里等人，我想就是你，还有那个女人。"警察说道。

"你们到底要做什么？"陈羽严肃地问道。

"没什么，不过我可以提醒你，你们想对付我们根本是毫无胜算，不如加入我们。"警察说道。

"狼蛛与红火蚁，这个组织最终的目的究竟是什么？"陈羽问道。

警察没有回答，他站起身来，说道："你会很快知道的，到时候，你自然会把一些事情告诉我们！"说着，警察的口中再一次伸出了那根白色的物体。陈羽仔细看上去，就像是成千上万根银白色的丝线缠绕在一起，这东西好像是蛇，在空中盘绕着朝他袭来。

陈羽立刻掀开衣服，只见在他的腹部绑着一个只有手掌大小的、扁平的炸弹。他说道："这是一颗炸弹，威力也不是很大，不过把你们这个警局夷为平地应该不算太难。你想试试吗？"

警察冷笑了一声，说道："我不信你有这个胆量。"

"亚瑟已经自杀了，你以为我会比那个家伙胆小吗？如果我胆小，我还会一个人等着你们把我抓到这里？而且这个炸弹不仅仅是我能控制，我的同伴也能控制。如果他们想让我当人肉炸弹，无论我敢不敢，都只能和你们一起去死。"陈羽说道，"这样的话，最起码我也比亚瑟死得更有价值一点儿。"

警察说道："你们都疯了！"

陈羽依旧表现得很沉着，然而他心里已经紧张到了极点，他说道："我现在要离开这里，你会让我离开吗？"

警察没有说话，很显然，他这会儿反而不知道该拿陈羽怎么办才好。陈羽看了一眼外面，知道自己在短时间内不会发生危险，但是他知道这里的人一定会想方设法控制住自己，眼下他只能随机应变。

这时，又有两个人走进了这间审讯室。陈羽看得出来，他的确是无法逃脱了，因为这三个人会想尽一切办法来对付自己，而自己只有一个人，他逃不出去了。

CHAPTER

09

灵　媒

在一个非常安静的地方，陈羽和王腾两个人从一艘飞船的船舱里走了出来。他们看见这里仿佛是在地下，周围有一些穿着白衣服、戴着白口罩的人，正在进行某种科学研究。当看见他们的时候，这群白衣人并没有惊讶，其中有一个人走到了他们面前，什么都没说，只是先看了一眼。

"这里是南桐城？"王腾率先问道。

"是的。我想，你们就是从突尼斯来的那两位探员。"这个白衣人说道。

"没错，这里是哪儿？"

"火月山分部，这里在火月山的下面。"白衣人说道，"这会儿已经是晚上了，你们是现在就出去，还是在这里过一夜？"

"你们是在做什么？"陈羽问道。

"做一些实验，关于死光武器的研究。"

"又是特斯拉的手稿？"

"没错。"

"你们这里对'狼蛛与红火蚁'这个组织有什么调查结果吗？"

"没有，我们并不是负责调查的，负责调查的是你们。如果你们在调查的过程中遇到什么危险，可以及时联系我们，我们会派出秘密部队去援助你们。"白衣人说道。

陈羽和王腾与这里的火月山分部互相交换了联系方式，然后他们并没有在大山内停留，而是直接离开了这里。他们离开了这间实验室，顺着一个狭长的山洞走，越往前他们越觉得有臭味。当这里的白衣人为他们打开一扇隐秘的大门时，他们看见外面一片漆黑。他们用手电筒照着，脚下踩着一块块凸出的岩石，最终来到了山洞口，看见山洞那里堆满了垃圾，全部都是不走山路而喜欢在林间穿行的游客随地乱扔的结果。正因为这里堆满了垃圾，使得这里显得格外隐蔽，不会被人轻易发现。

陈羽和王腾两个人就这样踩在垃圾上，最终来到了大山外。之后进入了南桐城的市中心。

"你打算怎么做？"王腾问道。

"先查一下当时被你打死的那个人的资料。"陈羽说道。

"当时太乱，我都忘了那人长什么样了。"王腾说道。

"那就去派出所问一问。"

"我劝你不要去，因为那些警察也可能被控制了，他们可是有枪的，如果他们要对我们进行偷袭，那我们根本无法逃脱。"

陈羽笑了笑，说道："我想不会的，当初我老婆对我进行偷袭的时候，是因为有监督者在附近，他通过某种方式给我老婆下达了命令。所以只要周围没有监督者，他们即便已经被控制，也不会对我们进行袭击。"

"万一有呢？"

陈羽叹了口气，说道："你说的的确是个问题。"

"或者这样，你敢不敢回家一趟？"

陈羽愣住了，他到现在还清楚地记得当时在家里发生的让他揪心的事情，他知道自己的妻子和女儿被控制了，但是他依旧忘不了她们当时的眼神。他心里有点儿乱，他非常想回去看看自己的家人，看看她们是否已经恢复了正常，虽然他知道这是不可能的。他又有点儿害怕回去，因为那种眼神，他害怕再一次看见。他知道，自己必须面对很多艰难的局面才能救回自己的家人。如果真的需要的话，他知道自己一定会回去一趟。

"回去……如果需要的话。"

"不用说，她肯定知道那个被我打死的监督者，你可以直接去问问她。"王腾说道，"我想，这会儿那些监督者应该不在她周围。"

陈羽没有说话。

"或者你也可以去找吴晓龙，当时在法庭上的那个陪审员，应该就是个监督者。"

陈羽点点头，说道："也好，先去找吴晓龙。"说完这话，陈羽就对刚才那一瞬间的懦弱感到羞愧，他在这一刻反而更想回到家里，看看自己的妻子和女儿，可是车子已经朝着吴晓龙的家驶去。

"如果那个陪审员是监督者的话，你挺幸运的，当时他并没有指使吴晓龙来杀你。"王腾笑道。

"也许是他没想到。"

他们很快就来到了吴晓龙家，陈羽敲了敲门。几秒钟后，门打开了，吴晓龙看见陈羽，着实吓了一跳，又看了一眼王腾，问道："你们怎么来了？"

"找你有点儿事。"陈羽说道，"这是我的朋友，我们可以进来吗？"

"当然。"

两个人随着吴晓龙进了屋，吴晓龙给他们倒了水。

"你们找我有什么事？"

"我们就开门见山，你之前在法庭上见到的那个陪审员，也就是后来我们一起看见的那个人，他叫什么，住在什么地方？"陈羽问道。

吴晓龙愣了一下，说道："这我哪儿能知道，我只是见过他，并不知道他叫什么。"

陈羽和王腾相视一眼，王腾说道："当然，我们也大概猜出你不可能知道这些。"

吴晓龙被问得莫名其妙，他有些不耐烦地说道："你们还想知道些什么？"

"对不起，我肚子吃坏了，能用一下你家厕所吗？"王腾问道。

"在里面。"吴晓龙指了一下。

王腾离开了，客厅里就剩下陈羽和吴晓龙两个人。吴晓龙靠在沙发上，一切就如同一个正常人一样。但陈羽知道，吴晓龙的身上藏着一根隐形的线，如果这根线不动，那么他一切如常；这根线一旦动起来，他就会在瞬间变成一个傀儡娃娃。现在能摸到这根线的最重要的环节就在于隐藏在周围的监督者，他们是一群来历不明的人，就好像是一群灵媒。

"我们不绕弯子，你应该清楚，我的确是很想把在你身上发生的怪事，包括在其他人身上发生的类似的事情搞清楚。我想查明真相，并不是为了给谁定罪，只是想知道真相。"陈羽说道，"如果我们来这里打扰了你，希望你能谅解。"

吴晓龙摆了摆手，说道："没事，只是我知道的就这么多，我没必要向你们隐瞒什么。"

"是吗？那天我走了之后，你见过什么人，或者说，遇到了某种怪异的事情没有？"陈羽问道。

"你想听真话吗？"

"是的。"

"没有。"吴晓龙说道，"那天我们见到了那个陪审员之后，他就走了，你也走了。之后我见到的人，都是平时我常见的，比如我的同事、我的家人、我的朋友。至于怪异的事情，完全没有，一切就和原来一模一样，每个人说的每句话、做的每件事，都没有超出平常的状态。开句玩笑话，生活这么无聊，我倒是希望能够碰到一些新鲜的事情，可惜没有。如果有，我一定会告诉你。"

陈羽听了吴晓龙的这番话，沉默了好一会儿。整个屋子里一片安静，气氛凝重得让人窒息。

"很好，等他出来，我们就回去了。"陈羽说道。

吴晓龙转过头，看了一眼厕所的位置。

"对了，你知不知道南桐城里有一家名叫彩虹桥的房地产公司？"陈羽问道。

吴晓龙想了一会儿，说道："好像是有，我在电视里听过。"

陈羽点点头，说道："我也是听说这家公司房子建造得不错，打算买一套，你了解这个公司吗？"

"不太了解，不过电视上说这家公司从没有被业主投诉过。"吴晓龙说道，"你可以去看看，这房价涨得很快，要买的话，你出手也得快。"

"那是肯定的，反正中国的房价，加上中国减不掉的人口，房地产如果做得好，肯定能赚大钱。"陈羽以一种闲聊的方式继续着这样的对话。

这时，王腾从厕所里走了出来，他面带笑容地说道："不好意思，时间有点儿长，我们快走吧，别打扰吴先生休息了。"

陈羽和王腾告别了吴晓龙，走了出来。

"怎么样？"王腾问道。

"两种可能：第一，也许是因为晚上，监督者也休息了，所以吴晓龙从头到尾没有任何不正常的地方；第二，或许是监督者在暗中已经知道了我们来找吴晓龙，他害怕我们反过来捉住他，因此并没有控制吴晓龙，让他来杀我们。"陈羽说道。

"这样的话，那我们想找到这些监督者就困难了。"王腾说道。

"还有个办法……就是明天我回家。"陈羽沉默了片刻，说道。

"去见你老婆？"

"对，而且是白天。如果她对我进行偷袭，那么监督者一定就在附近。"陈羽说道，"如果她一切正常，说明那些监督者在防着我们，我们只能另想办法了。"

"好，找个宾馆住一夜，明天一早行动。"

过了一夜，第二天早晨八点钟，陈羽就带着王腾再一次来到了自己家附近。陈羽感到见自己老婆比见到吴晓龙还要紧张，因为他仍旧忘不了当时妻子和女儿的眼神。

来到家门口，陈羽犹豫了几秒钟，最终还是敲了敲门。过了一会儿，门打开了，是他的女儿陈苗苗开的门。她看见是自己的爸爸，并不是特别激动，但也还算热情地露出了笑容："爸爸！你回来了！"

"苗苗，好久没见到我了，想我吗？"陈羽说着，刚想上前一把抱起女儿，却犹豫了，因此只是摸了摸女儿的头，问道，"妈妈呢？"

"在里面。"

陈羽和女儿进了屋。陈羽看得很清楚，家里依旧是原来的景象，丝毫没有变化，但是他看着客厅的场景，总是忍不住会想起那天发生的事情。正在他陷入回忆的时候，赵璐从房间里走了出来。她如往常一样，看着自己的丈夫，就好像陈羽是正常下班回家一样，没有任何别的情绪。这让陈羽着实感到有点儿怪异，但这种怪异又和她偷袭自己时的状态不一样，陈羽自己也说不清。

"你们这段时间……怎么样？"陈羽问道。

赵璐微微一笑，说道："不错，苗苗，你该去上学了，快迟到了。"

"嗯，好的！"苗苗说了一声，背上书包就离开了。

"你手臂上的伤，怎么样了？"陈羽问道。

赵璐脸色沉了下来，说道："很多事情我也无法解释，我好像曾经拿刀伤过你，然后被一个陌生人一枪打中了胳膊。女儿也看见了，她认为是在做梦。我觉得这也是个梦，因为我肯定不会这么做的。"

陈羽听了，知道她和吴晓龙面对同样的问题，说道："如果是做梦，你的手臂里怎么会真的有一颗子弹呢？"

赵璐眉头紧锁，她知道这一切都是真的："是……是真的，可是我怎么会伤害你呢？我真是想不通！"

赵璐越说越激动，眼眶已经有些泛红。她泛红的眼睛对陈羽来说就像是太阳一样温暖，他知道自己的妻子不会无缘无故伤害自己，他暂时忘掉了当时赵璐的眼神，站起身来，一把抱住了赵璐，毫无防备。

"我知道，我回来就是为了调查这件事。"陈羽说道，"你告诉我，在我走之后又发生了什么？"

"在你被那个人救走之后，就再也没有发生任何怪事，我也恢复了神志。只是我得一直瞒着女儿，让她以为你是去国外工作了，而那天发生的一切的确是个梦。我不希望在她的心里留下什么阴影。"赵璐说道。

"你做得对！"陈羽说道，"这段时间只能辛苦你了，我很快就得走了，我得查出这件事背后的真相。"

"对，你应该走，否则我真的害怕自己哪一天会突然就把你杀死了。"赵璐说着，眼泪止不住地流了下来。

"你相信我，我一定能查明真相，找出幕后的黑手！"陈羽说道。

"那天救你的那个人，是和你一起吗？"

"是的。"

"你可以报警，让刑警来调查，你去的话还是太危险了！"

陈羽摇了摇头，说道："很多事情我不能和你细说，总之我们有很多人，是一个团队，所以我会很安全，最起码比我待在南桐城里要安全。你放心，我不会有事。"

赵璐还想多说什么，犹豫了一下，还是把话又咽了回去。她知道自己丈夫的个性。

"对了，你说那次我被救走之后，什么事都没有发生，难道在门口死了一个人，你都不知道吗？"

"不知道。"赵璐说道。

陈羽吓了一跳，仔细看了一下妻子的眼神，并不像是在说谎。他又问道："怎么可能？当时救我的那个人，在门外打死了一个敌人。你怎么会不知道呢？周围也没有人知道吗？"

赵璐一脸无辜地看着陈羽，说道："没有人发现有死人，也没有警察来。你可能当时神志有点儿不清，记错了吧？"

陈羽陷入了沉思，因为他很清楚这绝不是自己神志不清。王腾也说过，自己杀死了一个极有可能是监督者的人。如果这个人真被打死了，那尸体又是如何不见的，竟让所有人都没有看见？难道那个人并没有死？或者说他的尸体可以隐形？陈羽对此百思不得其解。

"你怎么了？"

"没事，没事。"陈羽说道，"你能陪我去公园逛逛吗？"

"好的。"

说着，陈羽和赵璐两个人来到了路边的一个公园里。那里有一些老年人在跳舞，他们为了躲清静，来到了位于公园幽深处的一个亭子里，坐在了里面。这个公园就在路边，而且面积也不大，即便在亭子里，他们仍旧能听见马路上传来的动静，但声音要小些，这也算是乱中取静了。

"你的伤怎么样了？"赵璐问道。

"早就没事了。"陈羽说道，"我想我们都没事了。"

赵璐笑了笑，点点头，说道："你这次回来是为了查什么吗？"

陈羽再一次环视了一下周围，确定没有人跟踪他们，他低声说道："也谈不上，就是出去那么长时间了，回来看看你和女儿，你们一切正常就好。"

"你也不说你究竟在做什么，是谁救了你。"赵璐说道。

"你就不用担心这个了，我不会有事，最重要的是查明幕后的主使。"陈羽说道，"总之，你知道得越少越好。"

"什么时候能结束？"

陈羽停顿了一会儿，说道："这个我不能保证，因为时间的问题是最复杂的，也许昨天就能搞定。"

"昨天？你在说什么鬼话？"

陈羽笑了笑，说道："没什么，只是开个玩笑而已。如果有可能，以后我要带你去'摩洛希亚共和国'或者'西兰公国'这些地方。"

赵璐"扑哧"一声笑了起来，说道："都是些拿放大镜在地图上都找不到的小国家。真有点儿像《威利的世界》里画的那样，躲在一群人中间，让人慢慢去找。"

"多有意思！"陈羽说道，"一会儿我就要走了，你千万不要试图来找我，否则对我对你都会有危险。你就留在家里，好好照顾苗苗。"

"你这么快就要走了？"

"是的。"陈羽说道。

赵璐颇为不舍。

陈羽说道："我曾经和你说过尼采，说过古希腊战士的精神，不说那些深奥的，简单来说，遇到问题就解决问题，在这两者之间最好不要有任何别的东西，否定、犹豫、不确定、逃避、推卸、侥幸、希望得到别人的帮助……这些东西越多，解决问题的可能性就越小。我现在唯一需要思考的，就是如何解决眼前的一个个问题，才能救回你们。"

赵璐知道陈羽的性格，便说道："尼采，我当然知道！所以我也不会阻碍你什么，只是希望你能小心一点儿。"

"我会的。"

两个人又说了一会儿，陈羽就让赵璐先回家去，虽然有些不舍，但必须如此。当陈羽重新对自己提起尼采以及尼采崇尚的古希腊战士的精神之后，他再一次将先前的犹豫、柔情全部丢掉，他唯一要做的，就是解决问题！

赵璐离开之后，陈羽一个人坐在亭子里。

"有什么线索吗？"陈羽问道。

王腾从一个角落里走了出来，说道："没有线索。"

"看来他们的确知道我们来南桐城调查这件事了。"陈羽说道，"不知道是什么原因，他们并没有派人来暗杀我们，反而把自己隐藏了起来。"

"也有可能他们真的不知道我们来南桐城调查这件事。"

陈羽陷入了沉思，一时间他也毫无头绪。

CHAPTER

10

路　线

　　他们来到了一栋烂尾楼的天台上，俯瞰着这座南桐城。城市里的一切都有条不紊地运转着，没有屠杀，没有死亡，秩序井然，只有他们知道这背后藏着一个秘密。

　　"被你杀死的那名监督者消失了，至于那名参加庭审的陪审员也找不到，看来只有一个办法了。"陈羽说道。

　　"你的意思，是直接调查彩虹桥公司？"

　　"是的。我现在倒是很希望这些监督者能自己露面。"陈羽说道，"之前优素福也说了，最起码在突尼斯那里，那几名疑似监督者就是彩虹桥公司的人。"

　　"说到底这家公司从表面上看只是一家房地产公司，你打算怎么进去查？"王腾问。

　　"我也说不清。"

　　"见鬼！"王腾不耐烦地吸了吸鼻子，说道，"依我说，不如我们捣点儿乱，看看会不会有监督者露面！"

　　陈羽哼了一声，说道："就算我们不考虑道德的问题，那些监督者藏在人群当中，指示某个人来暗杀你，你也防不胜防。"

"或者我们可以给彩虹桥公司找点儿麻烦，比如冒充彩虹桥的人去捣点儿乱，或是匿名举报彩虹桥公司，比如偷税、漏税之类的。"王腾说道。

陈羽听了，起初还有些不屑，但又想了想，说道："这不一定没用，可以试试。"

"那就走吧，先去这个公司，挑几栋别墅豪宅之类的，顺便也能看看这家公司里是个什么状况。"王腾说道。

"你有钱吗？"

"现在没有，不过等到我们去的时候就有了，何况我们只是看看，不一定要花钱。"

他们很快就打听到了南桐城内的彩虹桥公司的分部。去了之后，这家公司从外表看，与别家的房地产公司差不了太多，并没什么特色。当他们和一群买房看房的顾客，跟随着业务员去看一栋栋样板房的时候，陈羽注意到了一个细节，就是这里的业务员并没有别的房地产公司的业务员那么热情，甚至有些冷漠，别人问的问题，很多都用几个字来回应，没有更多的解释，更没有给那些顾客洗脑，拼命地劝他们买房。

中午，公司给他们所有人都提供了免费的午餐，陈羽和王腾两个人坐在一个角落里吃饭。

"这家公司看起来人气不算特别旺，而且那些业务员总感觉和别的地方的业务员不同。"陈羽说道。

"好像是的，他们都不太热情。"王腾说道。

这时陈羽看着其中的一个业务员，他假装去上厕所，故意走到了这个人跟前，仔细看了一眼。他看见这个人正在柜台上写着什么，写的内容并不像是与房地产业务有关的东西，反而更像一种类似毕达哥拉斯树一样的图案，上面用数字标注着一些东西。陈羽只看了这一眼就离开了，从厕所回来后，又回到了座位上。

"怎么样？"

"你数学怎么样？"陈羽问道。

"不怎么样，你问这个做什么？"

陈羽压低了声音，说道："我刚才看那个业务员在柜台上写的东西，像是某种复杂的几何图案，上面标注了不同的数字。"

"你不认为他们是在算账吗？"

"完全不像，总之这也是个疑点，我们还得继续查下去，找到证据。"陈羽说道。

"我们走吧。"

"等一等，跟着这群人一起回去。哦！对了，拿一张他们的广告，看看他们盖的房子户型怎么样。"

人群散去，他们跟着这群人也悄然离开了。到了晚上，他们就有了一个计划，只不过这个计划需要火月山分部的人来配合一下。而他们只需要回到宾馆，写一封匿名信就可以了。

晚上，陈羽独自一人躺在床上。他所在的这家宾馆距离自己的家只隔了两条街，然而他不能回去，他也不能给她们打电话，他害怕被监听，而且他也害怕自己回家后，在熟睡之际会死在自己妻子的手中。他知道自己的这种感觉在白天会好很多，甚至会消失，然而他这会儿有些失眠，忍不住总会想起这些事。所幸当他强迫自己去思考类似毕达哥拉斯树一样的几何图形时，很快就睡着了。

第二天上午，新闻里就出现了一条关于彩虹桥公司的事件报道。一夜间，连续三栋联体别墅坍塌，其中有一栋已经入住，所幸当时并没有人在里面。不仅如此，几栋高层楼盘也出现了墙壁裂痕，甚至屋顶断裂的现象。这对于一家房地产公司来说，可谓是五雷轰顶。不仅如此，当地的税务局当日就接到了一封举报彩虹桥公司偷税、漏税的匿名信。

陈羽和王腾两个人此刻就在之前的那座烂尾楼的天台上，等待着进入彩虹桥公司的时机。

"看来，火月山分部的那些科学家的确没有闲着。"王腾说道。

"即便如此，我们也不一定就能进入这家公司。不要忘了，如果彩虹桥公司里真的有很多监督者的话，他们会让这件事消失于无形。"陈羽说道，"关键得看税务局以及质检工程的人是什么样的态度。"

"我觉得我们的行动那么突然，他们不一定就能做好防御措施。"王腾说道。

两个人很快就去了彩虹桥公司，待在附近的一个花园里。这里离彩虹桥公司大约只有一条街的距离，他们就在那儿等着质检人员以及税务局的人到来。陈羽利用电脑，操控着从火月山分部送来的悬浮监视器。这种监视器从形态和大小上看，几乎和一只普通的蜻蜓没有区别，此刻它正悬浮在彩虹桥公司上空，随时待命。

"你操纵这玩意儿挺熟练的，你第一次用吗？"王腾问道。

"是的，这没什么难的，要不你来？"

"还是你来操控吧，我看着就好。"王腾说道，"你刚才看过这家公司内部了？"

"是的，即便是连续发生了这两件事，那些业务员有的也还在研究那个'毕达哥拉斯树'。"

"你能看懂吗？"

"不懂，因为这个图形不是毕达哥拉斯树。"陈羽说道，"只是相似而已。"

"看来，就连入住的业主都没有来闹事。"王腾说道。

"等一下！有人进入！"陈羽说道，通过电脑上显示的画面，他看见一个穿着黑色风衣的人走进了这家公司。陈羽操纵着蜻蜓，试图看清这个人的脸，但是竖起的衣领挡住了他的半张脸，他头上戴着帽子，帽檐遮住了额头。

陈羽只能模糊地看见一双眼睛，他并不敢贸然地让悬浮监视器飞到这人的面前，生怕被发现。蜻蜓只能盘旋在高处，静悄悄地跟着他一同飞进公司。然后，他们就看到这个人见到了公司的经理。

"先生！"经理和其他几名员工纷纷围了过来。

"我是来帮你们解决问题的。"这个黑衣人压低了声音说道，"那些质检人员和税务局的人已经不会过来了，业主那边也已经摆平。"

"先生，这很明显是有人在针对我们公司。"经理说道，"我们公司从未偷税、漏税，也不可能一夜间塌了那么多房子。"

黑衣人深吸了一口气，说道："我会很快查出这件事。"

"那就拜托先生了！"

"还有，你们公司最好暂时关闭一段时间，暂停所有生意。"

"好的。"

"你们不用太担心，一切都在控制之中。"黑衣人说道，"我来就是告诉你们一声，后面不要有任何行动，关门歇业，没事不要到处乱跑。"

"是，先生！"

黑衣人说完，就转头离开了。

"跟着他！"王腾激动地指着屏幕。陈羽操控着蜻蜓，蜻蜓在高空中一直跟着这个神秘男子。

"我想这个人应该就是一名监督者。"陈羽说道，"但这个公司究竟在暗地里做什么？"

"这谁能知道？不过先把这个人查出来，最起码也有了一条线索。"王腾说道。

陈羽点点头，继续操控着那只蜻蜓。高空俯瞰之下，他们在屏幕里能清楚地看见这个黑衣人走在哪一条街的哪一个角落里。当他们一路跟踪，准备找到黑衣人住处的时候，突然，屏幕上一片雪花，什么都没有了。

"怎么了？"王腾惊呼一声。

"不知道。"陈羽说着，试图重新启动连接程序，然而无法重新建立连接。而那只蜻蜓此刻早已从空中掉落在大马路上，被来回的车辆碾轧成了粉末。陈羽这边还不知道，又试了很多次，未果。

"见鬼！"陈羽心中一阵恼怒。

王腾站起身来，说道："他走的那条街离这里不远，我们快去！"

陈羽收拾好电脑，和王腾叫了一辆出租车，只用了一分钟时间，他们就来到了那个黑衣人刚才走的那条路上。下车后，他们在大街上四处搜寻，试图重新找到那个黑衣人。

这条街很大，人行道上人头攒动，路中间车水马龙。他们在这条街上来回仔细搜寻了很长时间，仍旧一无所获。

"妈的！见鬼！"陈羽说道，"那个黑衣人一定知道我们在监视他，所以用了什么手段，干扰了监视器和咱们这边的连接。"

"伙计，你别发火了，咱们和他们之间本来就在斗智斗勇。"王腾在一旁劝道。

他们再一次来到了那栋烂尾楼的天台上，这里几乎成了他们两个人商量事情的"办公室"。因为城市总是乱哄哄的，因此没有什么人会注意到这里。陈羽走到了天台边缘，如果脚下一不小心打滑，他可能就会跌下去。此刻他丝毫不怕，反而站在边缘地带，转过身，背对着外面。

"你没必要这么想不开吧？"王腾打趣道。

"当然不是。"陈羽说道，"我觉得这样能让我的脑筋转动得更快一点儿。"

"怪胎！"

"刚才的蜻蜓监视器已经拍下了那个公司经理在图纸上画的图案。"陈羽说道。

"就是你之前说的那个？"

"对。"陈羽说着，打开了电脑，将刚才拍摄下来的那段录像逐帧播放，最终截下了一张较为清晰的图案。王腾走上前，看了一眼，说道："这图形反正我是不懂，最起码我知道的图形里没有这样的。"

"我也是。"陈羽说道，"关键这些数字代表着什么意思，我得弄清楚才行。"

图案上画着错综复杂的线条，似乎组成了某种图案，但怎么看又都觉得有些古怪。每条线上几乎都写了一个数字，陈羽测量了一下线条的长度，然而与上面所写的数字也没什么关系。

王腾走到了旁边，看了看下面，又瞄了一眼陈羽所站的地方，说道："你要是再往后挪一小步，就会掉下去。"

"只要你不来捣乱，我就不会掉下去。"陈羽依旧埋头研究电脑上的这幅图。

这时起了大风，大风对着陈羽迎面而来，他的衣服和头发顿时都像发了疯一样往后面飘飞，他整个人也越来越往后倾。王腾在一旁看着都心惊胆战，但是陈羽丝毫不受影响，继续站在边缘地带。不仅如此，他还将双脚的脚后跟移到了外面，只靠大半个脚掌踩在边缘地带。

王腾看着陈羽的神情，他知道陈羽心中有数，但他还是担心，因此无声地走到了陈羽旁边，以防万一。陈羽捧着电脑，此刻他精神高度集中，同时他的身体感到了死神的临近，这会儿工夫，他感到身体内有一股强大的力量开始涌动起来，直冲大脑，心跳也开始加快。

风越来越大，眼看就要把陈羽吹出去了，他的身体也不由得摇晃起来。当他的身子向后倾斜时，王腾欲要上前拉住他，没想到他的身体用力一挺，左脚迈出，整个人又回到了安全的地界。

"原来如此！"陈羽激动地说道，"我知道这个图案的含义了！"

CHAPTER

11

回　家

　　布尔萨的夜空星月璀璨。莉迪亚走在一条街上，就和本地千千万万的少女一样，在悠闲地散步。

　　不知不觉中，她来到了绿色清真寺附近。这是一座非常美丽的建筑物，清真寺的前方还有一方水池，夜幕之下，借着灯光依旧能倒映出朦胧的景色。莉迪亚走到了绿色清真寺的一侧，远远望去，这座清真寺除了庄严，还透着一股清丽的气息，与她之前见过的清真寺并不完全一样。

　　绕过了绿色清真寺，她又不知道闲逛到什么地方去了，只知道自己是在布尔萨的某条大街上。她看着人群行走在两边，车辆川流不息。土耳其是一片神奇的地方，因为这里在很久以前曾经是赫梯人的地盘，而其中某处又是著名的特洛伊古城。之后被希腊人攻占，后来又成为罗马的一部分。罗马分裂之后，这里被拜占庭统治，后奥斯曼土耳其崛起。就连土耳其的重镇伊斯坦布尔，在历史上也多次被称为君士坦丁堡，索菲亚大教堂现在又成了博物馆。不仅有来自西方的影响，就连东方古国也对这里产生过影响，汉武帝时期的丝绸之路，终点就在这里，中国人的瓷器、丝绸、茶叶也传到了这里，经这里进入欧洲。每次想到这里，莉迪亚都会觉得也许全世界都没有比土耳其更复杂的地方了，甚至某些人类学家将土耳其这个区域称为人类文明的起源，认为这里的历史比两河流域文明还要早。

莉迪亚为什么在思考这个难以解答的历史问题，是因为这个问题牵涉一种类似网络的结构，或扩散出去，或聚合在一点。从他们目前调查的一些蛛丝马迹来看，这个神秘的"狼蛛与红火蚁"组织，就是这样的一种结构。他们似乎不断融合、不断扩张，却没有主轴，而是随机而动。

"莉迪亚。"一个声音从莉迪亚身后传来。

莉迪亚转过头一看，夜幕下走过来一个男人。他身材结实，个头儿并不高，穿着一身灰色西装。从他的相貌基本上能认出是欧罗巴人种，但说不清具体是哪一国的人，大而深邃的眼睛，高耸的鼻梁，略宽的鼻翼，一头乌黑的头发，皮肤呈棕色。

莉迪亚说道："原来是你，你什么时候到布尔萨的？"

"五天前。"这人说道，"你们进行到哪一步了？"

"第一步还没走完呢。"莉迪亚说道，"里夫斯让我到这里等你，你之前去哪儿了？"

"回了一趟老家。"

"莫斯科？"

"不，是加尔各答。"男子说道。

"我想他们很快就会来了。"莉迪亚说道。

"陈羽那边怎么样了，那个大侦探？"

"不知道，我在等着他死。一旦他死了，我们就能进一步调查这件事了。"莉迪亚说道。

"这就是里夫斯看中他的原因。"男子说道。

"是的。"莉迪亚说道，"好了，我们得去别的地方转转了。"

"你打算去哪儿？"

"EIPU2。"

"看来，你还是有一些关于那里的记忆。"

"是的，但不仅仅如此。"莉迪亚说道。

翌日清晨，莉迪亚和那名男子正在一家酒店的一楼餐厅里吃饭。这里全部都是土耳其人，因此他们两个人显得格外惹眼。

"你不吃牛肉，看来我们只能弄点儿鸡肉、鸭肉或羊肉来吃了。"莉迪亚笑道。

"对，这世界上还有人从不吃整个的面包，而且从来不吃豆子。"

"那只是古希腊时期的一小群人而已。"莉迪亚说道，"在我小的时候，有一段时间特别崇拜老鹰。我就画了一只老鹰，然后把这幅画埋在楼下花园的土里，周围种的都是鸢尾花。那时我认为这么做具有神圣的力量，到一百天之后，会有一只神鹰从土壤里钻出，成为我的守护天使。这就是人类早期为什么会有那么多的宗教，以及各种有趣的宗教仪式，因为在文明初期的人们都像孩子，即便是一个老人，他的思维和精神状态也是个孩子。"

"按照马克斯·韦伯的观点，历史不断向前发展，人类社会会越来越世俗化，宗教会越来越边缘化。这意思很显然就是说，历史就像人一样，发展到成熟阶段，最初的很多东西已经不再那么可信了，就像你说的你小时候做的事情，你现在肯定不会再去做这样的事了。"

"对，当一百天之后，我把土挖开，发现里面的画已经腐烂得模糊不清时，我知道这些都只是我的异想天开而已。"

"不过，我并不完全同意马克斯·韦伯的观点，我认为一定会有新的信仰逐渐建立起来，或者在原有宗教的基础上，派生出新的、符合今天人的科学观的信仰体系。"

"这是有可能的，最起码尼采已经尝试过了，他的哲学自成一家。卡尔·马克思的理论，对于世界上的一部分人来说，也是一种新的信仰。甚至你可以说达尔文的进化论，也是击溃了旧的信仰之后，建立的一套新的体系。"莉迪亚说道，"总之人类活在宇宙里，总要给自己找到一些思想、力量存在的依据，否则就和动物一样了。"

"等他们来了，你有什么安排？一起去 EIPU2？"

"不，我会让他们去一趟 EIPU3，我需要他们去查一些东西。"莉迪亚说道。

"查什么？"

"等他们来了，我们俩去 EIPU2，我们的目的是调查关于彩虹桥公司的事情。他们去 EIPU3，我要让他们找一个人，并且把他安全地带过来。"

"谁？"

"陈哲教授。"莉迪亚说道，"他是 EIPU3 里的中国人。"

"为什么要找他？"

"他是个科学家，他所研究的领域都是边缘科学，是非常偏门、非常前沿的技术。他能帮助我们对付这个组织。"莉迪亚说道。

"你怎么知道的？"

"因为我之前就去过 EIPU3，见过这位陈哲教授。不过，那时'狼蛛与红火蚁'这个组织还没有行动。"莉迪亚说道。

"你为什么要调查这个彩虹桥公司？"

"是里夫斯那边发来的信息。他说，在 EIPU1 那里已经查出了关于彩虹桥公司和'狼蛛与红火蚁'这个组织的联系。"

男子点了点头。

"我记得在对付潜行者的那一轮时间线里，这个陈哲教授在不同宇宙的不同版本，几乎都是最卓越的科学家。那轮时间线被替换重置之后，他仍然是科学领域当中的佼佼者。"莉迪亚说道。

"从混沌理论来说，改变一个环节，就会导致全局出现变化。即便上一轮的时间线被重置，似乎有些东西的本质也没有发生变化。"

"对，我想你作为一名印度教徒，应该能理解。"

"这就有点儿像印度教里的轮回，无论怎么轮回转世，这些人的各个方面都会发生变化，但所属的种姓是永远不变的。"

"但请你原谅，我并不赞同，也不相信。"

男子豁达地笑了笑，说道："无所谓。"

这时，餐厅里走进来两个人，他们大步朝着莉迪亚这边走来。这两个人一个是中国人，一个是英国人。

"莉迪亚，普拉萨德先生也来了！"右边的中国人微笑道。

"肖恩、李耀杰，你们来得很及时。"莉迪亚说道。

两个人坐了下来。英国人肖恩是来自军情六处的特工，他一脸严肃，眉头微皱，很像英国文学里描述的那种传统的英国人，身上总是有一股气吊在那里。而李耀杰就显得随意许多，他给自己倒了一杯果汁，先喝了一口。

"有什么计划吗？"李耀杰问道。

"我们刚才已经安排好了，我希望你们能够去 EIPU3，去找一位名叫陈哲的中国科学家，把他带过来。"莉迪亚说道。

"他住在哪儿？"李耀杰问道。

"南桐城。"莉迪亚说道，"你们去的时候要小心一点儿，把他安全带到这里，我们需要他。"

"他能做些什么？"肖恩问道。

"听你的语气似乎有点儿不屑。"莉迪亚说道。

"不，只是觉得如果这个人的能力不足以帮助我们，就没有必要把他带到这里。"肖恩冷冷地说道。

"这位陈哲教授是顶尖的数学家，尤其在极限理论、偏微分、拓扑学、离散数学、数论这些方面造诣很高。不仅如此，他还是一位量子力学的专家，研究量子网络、量子计算机等。同时他还是当代生物和化学领域里最重要的科学家，他在基因工程、纳米技术上成就卓著。"莉迪亚说道，"现在，你觉得他有资格被你们接到这里来了吗？"

肖恩没有说话。

"只有 EIPU3 才有这位陈哲教授吗？"李耀杰问道，"别的宇宙里的陈哲教授就不行了吗？"

莉迪亚皱了一下眉头，说道："这个就不用多问了。总之，EIPU3里的陈哲教授是最有能力帮助我们的人，麻烦你们去把他接过来。"

"好，没问题。"李耀杰一口答应道。

普拉萨德说道："我在想，一个人怎么能在这么多高端领域里都有最卓越的成就？"

莉迪亚只是神秘一笑，说道："没有谁是超人，不过总是有人有办法能够整合大脑里的潜能，并且充分发挥它。人类历史上是有这样的人的，比如莱布尼茨、达·芬奇等。"

"这个任务我会欣然接受的，毕竟我即将和一位能够与莱布尼茨、达·芬奇并驾齐驱的天才见面。"李耀杰说道，"肖恩先生，你觉得呢？"

"我没问题，我想今天我们就能去EIPU3。"肖恩说道。

"但是你们要小心，在EIPU3很可能也有'狼蛛与红火蚁'，甚至可能已经蔓延了。"莉迪亚说道，"你们去一定要小心，尽量不要引起别人的注意。"

肖恩点了点头，说道："那你们呢？"

"我们会去EIPU2，调查关于彩虹桥公司的事情。哦！对了，你们去的时候，如果有可能，在先保证陈教授的安全下，可以私下查一查那里的彩虹桥公司，看看那里是否被渗透了。时间在六天后，六天后我们就在这里见面。"莉迪亚说道，"总之，先生们，这一次我们是'潜行者'，我们将在黑暗中与他们作战！"

肖恩听了，不禁一笑，说道："看起来，这真的与我之前所想的一样。"

"什么？"莉迪亚问道。

"世界上所有的争斗都会将争斗的各方永远联系在一起。"

分配好了任务之后，他们中午就到了飞船那里。他们并没有改变原先的闭合曲线，而是乘着飞船先回到了"上帝的办公室"。然后分成两组，各乘坐一架飞船，分别前往EIPU2和EIPU3。如电光石火，仍旧是中午，他们就分别抵达了EIPU2的英国剑桥和EIPU3的中国南桐城。他们将飞船调成了隐形模式，并降落在无人的荒野中。

下午时分，莉迪亚和普拉萨德走在剑桥的大街上。莉迪亚颇有些感慨，因为她又回到了自己的家。

"想先回一趟家吗？"普拉萨德问道。

莉迪亚犹豫了几秒钟，说道："好吧，我还是有一些零散的记忆。总之，我的这个秘密，目前只有你和里夫斯两个人知道。"

"放心，我不会乱说出去。"普拉萨德说道。

他们走在安静的街道上，看着两边郁郁葱葱的景色。这里是著名的大学城，因此比起其他城市，总给人一种书卷气息。他们刚刚走过剑桥大学的彼得学院，这是一所非常古老的学院，古典的建筑、齐整的草坪，他们感觉就好像穿越到古代一样。时而有三三两两的学生从远处走过，他们看见莉迪亚和普拉萨德，也没有太过在意，仍旧在彼此交谈着。

"你的这个家的确很不错，在这样的一个环境里。"普拉萨德说道，"你如果这会儿回去，你家人还能认出你来吗？"

莉迪亚没有说话。

普拉萨德见莉迪亚没有回话，知道她有心事，便不再多问。

"我不打算见他们，只是想看看我原来的家。"莉迪亚说道。

穿过了彼得学院，他们一路朝着王后学院的方向走去。这时，莉迪亚站在一座石桥上，看见岸边树上的几只鸟在此起彼伏地啼叫。她停住了脚步，又回忆起了一些曾经发生的事情。她看着小河两边郁郁葱葱的草木，以及不远处碧绿且平整的草坪在温暖阳光的照射下，有一种非常舒适的、慵懒的错觉，因为她曾经就在这草坪上酣睡过。

"你没事吧？"普拉萨德见莉迪亚站了半天也没有动静，就忍不住问了一句。

"没事。"莉迪亚说道，"想起了以前的一些事情。"

普拉萨德耸了耸肩，说道："走吧，快到王后学院了。"

"我想走了。"莉迪亚说道。

"去哪儿？"

"离开剑桥，去调查彩虹桥公司。"

"已经到家门口了，我看你还是回去看一眼，否则你会一直想着这里的。"

"没必要。"莉迪亚此刻刻意显得有些淡漠，说道，"我并不十分想家，或者说想这里的家。"

普拉萨德知道莉迪亚的话是什么意思，他深吸了一口气，神情有些严肃，他说道："你现在想什么都没用了，后悔也来不及了。"

"不，不至于后悔。我只是觉得这些零碎的记忆在我的脑中，经常会彼此打架，这是个很有趣的经历。"莉迪亚说道。

"既然到了剑桥，还是回家一趟看看，走。"普拉萨德拉着莉迪亚，继续朝着王后学院走去。

没多久，他们就来到了剑桥大学的王后学院，莉迪亚的家是王后学院里一栋独立的楼阁。她的父母都是剑桥大学的历史系教授，她也曾是剑桥大学历史系的学生。

"你在这里学到的知识还记得多少？"

"一多半。"莉迪亚说道，"就算是零碎的记忆，也是有价值的。"

当他们来到王后学院里那栋白色的楼阁前时，莉迪亚再一次停住了脚步。

"你能想起什么吗？"普拉萨德问道。

"不知道。我们刚才一路走过来，看见的学生好像也不多，难道今天学校放假吗？"莉迪亚说道，"还没到寒假，今天也不是星期天。"

"谁知道，走吧。"

他们来到了白色楼阁前，莉迪亚有些缓慢地走上前敲了敲门，普拉萨德就站在她旁边。

莉迪亚有些忐忑，眉头微皱，左手的食指和拇指在来回地搓揉，总感觉想要抓住点儿什么。这时，终于有几个学生从不远处走过，正朝着教学楼的方向走去，看来今天仍旧是剑桥大学正常上课的日子。

"好像没人。"莉迪亚说道。

"再等等。"

莉迪亚又敲了敲门，少顷，门终于打开，从里面走出来一个中年男人。他身高大约一米八，穿着灰色的衬衫、牛仔裤，看起来很休闲。他有着传统英国人的那种典型派头，看见莉迪亚之后，起初先是一惊，接着又梗着脖子说道："真是上帝显灵，前天晚上我还梦到你回家来了，没想到今天你就回来了。"

"爸爸。"

"等等！你的眼睛是怎么回事？你生下来的时候是一对绿眼睛，怎么一只变成棕色的了？"

莉迪亚笑了笑，说道："谁知道，也许是基因变异的问题。你可以找个生物学教授来研究一下，我相信在剑桥很容易就能找到。"

男人笑了笑，说道："你这一出去就是那么多年，他是谁？"

"他叫普拉萨德。这是我父亲，约瑟夫·道尔顿。"

"你好，道尔顿先生。"

道尔顿先生只是礼貌地伸出手，与普拉萨德浅浅地握了握手。

"爸爸，这次回来，是因为有些麻烦的事情需要处理。"莉迪亚说道。

道尔顿先生看了一眼普拉萨德，又转过头对莉迪亚问道："怎么？你怀孕了？"

"爸爸！"

"好吧，你们进来吧。"

道尔顿先生把莉迪亚和普拉萨德请进了屋。他们进了宽敞的客厅里，道尔顿先生亲自给他们倒了杯咖啡，说道："对不起，普拉萨德先生，我这里只有普通的速溶咖啡，请你将就着喝点儿吧。"

"谢谢，道尔顿先生！"普拉萨德拿起来喝了一小口。

"恕我冒犯，普拉萨德先生，我有点儿看不出你是哪里人，一开始我觉得你有点儿像中亚地区的人，但肤色不对。"

"我是印度和俄罗斯的混血。"普拉萨德说道。

道尔顿先生点了点头，说道："我想你肯定知道猫屎咖啡，你喝吗？"

"不，不喝。"普拉萨德说道。

"这就对了，小伙子，我喜欢你！"道尔顿先生说道，"世界上总有一些蠢货，喜欢通过折磨动物来获取一些令人作呕的奢侈物。"

"是的，我同意你的观点。"普拉萨德说道。

"爸爸，我们有正事。"莉迪亚说道。

道尔顿先生愣了一下，说道："好吧，说说你们的正事。"

"你有没有听说过彩虹桥房地产公司？"莉迪亚问道。

"听说过，是最近几年冒出来的公司。你怎么问这个，你们想买婚房了？"道尔顿先生笑道。

"爸爸！"

"好吧，好吧！"道尔顿先生说道，"这家公司在英国也有，怎么了？"

"这里发生过什么怪事吗？"莉迪亚问道。

"怪事？说实话，没发生什么怪事，我天天都在看新闻。"道尔顿先生说道。

莉迪亚和普拉萨德互相看了一眼，普拉萨德问道："先生，这里的犯罪情况如何？"

道尔顿先生想了想，说道："你还别说，最近不仅没有发生什么怪事，反而各地的犯罪率都有所下降，国际新闻上提到过。"

莉迪亚知道，这里也逐渐被控制了，但她仍然不知道控制的方法。同时她也担心自己的父亲会被他们控制，虽然看起来这些人没有生命危险，治安反而比原来更好，但她仍旧不放心。

"普拉萨德先生，你是教徒吗？"

"我是印度教徒。"

"你的种姓是什么？婆罗门？"

"不，是刹帝利。"

"不过你也是半个俄罗斯人，你对东正教怎么看？"

"对不起，我不是东正教徒，所以不能随便评价。"普拉萨德说道，"我只是觉得最玄奥的思想，只有在印度、中国这样的国家里才有。"

道尔顿先生笑了笑，说道："其实基督教也好，佛也好，犹太教也好，都是诞生在亚洲。我们欧洲人在历史上很长的时间里，都是跟着亚洲人的思维在走。"

"如果我作为一名俄罗斯人，那应该算是中间人，不东不西。"

"对，就像陀思妥耶夫斯基说的那样，俄罗斯人的确是卡在欧亚两个大陆的中间，无论是地理位置，还是文化。"道尔顿先生说道，"普拉萨德先生，我不想冒犯你的隐私，但我还是想问一问，你是做什么工作的？"

普拉萨德看了一眼莉迪亚，说道："我是个商人。"

道尔顿先生笑了起来，说道："先生，我女儿不和我说她在做什么，我想你也没必要编一个职业来骗我。算了，既然你们都不肯说，我也就不问了。"

"抱歉！"

"没什么。"道尔顿先生说道，"莉迪亚，你能在这里待一晚吗？"

莉迪亚愣住了，犹豫了一会儿，说道："怎么，家里有什么事吗？"

"对，今晚有客人来。我不希望家里总是我一个人，反正你也难得回家，就算为了我，在这里住一晚，好吗？"

莉迪亚心头一阵悸动，说道："好的，爸爸！"

"普拉萨德先生，你也留下来吧。不管你和我女儿是什么关系，总之我楼上有好几间房，你可以自己选一间。"

"爸爸！你怎么又来了！"

"哦！对不起！"

普拉萨德忍不住笑了起来，说道："我和莉迪亚的确只是工作上的伙伴而已。"

"待会儿我去收拾一下房间。"道尔顿先生说道。

"爸爸，今晚来的人是谁？某个学院的教授？"

"是的，三一学院的一位人类学家，安德森·贝克特先生。"

CHAPTER
12
徘 徊

到了晚上，贝克特先生来到了道尔顿先生的家里做客。莉迪亚和普拉萨德也在，他们见到了贝克特先生，与他寒暄了一番。

贝克特先生的装扮看起来有些古板，穿着灰色的西装，戴着一顶帽子，领口上扎着领结，满嘴大胡子。如果他嘴里再叼着烟斗，手里挂着一根手杖，活脱儿就是从狄更斯那个年代走出来的。

饭桌上，主要就是道尔顿先生与贝克特先生之间的对话，偶尔带着莉迪亚和普拉萨德说两句。

"道尔顿小姐，令尊之前总时不时提起过你，你能说说你之前去过哪些地方吗？"贝克特先生问道。

莉迪亚有些尴尬，但碍于贝克特先生是客人，她说道："人类学研究到的地区，我基本上都去过。"

贝克特先生笑了起来，说道："要知道，如今人类学的范围已经超出地球了。我们根据宇宙学家提供的关于各种适合人类居住的星球的环境特点，开始做出一些人类在外星发展的预测。比如我们人类过去的文化，在某个围绕着红矮星的行星上，将发展出怎样的结构。"

"好吧，我对人类学知道得不多，我还没有走出地球的范围。"莉迪亚说道。

"即便是研究社会学方面，历史的作用也是不能忽视的，因为人类的发展是绵延不绝的线，两端之间都是互相牵连的。"贝克特先生说道，"总之，我现在在写一篇论文。"

"哦？什么论文？"道尔顿先生问道。

"是一个有趣的新观点，数理人类学。"贝克特先生说道。

"是吗？从数字或数学方面研究人类学，似乎之前也有人做过。"

"是。不过我做的并不是研究不同民族的数学发展程度，而是将人类设定成一种数字模型，最终能一步步去掉所有的余数，以达到数学上那种完美和谐的特性。"贝克特先生说道，"每次我在写关于这方面的研究时，都会放巴赫的音乐，没有多余的音符，改动一点儿，整个结构就会坍塌，这可是启发灵感的好音乐！"

"人总是有自由意志的，这也许在小范围可以，但全人类是不可能的。"莉迪亚说道。

贝克特先生笑了笑，说道："只是一种设想。"

道尔顿先生说道："马林诺夫斯基[1]的关于西太平洋的田野报告，倒是写了一些其他地方的人难以理解也难以做到的习俗，这些习俗在当地的人类社会里就能维持一种稳定的结构。"

"对，这是可以做成一个数学模型的，包括其他很多地区的人类社会。其实我要做的研究，有点儿类似数学中的拓扑学，就是在各种不同的模型里，找到相同的地方。"贝克特先生说道，"普拉萨德先生，您是半个印度人，我想你们印度人对于数学逻辑这方面，应该是有着卓越的天赋。"

"那倒也未必，不过印度的传统宗教，比如印度教、佛教，这些宗教哲学里的确包含了对万事万物的无限分解。因此我们在数学这方面，的确有不少人

---

[1] 马林诺夫斯基：英国人类学家，结构功能主义之父，以研究新几内亚群岛的库拉圈文化而闻名。

才，比如拉马努金。只是我不算。"普拉萨德说道，"我曾经在大学里学过数学，以及其中的拓扑学，但中途转了专业。"

"哦？转了什么专业？您毕业于哪所大学？"

"俄罗斯的圣彼得堡大学，后来转的是哲学。"普拉萨德说道。

"你学的这些哲学与你的宗教信仰有冲突吗？"

"有，所以我才会去学，因为冲突能不断完善信仰的结构。这就有点儿像了解维特根斯坦前期与后期的思想，也有点儿像读陀思妥耶夫斯基的小说，一个人能产生不同的，甚至是彼此针锋相对的思想，我觉得这是很有趣的事情。这种二元或多元的思想，本身就能产生一种稳定与和谐。这种观点在全世界各个民族里都普遍存在，无论是赫拉克利特哲学思想、波斯的拜火教，还是中国的《易经》，都有这样的观点。"普拉萨德说道。

贝克特先生笑了笑，说道："康德的二律背反[1]，有意思的命题！"

"安德森，你的那篇论文大概什么时候写好？"道尔顿先生问道。

"其实之前就已经写好了，但我需要重新修改。"贝克特先生说道，"这篇论文已经写了快两年了，之前没和你说，是因为思想还不成熟。"

"大概多少字？"

"没多少，我估算了一下，也许还不到十万字。"贝克特先生说道。

接着，主要是道尔顿先生与贝克特先生在聊天儿，莉迪亚与普拉萨德两个人打了个招呼，就来到了外面。

剑桥的夜景是静谧而柔美的，他们漫步在小路上，看着草丛里偶尔会钻出一只红狐。它们已经不那么怕人了，与人类和谐地生活在剑桥里。猫头鹰就在树杈之间啼叫，仰头望去，月光清澈，繁星点缀。

"这个贝克特先生看起来就像个大学者。"普拉萨德说道。

莉迪亚笑了笑，说道："只是他的数理人类学能不能成功，我是很怀疑的，

---

[1] 二律背反：康德哲学中的重要概念之一，简单来说，指两种截然相反或相互矛盾的观点，却能同时解释同一个事物。

因为人都有自由意志。"

"但是人类所谓的自由意志，从另一个角度来说，只是外界对于人内在的反映。不同的人在不同的环境下，就会产生不同的性格，人所谓的性格与意志，本身也是外界决定的。"

"对！该死的二律背反！"莉迪亚有些恼火。

普拉萨德笑了起来，说道："不说这些了，我们明天就要走了。"

"是的，这会儿陈羽应该已经死了。"莉迪亚说道，"我们在这里调查完彩虹桥公司之后，就得赶回去，还有五天时间。"

"你相信他？他还不知道自己的潜能。"普拉萨德说道。

"对，他会知道的。"莉迪亚说道。

贝克特先生回去了，道尔顿先生与之交谈得甚为愉快。晚上，所有人都睡了，莉迪亚和普拉萨德睡在不同的房间里。剑桥的午夜如此寂静，微凉的夜风通过窗缝吹进屋子，发出轻微的呼呼声。

在莉迪亚的房间里，走进来一个人。这个人悄无声息地就潜进了这栋楼阁，没有发出一点儿动静，就好像鬼影一样。他来到了莉迪亚的床前，屋子里昏暗无光，根本看不清这人的脸。

"你来了。"躺在床上的莉迪亚用中文说道。

"是的，我来了。"

"你来做什么？"

男子朝窗外看了看，说道："陈羽那边怎么样了？"

"应该是按照计划在走。"莉迪亚说道。

"这个任务最重要的环节就在陈羽身上，他不能有任何差错！你确定他是吗？还是说选择他，只是因为你私人的原因？"

"你放心，我选他，他就不会错。"莉迪亚说道，"如果没什么事，你赶快走，别被人发现。"

"普拉萨德呢？"

"在隔壁房间里。"

"嗯。"男人点了点头，说道，"你们现在查到什么地步了？知道这个组织背后到底用了什么手段吗？"

"这个目前还不知道，等陈羽这次回来，我想应该会有一些重要的线索。"莉迪亚说道，"你那边呢？还在研究那个项目吗？"

"是的。"男人说道，"我不能浪费前人的智慧。别说我了，聚合器的传导目标设定在哪座桥上？"

"就近的一座，这当中有一种较劲儿的过程。"莉迪亚说道，"因为人体的结构非常复杂，如果没有天赋，就不可能驾驭。他有这样的天赋，在他进入深度睡眠的时候，我测量过他的脑电波，比起一般人强大得多，他所潜藏的能力也比一般人要强。要知道，他曾经在梦中破解过一个杀人案。在梦里，他丝毫不差地还原了犯罪现场，并抽丝剥茧，最终在梦里确定了凶手。"

"按照你这么说，他的确是有过人的天赋。"男人说道，"但我们这项技术之前从未做过实验。"

"总是要有第一个尝试的人，你要相信他。"莉迪亚说道。

这个男人点了点头，说道："还有，这个贝克特先生，你得留意他。"

"怎么了？"

"我也说不清，一会儿我就要走了，你在这几天调查一下这个人。"男人说道。

莉迪亚愣了一下。男子说道："我得走了，祝你们好运。"

说着，男子往后退去，最终隐没在黑暗中。

第二天早晨五点半，道尔顿先生还没有醒。莉迪亚来到了普拉萨德的房间，叫醒了还在熟睡中的普拉萨德。

"怎么了？"普拉萨德揉了揉眼睛，坐起身来。

"昨天他来过了。"

"谁？"

"里夫斯。"

普拉萨德吓了一跳，说道："他来做什么？"

"他对陈羽有点儿不放心，过来问问我具体情况，同时他告诉我要调查安德森·贝克特。"莉迪亚说道。

"他知道什么了吗？"

"他如果知道就告诉我了，他只是怀疑这个人。"莉迪亚抱怨道，"这个里夫斯有时候真是挺烦人的，一会儿一个样！"

普拉萨德笑了笑，说道："总之这也是一条线索，待会儿我们就去查一查这个贝克特先生，也许他和彩虹桥公司是有关系的。"

"我倒是希望这样。"莉迪亚说道。

早饭过后，他们暂时告别了道尔顿先生，一同前往安德森·贝克特的住所。安德森·贝克特住在剑桥大学周边的一个地方，他们很快就找到了他家。他家是一座大庄园，一片幽静而优美的地方，就好像电视剧《唐顿庄园》里的那种模式，只是相比之下，没有那么繁复。

来到大门前，莉迪亚正准备敲门。

"我们来得挺幸运，他在家。"普拉萨德说道。

"你看见了？"

"刚才我看见他就站在二楼的窗口，被窗帘挡住了一半。"普拉萨德说道。

莉迪亚笑了笑，上前敲了敲门，但是过了好一会儿也没有人来开门。

"你确定你看见贝克特先生了？"莉迪亚问道。

普拉萨德也有些纳闷儿，他上前用力敲了敲门，然而仍旧没有人来开门。

"见鬼！"

"我再问你一遍，你确定你看见二楼的窗口旁边站着一个人？"

"刚才的确看见了，现在……"说着普拉萨德又朝那边看了一眼，这一次，他没有看见任何人，只看见窗帘处空荡荡的。

莉迪亚这时警觉起来，说道："你快去后面看看！快！"

普拉萨德立即朝着房子的后面跑过去，莉迪亚这时后退几步，将目光紧紧地盯在房子前面所有的门窗上。就在她死死地盯着的时候，从房子的后面突然传来了一声枪响。莉迪亚知道大事不妙，她立即飞奔到房子后面，同时，她拿出了手枪。

她看见普拉萨德趴在了地上，她立即朝四周望去，看见远处有一个人影，转眼那道人影就淹没在了草丛中。她飞奔到普拉萨德面前，见他的后背中了一枪，鲜血已经染红了周围的绿草。

"怎么回事？"莉迪亚问道。

"有人！有人在窗口对我开枪……不是他……不是贝克特。"普拉萨德紧咬着牙，艰难地叙述刚才所发生的事情。

"你得去医院！"莉迪亚说道。

"贝克特家里，你快去看看！"

"不，我先叫救护车来。"莉迪亚说着，就拿出手机打电话。

"不！不可以！"普拉萨德说着，奋力伸手抢下了她的手机。

"为什么？"

"你想想看，如果这里也被他们控制了，你觉得我被送到医院之后，他们会怎么做？让医院的人把我救活？你报警也好，叫救护车也好，只会让我死得更快！"普拉萨德说道。

"那怎么办？"

普拉萨德一边喘气，一边说道："先别管我，你快去贝克特家里看看！"

莉迪亚立即翻身进了二楼的窗户，她进去之后，很快就看见了一个让她大为吃惊的场景。贝克特先生已经死了，很明显他是被刀割破了喉咙，鲜血流了一地，就在他的卧室里。莉迪亚又在周围仔细看了一遍，什么都没有碰，然后翻身跳到了一楼。

"贝克特先生已经死了。不用说，一定就是刚才对你开枪的那个人干的。"莉迪亚说道，"你这会儿感觉怎么样？"

普拉萨德的表情十分痛苦，他是在强撑，子弹还留在他的身体里，不知道是否打坏了肺脏，因为他中枪的地方是右后背，也许骨头被打断了。总之，他现在无法行动。

莉迪亚这时有些慌乱，她说道："怎么办？总不能见死不救。不管了，我会在医院陪着你。"说着，她还是打了电话，叫了救护车。

普拉萨德也没有办法，只能是碰碰运气。他希望医院的医生、护士们没有被控制，或者说他们不知道自己的身份，能够像对待普通病人一样。但他中了枪伤，又如何能是普通病人？他们此刻陷入了两难境地，普拉萨德甚至想自己一死了之，这样就会省掉很多麻烦。可是他知道自己下不了这个手，即便他作为一名印度教徒，他也没办法能豁达地看待生死。

"还有一个办法，就是你来杀了我。"普拉萨德说道。

"怎么可能？"莉迪亚说道，"我怎么能杀你？"

"我自己……下不了手，也没有这个力气了。如果那些警察和医生都被控制住了，不仅仅是我……连你也会面临很大危险。"普拉萨德说道。

"可是不救你，你就必死无疑！"

"但你这么做，也许我们都会死在这里！"普拉萨德说道。

就在莉迪亚犹豫不定的时候，救护车和警车纷至沓来。这一次，他们没得选了。

CHAPTER

13

全民皆兵

"蚂蚁的路线！"陈羽惊呼一声。

"什么？什么蚂蚁的路线？"王腾被陈羽的这一惊一炸弄得莫名其妙。

"彩虹桥公司的经理画的这个图，就是蚂蚁的路线！"

"为什么？"

"你看，这些线当中有大量重合的地方，而且越粗的线，旁边写的数字越大，你看见了吗？"陈羽指着图中那些粗细不一的线，以及旁边大小不一的数字。

王腾有些似懂非懂地点了点头，说道："好像是这样，但是，蚂蚁的路线是什么意思？难道……难道是说蚂蚁行走时遗留下的气味，会让同类顺着这股气味走？"

"对，就是这样。"陈羽说道，"蚂蚁的特性就是这样，他们不一定会走在这些线上，但一定会沿着这些线走，这些线就是信号，就是蚂蚁的气味，是一种信息素！"

"也就是说，如果离这些线很远，信号很弱，蚂蚁就发现不了了？"

"是的。"陈羽说道，"我想这些人，这些被控制的人，就是蚂蚁，就是红火蚁！"

"为什么是红火蚁？为什么不是行军蚁、白蚁、公牛蚁或子弹蚁？"王腾问道。

"红火蚁的特性！"陈羽说道，"等一下，我的思维有点儿乱，刚才我想到了这些，这会儿居然毫无头绪了！"

"什么？"王腾看着陈羽几乎要发疯的样子，说道，"你怎么了？"

陈羽使劲摇了摇头，说道："没事，没事，我得缓一口气。"他就像是一个晕车的人，刚下了车，在这里吹着风。

王腾就在旁边看着，他知道陈羽一定是想出了什么，也许就是一瞬间出现了一些石破天惊的想法，导致他脑中就像发生了雷暴一样。王腾没有说话，就站在旁边，静静地等着陈羽。

"走吧。"陈羽说道。

"去哪儿？"

陈羽说道："吃饭去。"

他们去吃了一顿，这时，陈羽才算是稍稍缓和了一点儿。他们坐在餐厅的一角，陈羽点了一杯龙井，喝了几口，茶的清香让他感到神清气爽，他低声说道："刚才我突然想到了，就是蚂蚁的路线。"

"对，你刚才就说了，不过只说了半截儿，你继续。"王腾笑道。

"是这样，我刚才理了一下思路，所谓控制人，就是让那些被控制的人变成蚂蚁。那个经理在画的这幅图，就是在设计或在预估这些被控制的人的行为。"陈羽说道，"要证实我的这个想法，我们就必须找一个地方，来观察一个区域里的人，以及他们的活动范围。"

"就在刚才那个地方，那里能看见下面的不同的人，这一片区域你都能尽收眼底。"王腾说道，"只是不知道你的视力如何，能不能把下面的所有人都分辨清楚，并且还要记得牢靠。"

陈羽说道："没问题。我需要24个小时的时间。"

"好，那我得去弄点儿吃的。"

陈羽站在烂尾楼的天台上，开始对下方的人群进行观察，他在脑海里开始编写下方人群的序号，他可以区分周围所有街区的人。同时，他知道蚂蚁在行军的过程中，是通过留下气味，让后面的蚂蚁顺着气味行路，以防止迷路。但他观察的毕竟是人，他不能完全将蚂蚁的习性硬套在这些人身上。

王腾弄了一些食物过来，他们准备在这里待上 24 个小时。天台上安静无声，王腾就站在一边，他用手机试图去拍摄下方的人群。陈羽在另一侧，他仔细地看着下方几条街区所发生的事情。之前他从没有在意过，此刻站在高处，他有一种凌驾于众生之上的感觉，反而看清楚了下方人群行动的特征。虽然下方没有一个固定的"蚁巢"，人和人仍是按照原来的方式居住在不同的房屋当中，但人们的行走总是秩序井然，这种秩序井然并非平常所见的那样，更像是一种有规律可循的一条条直线。

其中有一个男人，下午的时候，他在路的左侧一直前行，然后进入了前方的一栋大楼里，陈羽记住了他行走的路线。之后，另一个女人沿着这条线走到了更远处的一栋大楼里。有趣的事情就发生了，在这之后，但凡走路左边的人，几乎都在沿着这条线行走。在下午五点多钟的时候，人们最多两个人一排，但几乎都是按着这条路在一直行走。当走到那个女人进入的那栋楼前，还有很多人需要朝着不同的方向走，接着，往右转的人依旧是一个接着一个，形成一条直直的虚线；往左拐的，也如此形成一条略有弯曲的虚线，整齐地朝着各自要去的地方移动。眼前的这条路的左侧，一共被不同的人走过了 84 次。那么这条路的右侧，也就是反方向的一侧，被不同的人一共走过了 67 次。最有趣的在于路中间，因为总会有一些人需要从路的中间横穿至另一侧。陈羽仔细看了一遍，横穿的路线只有一条，就是在两个十字路口之间，无论是左侧的人需要到右侧，还是右侧的人需要到左侧，他们全部都是在走中间的一条线。当路右边的人顺着中间这条无形的线抵达左边的时候，他们又都会沿着那个男人走过的路线，进入一条整齐的队伍里。反之亦然。

在车流量较大的大马路上，王腾发现了一件有意思的事情，因为他知道许多人开车没有规矩，总是随意变道，闯红灯等行为几乎每时每刻都在上演。然而这次，他发现不仅没有违反交通规则的事情发生，甚至连下班时间的晚高峰，都丝毫没有拥堵的现象。在一个十字路口，他们发现这里的红绿灯已经坏了，没有任何指示灯的闪烁，然而在一向最为纷乱的十字路口当中，纵横交错的车辆总是能够恰到好处地以一种似乎被设定好的速度，行驶在所有的缝隙之间。横向一辆卡车驶过，卡车身后隔着一段距离是一辆小汽车，就在卡车穿过路口、小汽车还有一段距离才抵达路口的时候，纵向连续驶过两辆小汽车，当这两辆小汽车驶过之后，横向的那辆小汽车才紧接着穿过了路口。没有一辆车需要停下来，每一辆车都可谓是见缝插针地穿过十字路口，无论是直行还是拐弯。没有发生任何交通事故，连最小的剐蹭都没有发生。

他们观察了一整天。

"我把我记下来的这几个街区的人行走的路线都画下来了，的确和蚂蚁的习性很相似。"陈羽说道。

"马路上的车辆也是特别有秩序，不需要红绿灯，自己就能形成一种有条不紊的方式。"王腾说道，"可是我们观察出了这些，有什么用呢？"

"蚂蚁能够非常有规律地去做任何事，是因为它们彼此之间能够传递信号，分工明确。这里的人也一定是如此，他们彼此之间一定也有某种联系，并且确定自己的分工。"陈羽说道。

"那你说那些监督者是干什么的？难道是监督这种联系有没有被破坏？"

"我想差不多。"陈羽说道，"我们还是得继续调查这个彩虹桥公司。"

"还能怎么调查？我们没办法往里面投放监控器，那只蜻蜓的尸体都不知道在哪儿了。"王腾说道。

陈羽仔细想了想，说道："我之前被我的老婆刺伤，那个时候这里就已经被控制了，你还杀了一个监督者。但这一次我们回来，用蜻蜓监视器去监视彩虹桥公司，结果很显然是被发现了，但直到现在也没有人对我们发动袭击。我一直在想这件事，我能想到的理由，就好比我们是某个微不足道的电脑病毒，而他们此刻正在重置电脑的整个程序，所以暂时没工夫派人来杀我们。"

"那个经理在画这个图，我想他应该是参与重新设定某种程序的人。"王腾说道。

他们好好休息了一晚。在睡前，陈羽很想给自己的妻子打个电话，但是他知道，这是不可能的，妻子此刻也如同蚂蚁一样，在一个既定的规则之内，完成着所有该完成的事情。他的女儿也一样。这是一种很怪的感觉，因为妻子似乎就和正常人一样，但被一种仿佛来自天外的力量所控制。他知道，自己的妻女暂时不会有什么危险，但他不知道以后会怎样。他必须早一点儿解开这个谜团，才能救出被控制的妻子和女儿。

在睡梦里，他并没有梦到别人，而是不断在脑海里出现一段话，仿佛是歌德用中文在他耳边呢喃："如永恒的和谐，自身的对话，如上帝创世之前，在心中流动。我仿佛没有了眼睛、耳朵，以及其他感官，我不需要它们，内在自有一股律动，源源而出。"在梦里，他开始思考这个案子，他愈发感觉巴赫在几百年前就已经用音乐描述了什么叫作永恒的和谐，而今天的人，在被这个神秘组织控制之下，似乎正在一步步走向这种永恒的和谐。他在梦里回想着观察到的街道上的人们的行走，以及车辆的纵横交错，一切都在一个完美和谐的规则下，没有出现任何差错，每一辆车、每一个人，都恰如其分地在做事情，互相之间的关联是一种和谐的规律，就像是完美的方程式，就像是一首赋格。这个世界变得越来越完美了。

陈羽知道自己在做梦，他知道在梦里，自己的思维能够更加活跃，他能控制自己在梦里的思维，释放出一定量的潜意识，用于更好地思考被带进睡梦里的问题。

他所思考的问题，并非任务本身，而是思考如果世界能够变得如同一首赋格、一个完美的方程式，那为何还要去阻挠这一切的发生？他自己崇尚理性，喜欢巴赫的音乐，这一切都是他的理想。也许是因为他同时也喜欢贝多芬，这种并非理性，更多的是在描述人的情感，是一种感性的力量，汹涌澎湃！尤其是让第一次听过的人都目瞪口呆的《大赋格》，与巴赫的赋格比起来，似乎是截然相反的。不仅如此，陈羽也会去欣赏高更[1]的画作，他会从安杰利科的画作中找到一种完美崇高的神性，带着这种神性，跳跃到高更的画中——粗犷原始，专门描绘凡人现实生活。这两者不能并存吗？他在梦里，将安杰利科与高更放在了一起，强迫他们面对面进行一次交谈！他要让安杰利科画出《受胎告知》中的天使加百列，让高更在加百列的面前画一个皮肤黝黑的塔希提妇女。在梦里，他可以做到所有的一切。

如果是这样，他在想自己该如何去对付"狼蛛与红火蚁"这个组织。如果他可以掌握这个组织，他该如何处置它？这种美妙的理性难道可以全然否定吗？他的思维并没有回答这个问题，而是他在想，一切的感性只是更复杂的理性而已，只是我们目前的科技还无法完全破解。如果一个中国人能够通过看见一只蝴蝶在花园里起飞，就预料到接下来将在纽约下一场暴雨，他就会说有一个神明在他脑海的最深处给了他这个神谕，他可以通过占卜，通过一种模糊的感知，预测到这个事实。这种神谕也好，占卜也罢，模糊的感知也好，在陈羽看来，是无数个数学方程式组合在一起，通过一组组最精确的计算，得出的结论。而这无数个方程式组合在一起，让人猛一眼望去，就是一种直觉、一种模糊的感知、一种神谕。当感性的知觉被不断分解，用最理性的方式去计算每一个环节时，就能得到正确的答案。这么看来，所谓的感性和理性，只是人为的划分而已。

第二天早晨，他们准备去调查这个彩虹桥公司的内部。在餐厅里，他们需要提前拟订好一个计划。

"你有计划吗？"王腾开口便问道。

"没有。"

"这就是你的计划？我倒是想到一个，既然这里的很多人都被控制了，不如抓一个回去做研究，看看他们身体里到底有什么秘密。"

"等一下，我打个电话。"陈羽拿出手机，拨通了艾琳娜的号码，几秒钟之后，

[1] 高更：法国印象派画家，代表作有《塔希提妇女》。

艾琳娜接了电话。

"你还没睡吗？"陈羽问道。

"正准备睡，有什么事？"艾琳娜问道。

"你们那里查到什么线索了吗？"陈羽问道。

"那些监督者似乎藏起来了，我们一时无法找到。我们也想过找一个被控制的人来进行研究，但失败了。"

"怎么回事？"

"是这样，我们找到了一个人，原本想对这个人进行研究，结果这个人突然自燃起来，不到一分钟就自爆了，支离破碎。所幸当时我们的人都迅速逃开，才没有被伤到，但我们根本无法研究这些人。接下来我们就遭遇了暗杀，我和费尔南德斯现在已经不在突尼斯了，我们现在在埃塞俄比亚。"艾琳娜说道。

"自燃？自爆？"陈羽听了之后，着实感到震惊，他看了王腾一眼，幸好当初王腾没有把他的家人带去研究。他现在更加担心自己的家人，他知道最安全的方法，就是离她们越远越好，他生怕一点儿刺激就让他的家人发生意外。

"是的，就是这样。"艾琳娜说道，"所以到现在我们还是没有办法能够深入进去。"

"那你们现在在埃塞俄比亚做什么？"

"这里暂时安全，还没有被控制，我们先在这里避一避。之后我们还是准备从监督者下手，只希望这些监督者不会自爆。"

陈羽将他与王腾在这些日子所查到的线索都告诉了艾琳娜，艾琳娜说道："很好，有什么线索，随时再联系。"

"嗯，好的。"

王腾问道："自爆是怎么回事？"

陈羽将艾琳娜所说的大致告诉了王腾，王腾说道："幸好你打了这个电话，否则如果按照我刚才的办法，我们也许会被炸死。"

"他们这会儿在埃塞俄比亚避难，因为当一个'蚂蚁'自爆之后，如果调查的人没有被炸死，就会有杀手去追杀调查的人。"陈羽说道，"总之，我们得另想办法才行。"

这时，街对面走过来一个人，隔着玻璃正看着陈羽和王腾。

"快跑！"陈羽压低声音，拉着王腾快步走出了餐厅。

"怎么回事？"

陈羽在一瞬间仿佛喝醉了一样，紧接着，他双眼一瞪，说道："有危险，跟我走！"

王腾见陈羽本身也是个怪人，就没有多问，跟着陈羽走到了大街上。

"顺着前面人的路线走！"陈羽说道。

他们看着前面的人行走的路线，也像蚂蚁一样跟着走。陈羽走在前面，王腾就紧跟在他的后面。

"这会儿能说一下了吗？到底怎么了？"

"这一地区的程序已经设定完毕。"陈羽说道，"接下来，一切在这系统之外的会被消灭殆尽，就像是误入蚂蚁群里的昆虫一样。"

"你是怎么知道的？"

"很难解释，这个想法就好像闪电一样，突然出现在我的脑中。"陈羽说道，"总之你相信我，我们得离开这里！"

"去火月山？让他们把我们送到别的地方？"

"小声点儿！"陈羽说道，"我们……"就在这时，陈羽发现他们竟无意中来到了吴晓龙家的楼下。突然，在他们前方的一个人转过头来，从口袋里拿出一把刀，朝着陈羽就冲了过来。陈羽大吃一惊，急忙朝旁边躲闪，王腾也跟着躲到旁边。就在这一刻，所有的人都朝着他们蜂拥而至。

"见鬼！"王腾说道。

"有监督者让他们这么做！快走！"

两个人开始在路上疾奔，街道上所有的人仿佛真的蚁群一样，都朝着他们拥来。陈羽和王腾跑到了街道的另一侧，穿过川流不息的车辆。但是这些车辆似乎也将他们当成目标，朝着两个人驶来，试图直接撞死他们。

他们朝着路边一所学校跑去，两个人跑到操场周围的栏网前，直接翻身入内。这是一所小学，但是里面的那些小学生也受到了控制，和老师们一同拥出教室，朝着他们奔来。

一个穿着绿色校服的小男孩儿跑到了王腾面前，他手里没有任何武器，便一把抱住王腾，对着他的胳膊就咬过去。王腾因为疼痛，猛地将这个小孩儿甩出去，扔到了地上。

"我们该怎么办？我能打死这些人吗？"王腾捂着被咬伤的胳膊，愤怒地说道。

"跟我来！"陈羽说着，带着王腾横穿过操场上的跑道，从一条小路来到了公共厕所的后面，那里有一堵墙。两个人直接翻墙越过，跳出了这所学校，他们来到了另一条街上。果然，这里的人还没有接到命令，没有人对他们发动袭击。

"快走！"

两个人快步行走在街上，但他们一时也不知道该如何逃离这座城市，因为这里的所有人随时都有可能对他们发动袭击。陈羽带着王腾尽可能离自己的家，以及妻子上班和女儿上学的地方越远越好。他生怕在这群袭击他们的人中，出现自己的妻子和女儿。

他们此刻只是从之前的那条街到了对面的一条街上而已。在他们快步疾行的时候，迎面走过来一个人——吴晓龙。

这时陈羽停下了脚步，对身边的王腾轻声说道："我知道了，他并没有被控制，他自己就是监督者！"

王腾还没反应过来，就在陈羽话音刚落之时，吴晓龙的双眼就如同鹰一样盯在了他们身上。接着，周围的人再一次如同血液里的白细胞一样，对他们这两个入侵的病毒展开了进攻。

这时王腾顾不得那么多了，掏出手枪，对着吴晓龙就开了一枪。吴晓龙此刻早已躲在了一棵大树后面，只露出半张脸，阴森森地盯着他们。周围的人都朝他们拥来。

"我能开枪吗？"

这时陈羽也掏出枪来，对着迎面而来的一个人的脑门儿就开了一枪。王腾见了，也跟着一起开枪。然而这群人就像是敢死队一样，对于被打死的人没有丝毫反应，而是一个接一个朝他们冲过来。

他们两个人只能一边开枪一边飞奔，身后的人仍然不绝。迎面有一辆面包车朝他们撞了过来，王腾这时抬手一枪，就将车里的司机打死了。车子一路撞过来，将周围好多人都撞翻或轧死了。最终，这辆车子驱开人群，撞在了墙上。

"快上车！"王腾说着，朝着那辆车子快步跑去，陈羽紧随其后。因为车子将周围人群驱散，在这一瞬间，并没有人拦在他们前面。

王腾跑到了车旁，打开车门，将里面的司机一把拉出，扔在地上。陈羽跑到另一头，当他准备上车的时候，身后却出现一个男人一把拉住了他。他没有开枪，而是本能地使出八极拳的招式，回身猛地一拳，就将那人打得几乎飞了出去。王腾在对面刚要上车，也被一人拉住，他抬起一脚，将那人踹翻在地。

整个场面混乱不堪，最终他们上了车，关上了车门。王腾开着车，一路向后倒，接着猛然一个转弯，将周围的一群人纷纷带倒。这时他们也管不了周围人的死活了，陈羽坐在副驾驶的位置上，迅速扫了一眼，见并没有自己认识的人，才稍稍放了心。

王腾开着车，冲出人群，来到了大马路上。

"那个浑蛋在哪儿？让我撞死他！"王腾怒骂道。

王腾刚说完，一辆小轿车直接撞上了他们这辆面包车的后面，两个人险些从车窗飞了出去。

"快离开这里，别管吴晓龙了！"陈羽说着，拿起枪，回身对着车后的那辆小轿车的前轮开了一枪，打爆了一个轮胎。

王腾踩足油门，飞冲出去，人群一拥而上。就在这时，车子的速度竟然减慢了。

陈羽透过车窗，对拦在他们前面的那群人开枪，连续好几枪，每一枪都打中额头，好几个人纷纷倒地。王腾再次加大油门，这才撞开了人群。但是，就算脱离了人群，马路上的其他车辆仍旧对他们紧追不放。

"你的车技怎么样？"陈羽问道。

"没问题！"王腾说着，开始从车子与车子的缝隙之间穿过，有些剐蹭已经不算什么了。陈羽时而对着迎面而来的车子开枪，或打爆轮胎，或朝着司机开枪。马路上混乱一片。

两辆车子迎面而来，王腾驾驶着这辆小面包车竟然从中间穿过。当面对前后夹击时，王腾猛然甩尾漂移，使得前后的车子互相碰撞，他们则趁机逃脱。击退一拨又一拨袭击之后，他们逐渐摆脱了追杀，朝着人少的郊区地带进发。

"他妈的！该死！车子坏了！"这时王腾大骂一声，车子逐渐停了下来，发动机冒出了白烟。

CHAPTER
14
交　点

他们被迫下了车。

"不知道这里有没有监督者，这里离火月山很远，我们回不去了！"王腾说道。

此时陈羽格外冷静，他看了一眼周围，说道："我们需要换一辆车，而且我们也不能回火月山，否则时空安全局在南桐城的分部就会暴露。"

王腾耸了耸肩，说道："走吧，周围没什么人。"

他们顺着这条通往郊区的路，一路朝着东方走去。他们也不知道这里会一直通往何方，只希望能有一辆车经过。

"见鬼，来南桐城什么也没查到，连彩虹桥公司的大门都没进去。"王腾抱怨道。

"虽然我们没有查到彩虹桥公司，但是最起码我们知道了他们控制人的方式，就像蚂蚁一样。还有，我知道了原来吴晓龙说的那个陪审员，根本就是个幌子，真正的监督者是他自己。"陈羽说道，"他说那件事发生之后，他就换了个工作，我猜测他一定是换到彩虹桥公司去了，或者说他本来就是彩虹桥公司的人。还有那些会自爆的人，最重要的一点就是，即便是他们能够自爆，轻易也不会这么做，否则刚才我们就已经被炸死了。"

王腾点了点头，说道："的确，我想他们所谓的自爆，只是防止外人探查他们组织内部的秘密。"

陈羽点了点头。他们两个人不知不觉就走到了一家工厂，就在这时，他们听到远处的空中传来了轰隆隆的声音。两个人抬头望去，只见空中来了三架黑色的直升机，很明显是冲着他们来的。

"这下完了！"

这时，陈羽拿起手机，打了个电话，简短地说了几句。三架直升机离他们越来越近，其中一架直升机开始发射子弹。两个人连忙朝着路旁的田野跑去，钻进了高高的稻田，然而上空的子弹仍旧不肯放过他们。

在混乱中，两个人伏着身子，弯着腰躲在稻田里，子弹就在他们耳边呼呼飞过，他们能看见身边的稻秆被打得支离破碎，四处乱飞。眼看子弹就要打在他们身上，两个人只得将身子伏得更低，几乎是在稻田里爬行。虽然他们的身体完全隐没在稻田里，但爬行时的动静，依旧让那些子弹就围绕在他们身边，不肯停息。

两个人也无法做出任何反击，陈羽在身旁捡起了一块拳头大小的石头，朝着左侧扔了出去。他并没有把石头抛出稻田上方，而是横着将石头扔出，石头从稻田里横穿了过去。果然，三架直升机开始对着那块石头扔出的轨迹进行一连串的扫射。陈羽和王腾就静静地躲在旁边，一动也不敢乱动。

这时，王腾微微抬头望去，透过稻秆的缝隙，他看见其中有一架直升机打开了舱门，一个人手里握着什么东西，正准备丢下来。

"糟糕！是炸弹！"王腾低声说道。

"你看看，他往哪儿扔？"

"好像不是我们这里，是你刚才丢石头的那个方位。"

"他一扔，我们就跑！"

透过缝隙，他们看见那个人朝下方扫视了一圈，并没有发现他们所在的位置。

接着，那人抬起手，朝着离他们不远处的地方将那个东西丢了出去。

"跑！"陈羽说着，就与王腾突然从草丛里钻出，以极快的速度朝反方向飞奔而去。果不其然，那是枚炸弹，落地时，一声巨响，火光冲天。陈羽和王腾很明显地感觉到背后有一股强大的冲击力，他们伏低身子，四肢并用，就好像野兽一样穿梭在稻田里。

在一片混乱中，他们也不知道直升机里的人有没有看到自己，只得继续伏低身子，在稻田里奔逃。他们没跑一会儿，就听见直升机的轰隆声紧随其后，密集的子弹就像是索命的恶鬼，对他们紧追不放。他们能够感觉到子弹就在身边呼啸而过，听见周围不绝的打碎稻秆的声音。

突然，一道光自天边划过，好似《蜀山剑侠传》中的紫郢剑一样，只是比书中描写得更长、更快。刹那间从天的一头伸向另一头，一条直线将三架直升机串联在一起。三架直升机纷纷爆炸，天空中火花四起，碎片飞溅。两个人抱着头，趴在稻田里。

好一会儿，硝烟才渐渐平息，但火焰并没有完全熄灭。他们这才站起身来，环视了一下周围。

"是火月山分部的人救了我们。"陈羽说道。

"就是你刚才打的电话？"

"对。"陈羽说道。

这时，陈羽接到了一个电话，电话那头问道："你们没事吧？"

"没事。"

"你们就在原地不要动，等我们的人来接你们。我们得转移了，这里已经待不下去了。"那头说道。

"为什么？只是发射了一道死光而已。"

"他们会通过这个线索，找到我们在火月山山洞里的分部。"那头说道，"你们就在那里等着我们。"

"好的。"

陈羽挂了电话，说道："我们就在这里，一会儿会有人来接我们。我们得和火月山分部的人一同转移，南桐城已经不能再待下去了。"

　　"我们既然都已经有了死光武器，难道还怕这群'蜘蛛'和'蚂蚁'？"王腾问道。

　　"我想是的。"陈羽说道。

　　两个人就在这里耐心地等待着，不到五分钟的时间，上空就出现了一架银白色的直升机，与刚才那三架黑色的直升机不同，这是火月山分部的人。少顷，飞机降落，陈羽和王腾二话没说就上了飞机。

　　开飞机的是一个女子，她是南桐城本地人，陪同她来的就是那天陈羽他们刚到火月山时见到的那个人。女子升高直升机，加之机身本身呈银白色，所以地面上的人难以察觉。

　　"南桐城我看几乎都被他们控制了。"陈羽说道，"我知道这里的一个监督者，就是吴晓龙。"

　　"没有用，我们知道监督者是谁，知道彩虹桥公司，知道这里的人大多都被控制了，但还是没有办法继续查下去。"男子说道，"之前我们派出的蜻蜓监视器，也被他们轻易识破了。"

　　"我们得和拉普达飞船会合。"驾驶飞机的女子说道。

　　陈羽和王腾两个人心力交瘁，他们进入了蚁群，却找不到蚁后，加之刚才的那一场追逃战，他们靠在座椅上，很快就睡着了。等到他们醒过来的时候，陈羽发现自己已经躺在了一个很熟悉的小房间里。这是拉普达飞船，他在睡梦中被人送到了这里，也许他太累了，不仅没有察觉到自己被运上拉普达飞船，甚至连梦都没有做。

　　他下了床，来到了曾经到过的地方——拉普达飞船的大厅。朝着窗外望去，他们现在在高空中，大厅里有火月山分部的那些人，他们被迫将火月山分部的所有设备和资料都运送到这里。

　　"这一觉睡得怎么样？"艾琳娜走了过来。

"你怎么也回来了？你不是和费尔南德斯在埃塞俄比亚吗？"

"我们在那里暂时查不到什么，而且追杀我们的人已经到了埃塞俄比亚，所以我和费尔南德斯就回来了。"艾琳娜说道，"我们现在已经不在 EIPU1 了，而是在 EIPU3。"

"到 EIPU3 做什么？"

艾琳娜没有回答，而是走到了窗口，看着下方。陈羽也走了过来，看见下方是一片汪洋，不远处零星有一些岛屿和礁石。

"这里是哪儿？"

"印度洋上空。"艾琳娜说道，"一会儿我们就会进入中国地界，我们需要去一趟那里的南桐城。"

陈羽闭上眼睛，有些痛苦地皱了皱眉头，说道："我现在听到'南桐'这两个字就浑身不舒服！"

"这里不是 EIPU1，你不用那么紧张。"

"你怎么知道这里就没有被控制呢？"陈羽反问道。

艾琳娜撇了撇嘴，说道："有没有被控制，我们还不知道，但我们知道那群'蚂蚁'和'蜘蛛'已经渗透到这里了。但你不需要去南桐城，在这里等着就好。"

"等什么？你们要做什么？"

"我们遇到了一些麻烦，需要 EIPU3 中你的帮助。"艾琳娜说道，"不同宇宙中的同一个事物之间存在斥力，因此你也不可能见到 EIPU3 中的那个你。"

"斥力……这是研究量子纠缠领域里的一部分？"

"是的。"艾琳娜说道，"总之，你在这里等着我们。"

"你们遇到了什么麻烦？"

"我们需要找出一个人，这个人就是陈哲教授。之前我们已经去了两个人，遇到了一些麻烦，我们以及 EIPU3 中的你，得帮他们去解决，把陈哲教授带出来。"

这时，费尔南德斯和王腾从另一侧的房间里走了出来。王腾见到陈羽，大步走来，脸上挂着豪爽的笑容，说道："你这家伙睡了那么久，这会儿终于醒了！"

陈羽笑了笑，说道："接下来的任务，得让另一个我来帮你们了。不知道这里的我是什么样的人，等你们回来，得和我好好说说。"

"这是肯定的。平行宇宙之间都会有一些差异，也许这个宇宙里的你是一个杀人犯，谁知道呢！"王腾说道。

陈羽有些疑惑，他问道："既然你们不知道具体的情况，为什么还要这里的我来帮你们？如果我真的是个杀人犯，或者我已经死了呢？"

"这里的你是什么人，我们不知道，但这是里夫斯给我们的指示。"费尔南德斯说道，"总之，他这么安排，应该是有原因的。你就留在这里，如果顺利的话，我们很快就会回来，到时候再继续下面的任务。"

"这个里夫斯从来没有露过面，你们都见过他吗？"陈羽问道。

艾琳娜和费尔南德斯互相看了一眼，似乎有什么秘密不能说出来一样。王腾见了，连忙笑道："当然见过，那是老早了，在你来之前，他也有他的任务。总之你就别管了，留在拉普达。"

陈羽知道有些事情他目前还无法完全了解，因此就不再多问了。这些人既然不愿意说，他问了也是白问。

第二天上午，他们已经抵达了中国境内。艾琳娜、费尔南德斯和王腾乘坐着一艘小飞船，通过发射器直接发射到南桐城，依旧是火月山分部。陈羽这时庆幸自己没有去，因为之前在EIPU1中的南桐城，曾差一点儿要了他的命，现在想想都后怕。

在拉普达飞船里，还有其他的工作人员。他们负责各个部门，有科学部门，也有日常事务部门。陈羽就在拉普达过着无所事事的日子，每天一到时候就会有人给他送饭，偶尔有几个曾是EIPU1中火月山分部的人会和他说几句话，但每次陈羽试图多了解一些情况的时候，他们就想办法岔开话题。陈羽知道，他虽然名义上是时空安全局的探员，但终究是个局外人。

在南桐城，艾琳娜、王腾和费尔南德斯此刻正走在大街上，他们刚用过午餐，准备去完成他们的任务。

"李耀杰和肖恩他们应该还在那里。"艾琳娜说道。

"是的。"费尔南德斯说道,"王腾,你给他们打个电话,说我们今晚就到。"

王腾打了个电话。

晚上七点,陈哲教授正在家里看书,房间里放着一首巴赫的《平均律钢琴曲集》中的曲子,一首接一首,连绵不断。就在这时,电话铃响了。

"喂?哪位?"

"陈教授,你好!这会儿给你打电话,没有打扰你听巴赫吧?"

陈哲关了音乐,说道:"你是谁?"

"你一定认识一个叫莉迪亚的英国女人。"

陈哲愣了一下,问道:"我认识,你究竟是谁?"

"我叫李耀杰,和莉迪亚是同事关系,我们希望能见到你。"

"我听莉迪亚说起过你,你是时空安全局的人。但你应该知道,我被困在这里了。"陈教授说道,"我想,你们一时也没有办法找到我。"

"你说的没错。"李耀杰说道,"我们到这里来,是希望你能帮助我们,帮助我们对付那群'蚂蚁'和'蜘蛛'。"

陈哲教授叹了口气,说道:"你们必须避开'蚁群'的监视,而我就在那些'蚂蚁'和'蜘蛛'无法察觉的一个地方,你们得神不知鬼不觉地到我这里才行。"

"你能帮我们吗?你住的这个小区,我们根本没办法接近。"李耀杰说道,"再耽搁下去,那些虫子的控制范围就会从你的小区不断往外扩散,到时候我们连南桐城也待不下去了。"

"你们去找陈羽,他能帮助你们。"陈教授说道。

"他在哪儿?"

"他就在自己家里,你们应该知道他家的地址,莉迪亚应该和你们说过。总之,你们去找他,也得小心点儿。"

"好的。"

电话挂了之后，陈教授走到了阳台，他看着外面的夜景，然而没有人能看见他，他就生活在这样的一个地方。阳台上有一只黑猫，正蹲坐在一个花盆旁边，一双黄色的眼睛直勾勾地盯着陈教授。

"这段时间你也憋得够无聊了，去吧。"陈教授说完，这只黑猫轻声叫了一下，然后转身离开了阳台。

晚上九点，李耀杰和肖恩两个人终于在一个路边公园里见到了艾琳娜、王腾和费尔南德斯。他们五个人就在这公园里，借着广场舞的噪声作为掩护。他们的任务是安全地把陈哲教授带出来。

"陈哲教授住的那个小区被控制了，那里的人变成了守卫，陈哲教授就像在监狱里一样。"李耀杰说道，"之前我给陈教授打了个电话，他让我们去找陈羽，说陈羽能帮助我们，也能帮助他。"

"走吧，陈羽的家我知道。"王腾说道，"我想在 EIPU3 应该也一样。"

王腾带着他们，一路走到了陈羽家附近。当他们来到陈羽家门口的时候，不禁停住了脚步。王腾是特种兵出身，他一眼就发现了蹊跷。他附耳细听，屋内有异动。他挥了挥手，其他人都让到了一边。这时，王腾敲了敲门，里面传来了一个男人的声音，因为隔着门，他们分不出这个声音是不是来自陈羽。里面说道："谁？"

"陈羽在家吗？我找他有事。"王腾说道。

里面有脚步声离大门越来越近，他们几个人就躲在旁边，屏息聆听。这时，里面的脚步声来到了门前，停了下来，并没有说话。王腾把耳朵贴在门上，他听见里面传来了一些细碎的金属碰撞的声音。他立即向后一退，躲到了旁边的墙角里。

过了一会儿，屋子里依旧没有任何动静。王腾站在旁边，伸出一只手，在门的边缘敲了敲。突然，一阵扫射穿过大门，王腾幸好只伸出一只手，并且缩得很快，没有被伤到。他们一同躲在旁边，看着子弹就从身边的门缝里呼啸而出。

"果然，这里都是埋伏好的，就是在等我们上钩。"王腾说道。

"快走！"肖恩说道，"周围一定还有人！"

他们快步下了楼，这栋楼里的人纷纷跑了出来，追杀他们。那些"蚂蚁"也混在人群中，子弹时而从人群里蹿出，他们只得到处逃窜。所幸他们率先逃出了这栋楼，躲到楼梯下方的一个角落里。他们能听见就在他们的头顶上，一群人走了下来，那些"蚂蚁"也在其中，他们下了楼梯，在小区里到处找着他们。

他们躲藏的地方，前面正好有一块木板，把他们完全遮挡在了楼梯下，夜色昏暗，那些"蚂蚁"和"蜘蛛"并没有发现他们。他们屏住呼吸，不敢发出一点儿声音。过了好一会儿，他们听见外面的人声渐渐平息，透过缝隙，他们能看见那些人已各自回家，人群很快就散了。

"我们再等一会儿，也许外面还有人。"艾琳娜低声说道。

他们又等了大约十分钟，确定外面的人都回去了，他们这才算松了一口气。当他们小心翼翼地走出来时，小区内安安静静。然而就在他们的斜上方，一双黄绿色的眼睛正直勾勾地盯着他们。

CHAPTER
15
隐藏的屋子

这对慑人的眼眸让他们的后背都不由得一阵发冷，他们仔细一看，并不是人，而是一只黑猫，正端坐在一棵树上。

"那只猫不会也被控制了吧？"王腾笑道。

这时，这只猫跳下树来，走到了他们面前。他们都为之一惊，因为猫生来胆小，见到人一般都会躲藏起来，而眼前这只猫似乎像人一样，这让他们想起了《哈利·波特与魔法石》在开头部分描写的麦格教授。它伸出一只猫爪，拨弄了一下艾琳娜的腿，然后转过头，示意他们跟在后面。

"这太荒唐了！"李耀杰说道，"难道我们得跟着这只黑家伙走吗？"

"你这话最好别让鲍尔斯听见！"艾琳娜笑道。

这只猫叫了一声，似乎在催促他们快一点儿。几个人互相看了看，仍在犹豫不决。这时，从小区另一头走过来两个人。

这只猫又叫了一声，让他们快一点儿。他们生怕那两个人会突然对他们发动进攻，只得跟在这只猫后面。这只黑猫悄无声息地在夜幕下一路小跑，他们就跟在后面，最终离开了这个小区，穿过了好几条街道，他们又来到了另一个小区。

"然后呢？这东西也不会说人话，我们就站在这里吗？"李耀杰问道。

"你别说话。"肖恩说着，指了指这只黑猫，它正在环顾周围。

接着，它带着他们贴着墙边，从一座大楼的后面绕了过去，来到了另一座大楼前。黑猫带着他们上了楼，他们来到了三楼，但发现这里少了一户人家。这栋楼应该是每层四户人家，可眼下只有三户。这只黑猫在四楼的走廊里以一种独特的方式绕了几个圈，他们一开始没有明白，之后这只黑猫示意他们紧跟在后面。他们便像进入鬼打墙的状态一样，在走廊里徘徊，走了好几圈之后，他们看见在原本空白的墙面上，出现了一扇门。

"这是什么情况？"王腾愣住了。

"空间扭曲，我想应该是这样。"艾琳娜说道。

这只黑猫听了之后，冲着艾琳娜点了点头，他们都感到惊奇。这时，门打开了，陈教授站在门口，看着他们几人。

"快进来。"陈教授说着，将他们请进屋，然后关上了门。他们每个人都充满了疑问，对这里的古怪情况，他们完全没弄明白是怎么回事。李耀杰忍不住问道："陈教授，这是怎么回事？"

"只有这样，我才能安全地躲在这里。"陈教授说道，"我把这里的空间给扭曲了，就是用的这台仪器。"说着，他指了指和电脑连接的一个可以扭曲空间、制造幻象的机器，它只有一台电视机那么大。

"这只黑猫是你养的吗？"王腾说道，"它挺通人性的。"

陈教授笑了笑，那只黑猫已进了房间。艾琳娜说道："陈教授，你知道我们找你的目的吧？"

"我当然知道，那些'狼蛛和红火蚁'眼看就要控制整个世界了。"陈教授说道，"我也一直在研究对付他们的方法。"

"这里的陈羽也被控制了，我们刚才去他家，差一点儿被一个监督者给杀死。"王腾说道。

陈教授笑了笑，说道："你们跟我来。"说着，陈教授带着他们进入了一个房间。这个房间被布置得就像一个实验室一样，桌子上放着一大堆研究手稿，以及一些非常精密的仪器。

"陈教授，你研究出什么了吗？"

"量子网络。"

"具体说说看。"肖恩说道。

"没有具体，即便是量子网络，也会有很多种形态。我对他们用的手段毫无头绪，因为我没有样本。"陈教授说道，"我现在在这里，随时都可能有危险。"

"我们来就是要把你接走，带到一个安全的地方，拉普达飞船。"艾琳娜说道。

陈教授点了点头，说道："可是我们现在连出去都有危险。这个小区里有监督者，只要被那些监督者发现，我们就完了。"

"那只黑猫能带我们离开吗？"王腾问道。

陈教授意味深长地微微一笑，说道："也许可以。这样，我有个办法，你们愿不愿意听我的？"

"什么办法？"

"让这只黑猫帮我们探探路。"陈教授说着，将那只黑猫召唤出来，对它说道，"帮个忙，帮我们观察一下外面的状况。"

这只猫连叫也没有叫一声，就从阳台爬了出去，顺着一棵树就跃到了外面。他们几个人都觉得莫名其妙，他们不明白这只猫究竟是怎么回事。艾琳娜说道："这只猫到底是怎么了？"

陈教授依然没有回答，转而说道："咱们就在这里等一等，这会儿已经是晚上了，但是那些监督者会在附近徘徊，刚才就是因为你们在陈羽家那里惊动了监督者，这里的监督者也跟着出去查看，那只黑猫才能把你带到这里。"

"但陈教授，我不明白，这只黑猫怎么就能听懂人的话？刚才我们跟着这只黑猫在三楼走廊上来回绕了好几个圈，我们都觉得很古怪，虽然最终找到了这里。"李耀杰说道，"这也是你的一项发明吗？智能猫？"

陈教授点了点头，说道："你可以这么理解。我们现在得明确一下，当我和你们去了拉普达之后，我必须有一些样本，才能破解其中的秘密。"

"虽然样本遍地都是，但很难采集。因为一旦一个人被抓，就会牵动周围所有的人，那些监督者也随时会出现。"艾琳娜说道，"我可不希望用最简单粗暴的方法。"

"什么办法？"肖恩问道。

"不顾这些'蚂蚁'的死活，一次性杀死一大批，然后趁乱取走一具尸体作为研究样本。"艾琳娜说道。

他们几个人都有些犹豫，因为毕竟这些人是受到控制的无辜的人，虽然无意中成为"蚂蚁"，但如此草菅人命，他们也一时难以接受。不过当王腾想起当初他和陈羽一路被追杀的情景时，他就没有其他人那么犹豫了，说道："我觉得这办法也不是不可以，那些家伙之前就差点儿要了我的命！我讨厌这些人！"

"得了，你还活得好好的，别开玩笑了。"艾琳娜问道，"刚才我只是随口一说。我倒是觉得可以把某个人或某些人弄昏过去，然后把他们抓来做研究，最起码活人应该会比死人要有价值。"

"可是我们知道，他们有的人可能会自爆，一旦自爆，可能就会跟我们同归于尽。"肖恩说道。

陈教授说道："他们轻易不会自爆，而且自爆是一种有意识的行为，所以我有办法。"

李耀杰问道："什么办法？"

陈教授说道："一会儿你们就知道了。等那只猫回来，我想我们就有办法离开这里了。"

"陈教授，那只猫到底有什么秘密？"肖恩问道。

陈教授依旧是笑而不答，他走到阳台上，望了望四周。这是非常奇怪的画面，他能够看见外面的景色，而对于外面的人来说，这里光秃秃的一片，什么都没有，整栋楼的格局到了这里少了一块，看起来很不和谐。陈教授左右望了望，他在搜索那只黑猫是否已经回来了。

屋内的几个人互相看着，他们弄不明白陈教授这里到底隐藏了什么。肖恩拿起了桌上的手稿，仔细看了看，上面全部都是复杂的计算公式和很多图形。他虽然不是科学家，但也能看出来陈教授在之前就已经开始研究量子网络了，他忍不住问道："陈教授，你认识史密斯·里夫斯吗？"

陈教授愣了一下，反问道："谁？"

"史密斯·里夫斯，你认识吗？"肖恩再一次问道。

"不认识，怎么了？"

肖恩仔细地盯着陈教授的眼睛，陈教授有些茫然，问道："怎么了？怎么这么问？"

"没什么，只是随便问问。"肖恩说道。

"不过之前的确有人让我隐藏起来，说周围全部都是蚂蚁，会要人的命。我一开始以为他说的蚂蚁是像希罗多德记载的巨型蚂蚁，结果原来都是人。"陈教授说道，"说实话，自从我的屋子隐藏在这栋楼当中后，我就没有再下过楼，那人说会有人来找我，让我在这里等。"

"那人是怎么告诉你的？你见过那个人吗？"

"不，是个没有号码显示的电话。"陈教授说道，"也许就是你们说的那个史密斯·里夫斯。"

几个人互相看了看，因为他们到现在也没有一个人见过这个史密斯·里夫斯，他一直隐藏着自己，在幕后做出所有的指令。即便他们当中有人去过"上帝的办公室"，"上帝的办公室"虽然可以搜索到无限的时空，但在几十亿人中逐一排查也是几乎不可能的事情，所以他们无法找到史密斯·里夫斯，也无法找出"狼蛛与红火蚁"这个组织的幕后黑手。

这时，这只黑猫从阳台上回到了屋内，对着陈教授叫了一声。陈教授听了，说道："好，我们可以走了。"

"什么？难道这'黑猫警长'的叫声就这么值得相信吗？"王腾说着，试图伸手去抓这只黑猫。结果这只黑猫一跃而起，跳到了旁边的一个橱柜上，龇着牙，愤怒地盯着王腾。王腾吓得后脊梁发冷，这只猫此刻看起来更像是幽灵厉鬼。

"你这么做是不明智的，因为我们如果要想离开这里，必须靠这只猫才行。"陈教授说道。

王腾此刻甚至有点儿不敢和这只猫对视，他走到了一边，那只猫才再一次从橱柜上跳下来，带着他们来到了门口。陈教授一把火将他的手稿全部烧毁在马桶里，他只带了一个 U 盘，和他们一起来到了门口。他从大门上的猫眼里朝外看了一眼，然后打开了门，带着他们走出了屋子。

这时，从楼下上来了一个人，陈教授示意他们不要乱动。他们看着那个人上到了三楼，从走廊上走过的时候，他的身体扭曲成像是在照哈哈镜的样子，然后从他们之间的缝隙穿过，去了四楼。

"多神奇的扭曲空间！"李耀杰说道。

"是空间扭曲，不过它只能维持几分钟了，因为我刚才已经将房间里的那台机器设置了倒计时关闭，我们得快点儿离开。"陈教授说道。

他们在走廊处这一片扭曲的地带绕了几圈，终于离开了三楼，一直到了楼下。此刻已经是深夜时分，小区里很安静，花园的草丛里有一只小动物探出头，随即转身离开，这是一只黄鼠狼。周围的人家星星点点地亮着灯，这些都是寻常人家，然而一旦遇到了监督者，他们就会变成一群凶恶的红火蚁。看到这里，他们心里都有些难过，因为这原本是一片环境不错的居民区，然而这里的人都在不知不觉中被控制了，而控制的方法，他们到现在也没有明白。

黑猫走在前面，他们紧随其后。这时，黑猫带着他们来到了这个小区里的一栋老房子门前。这栋两层楼的老房子看起来像是个独门别墅，但又不太像，深棕色的墙面显得有些古旧，房子一侧还有一棵大槐树，硕大的树冠就像是伞盖一样，将这栋老房子遮住了一半。

"我们到这里做什么？"艾琳娜问道。

这只黑猫没有理睬，旁边的陈教授说道："这个小区的监督者就住在这里面。"

"你疯了吗？万一被发现，那我们就真的出不去了！"李耀杰说道。

陈教授环视了一下四周，夜幕之下，昏暗无光，周围并没有行人往来。这时，这只黑猫一下子就蹿到了那棵大槐树上，并顺着树枝爬到了这栋老房子的顶上。

几个人都不知道这只黑猫要做什么，艾琳娜的手已经握在了枪柄上，她甚至开始怀疑这个陈教授了。这只猫此刻已经跑到了后面的阳台上，从窗口处跳了进去，没有发出一点儿声音。他们就在这棵大槐树后面等着，不知道会有什么样的事情发生。

过了一会儿，那只黑猫跳了出来，顺着大树干落到了地面。它的嘴里叼着一把钥匙，陈教授拿了过来，说道："我的车被他毁了，这个浑球儿欠我一辆车。"

几个人都笑了起来，他们跟着陈教授来到了车库。陈教授找到了那名监督者的车，发动之后，他们开着车离开了车库。然而当他们刚离开车库，周围便如潮水一般涌来了一群人。

"见鬼！还是被那个监督者发现了！"

"撞出去！"

李耀杰踩足了油门，猛冲过去，可是周围的人实在太多了，车子竟然被人群挡得速度骤减。夜幕之下，他们看不清监督者究竟藏在哪里。周围的人一片乱哄哄地围上来，他们甚至不敢主动开车窗去射击这些人。

就在李耀杰驾驶着车辆在人群中来回突围的时候，后排的王腾忽然将车门打开，其中有一个人正冲过来。王腾右手一拳挥出，打在那人小腹上，那人立即蹲下身来，王腾一把抓住那人的头发，就往车里拉。肖恩在一旁也帮着王腾将那人拉上了车。李耀杰再一次突围，在人群中撞开了一个小口，终于冲出了人群。

被王腾抓上车的人尚未来得及拼命挣扎，就被王腾对着后脑勺打了一拳，昏了过去。他们开着车，将后面的人群甩得老远，所幸的是夜晚的街道上并没有其他车来追赶他们，他们这一路并没有遇到太大的麻烦。

艾琳娜说道："幸好你手快，要再慢一步，他在车里自爆，那我们就都完了。"

"那是！陈教授，我帮你弄到了一个样本。"王腾得意地说道。

陈教授坐在副驾驶的位置，那只黑猫蹲坐在他的旁边。他回过头看了一眼，点了点头，说道："这太好了，没想到你趁乱就给我抓到了一个。"

"抓个大蚂蚁也没有那么难，他们既然敢对我们发动进攻，那我们就可以反攻他们。"王腾说道。

"我们接下来去哪儿？"

"不能直接去分部，我怕他们会暗中跟过来。"艾琳娜说道，"而且如果这个人能进入量子网络，他也许会随时把我们的状况发送给他们组织里的人。"

"看来王腾抓到的样本，反而让我们不知道该怎么办才好了。"李耀杰说道。

"最关键的，如果他死了，就没有研究价值了。"肖恩说道，"我们现在是进退两难。"

这时，陈教授从口袋里拿出了一支针管，又拿出一个小瓶子，随后将药水注入针管里，递给了后面的艾琳娜，说道："给他注射下去。"

"这是什么？"

"这是一种能让人的脑神经短时间内钝化的药，给他注射下去，他就会在一段时间内无法恢复正常人的思维，准确地说，他会像个重度智障一样。"陈教授说道，"这样的话，他就不可能理解我们的行动，更不会利用量子网络去传递信息，也不会有意识地去自爆。"

"你早就知道了？"

"我料到会有这么一天。"陈教授说道，"就在前面的路口下车。"

李耀杰开着车到了前面的一个路口，此刻马路上几乎没什么车辆，空荡荡的，只有他们几个人，加上那只黑猫。王腾和李耀杰两个人共同抬着这个人，来到了马路对面。

"那个车里也许就有监视器或窃听器，那个监督者没有派人一路追赶我们，我想就是为了等我们开车一路抵达时空安全局的分部，他们就能一并瓦解。"

陈教授说道。

"你分析得很有道理，他们的确没有追来。"艾琳娜说道，"即便我们下了车，也不代表我们已经摆脱了他们的监控。'蚂蚁'到处都是，四处蔓延，我想这里的某个角落也有他们的监视器在注视着我们。"

"那我们还能回去吗？"李耀杰问道。

"等一下，我打个电话，让他们来接我们。"肖恩说着，拿出了手机。

深夜的马路很是空旷，周围所有的店铺都关了门。原本一些夜店之类的地方，几乎都被封了，整个城市到了晚上就格外安静，因此在路边公园里，一些野猫、黄鼠狼、猫头鹰之类的夜行动物肆无忌惮地出来觅食。

"肖恩，怎么样了？"艾琳娜问道。

肖恩说道："等着吧，一会儿就会有人来接我们了。"

"陈教授，你打算一直带着这只黑猫吗？"王腾半开玩笑地看着蹲坐在一旁的黑猫。

"是的。"陈教授说着，露出了神秘的笑容。

16

冥　想

正当他们徘徊在夜幕之下的空旷大街上时，一辆吉普车迎面而来，停在了他们面前。从车上下来一个人，这个人是火月山分部的人。

"艾琳娜，你们快上来。"那人向他们招呼道。

"你没有被跟踪吧？"李耀杰问道。

"没有，快上车。"

此刻已经是后半夜了，只有这一辆吉普车在道路上行驶。陈教授他们坐在车上，一路朝着火月山方向驶去。他们一路上并没有引起任何骚乱，没有人注意到他们。驾驶员时刻在看着一个非常特殊的导航仪，这个导航仪就是火月山的科学家研制出来的，可以探测周围对他们的监控。他们借此避开了所有可能对他们进行监控的街区，从大大小小的边缘路径总算是绕到了火月山地区。他们将吉普车停在路边，从一个非常隐蔽的入口进入，最终进入了火月山分部。

他们带着陈教授和那个被王腾临时抓来的样本以及那只黑猫一同上了飞船，经过空间传送，他们返回了拉普达飞船。夜幕寂寥，在高空中，四周如深渊般空阔无际，即便是拉普达飞船内打开了灯，对他们来说也宛如一颗孤星。

他们先让人将那个样本带到了实验室，然后他们来到了陈羽的房间，陈羽此刻正在熟睡中，当他被叫醒的时候，仍然是迷迷瞪瞪地看着他们。他问道："你们回来了？怎么样？"

艾琳娜问道："陈羽，你一直在睡觉吗？"

"是的，怎么了？"

王腾问道："很抱歉，扰了你的好梦。我们把陈教授带来了，还抓到了一只'蚂蚁'。"

陈羽听了，说道："那太好了，这一趟总算是有收获。对了，费尔南德斯呢？你们没有一起回来？"

"他中途有事。"艾琳娜说道。

陈羽也没有在意，他说道："那我们接下来该做什么？"

"接下来就要看陈教授在这里对这个样本进行的研究了。"艾琳娜说道，"我们暂时就在这里，哪儿也不去。睡吧，一会儿就天亮了。"

第二天一早，他们起床后，就将昨天这里发生的情况仔细地问了一遍。了解了情况之后，陈教授开始专门对王腾抓来的样本进行研究。他首先得探究样本的大脑，对大脑发出和接受到的所有信号进行筛查。要确定样本的大脑内部有没有被植入某种芯片之类的东西，如此，这项工作就需要更加精微的观察和思索。

人的大脑会发出不同的脑电波，例如 α 波、β 波等，在不同的状态下会偏向于发送不同的脑电波。陈教授开始对样本的大脑进行干预，利用各种粒子试图刺激样本的大脑做出反应。

午后，陈羽走到了窗口处，看着外面的风景，下方云雾缭绕，带着层层灰霾，而他们所处的位置已经凌驾于灰霾之上。这时，他回过头，发现那只黑猫一直在盯着自己看。他一开始只是笑了笑，并没有太在意，他挥挥手，试图将这只猫引过来，可是这只猫只是盯着他看了一会儿，然后就走了。

"这是陈教授的黑猫，是它帮我们找到了陈教授。"艾琳娜走了过来，说道，"只是陈教授到现在也没说清楚这只猫究竟是怎么回事。"

"肖恩和李耀杰是你们在路上遇到的？他们也是时空安全局的人？"陈羽问道。

"是，他们是从EIPU7来的。"艾琳娜说道，"是组织里的人安排的。"

"我在想，你们去找陈教授的过程中，两次遭到那些'蚂蚁'的围攻，但是陈教授并没有被控制，可以说陈教授居住的小区，那里的人几乎都被控制了，那陈教授为什么没有被控制？这是个很重要的问题，这个组织究竟是用什么方法来成片成片地控制人群，而且还在不同的宇宙中？"

艾琳娜说道："现在是陈教授在这里专心研究样本，接下来我们还是得查出这个组织。"

"咱们还是把所有探员集中起来，好好商量一下吧。"

"我去叫他们。"

陈羽、王腾、艾琳娜、肖恩和李耀杰五个人来到了议事厅，围坐在圆桌周围，开始商量下一步的行动。

"肖恩先生、李先生，你们是从EIPU7来的，能和我们说说那里发生的情况吗？"陈羽问道。

肖恩说道："我们在EIPU7观察过，那里的很多人也被控制了，而且也是一片一片地被控制。"

"和这里也一样吗？"

"不，不一样。"李耀杰说道，"有一个区别，在EIPU7当中被控制的人，嘴里会吐出一种白色的东西。"

"白色的东西？什么鬼东西？"

"说不清楚，反正看起来也挺恶心的。"李耀杰说道，"我想味道应该不会好，但那些人的确会从嘴里吐出那种白色的玩意儿。"

"这个信息我之前也不知道。"艾琳娜说道，"我想，这种白色的东西就是关键。"

"哦，对了，陈先生，在EIPU7当中的你也是时空安全局的探员。"李耀杰说道，

"是莉迪亚告诉我们的。"

"莉迪亚？"

"对，在那里负责查案的时空安全局探员。"李耀杰说道。

"我在那里是什么情况？"

"莉迪亚没有说，应该是也没什么结果。"李耀杰说道，"总之，我们从不同的宇宙同时入手，这样会更有效率一点儿。"

陈羽撇了撇嘴，说道："希望如此，我觉得陈教授也许还需要一个样本，就是EIPU7当中那些会吐出白色东西的蚂蚁。"

"是的。"

"等等！"陈羽突然想到了什么，他问道，"肖恩、李耀杰，你们本身就是来自EIPU7的吗？"

"是的。"

"很好，李耀杰，你家住在哪儿？"

"EIPU7，中国，杭州。"

"肖恩，你的家呢？"

"准确地说，我生于威尔士的登比郡，也在EIPU7。"

"现在我们的飞船在中国境内，我需要确定一些事情。我们得去一趟杭州，找到这里的李耀杰。"陈羽说道。

"我懂你的意思，你是觉得如果在EIPU7没有被控制的人，那么在这里的版本也是没有被控制的。"

"我不能肯定，不过可以去验证一下。"陈羽说道，"最起码在EIPU7当中的我是没有受到控制的。"

"可以先让火月山分部的人帮我们查一查这里的李耀杰和肖恩，也许这里的李耀杰和肖恩都已经死了。"艾琳娜说着，给火月山分部那边打了个电话。那边开始帮忙查询这两个人，很快传来了信息，李耀杰已经死了，就在一周之前，他被人枪杀了，警察并没有参与调查这件事。至于肖恩，资料上显示这里的他

128

并没有被杀。

"看来我们得去一趟威尔士。"艾琳娜说道，"还是得把陈羽的这个想法好好验证一下。"说着，她让驾驶员操控飞船朝着英国方向飞去。

"不仅如此，我们还得去 EIPU7，去看看那里的你。如果我没有猜错，那里的你也并没有被控制。"陈羽说道。

艾琳娜点点头，说道："有这个可能。"

当警车和救护车纷至沓来的时候，剑桥里也不再宁静。莉迪亚这一刻已经没有任何办法了，她不知道从警车或救护车里下来的会是什么人，普拉萨德此刻已经几近昏厥。

救护车里的医护人员抬出了担架，先将普拉萨德抬上了车。这时，警车里的两名警察走了出来，拦住了想要上救护车的莉迪亚。

"是你报的警吗，小姐？"

莉迪亚有些慌乱地说道："是的。"

"请问你以及中弹者的名字。"

莉迪亚想了一下，最终还是把他们两个人的真实名字告诉了这两个警察。

"请你描述一下刚才发生的事情。"警察说道。

莉迪亚将刚才所发生的事情告诉了警察，同时她保持着警觉，因为这些警察或医护人员一旦发现他们并没有被控制，就可能会对他们发动攻击。莉迪亚这时逐渐恢复了平静，她知道自己和普拉萨德随时都有可能面临危险。普拉萨德已经被救护车送走了，也许不到医院，他就会死在路上。

"莉迪亚！"远处传来一个声音，是她的父亲道尔顿先生。他一路小跑过来，说道，"怎么回事？"

"我没事。"

"我听说有人开枪，是真的吗？"

"现在已经没事了。"

"怎么能没事呢？把刚才的事都告诉我！"

旁边一个警察上前说道："对不起，先生，你是她的家属吗？"

"我是她父亲。"

警察看了道尔顿先生一眼，说道："好的，我们得把她带到警局，有一些话要问她。"

"我能去吗？"

两个警察互相看了看，说道："先生，你还是待在家里。我们问她一些问题，做一个笔录，然后就会让她回家。"

"爸爸，普拉萨德被送到医院去了，你去看看他伤得怎么样了。"莉迪亚说道。

"好，一会儿你如果先到家，就给我打个电话。"

警察在贝克特的家内外搜查了一遍，并找了专门的法医来检验贝克特先生的尸体，之后，他们带着莉迪亚上了警车。到了警局之后，警察开始对莉迪亚进行一系列询问。

"道尔顿小姐，你刚才说你和普拉萨德原本是要拜访贝克特先生的，结果发现贝克特先生死在了家中，而那个凶手还对你们发动了偷袭。那我们想知道，你们和贝克特先生是什么关系？师生？朋友？"

"准确地说，他是我父亲的老朋友，我和贝克特先生只见过一次，因为一些有意思的话题想找他来聊聊。"

"什么话题？"

"关于人类学的问题。"莉迪亚沉着地回答着。

几个警察互相看了看，说道："法医的验尸报告已经确定死者死亡的时间是在早晨六七点钟左右。而你说你和你的朋友去拜访贝克特先生，去他家的时候已经快九点钟了。那就很奇怪了，凶手难道是故意躲在死者家中，等你们自投罗网，一并将你们都杀掉？"

莉迪亚心里也在犯嘀咕，她猜测这一定与那些"狼蛛"和"红火蚁"有关，但她又不能在警察面前说出一个字。法医的鉴定报告应该不会有错，那么这个凶手一定是提前知道了他们的行踪，也知道了他们的身份。她的脑海里出现了一个非常可怕的念头，她开始怀疑自己的父亲，然而她的情感又不能接受这样的事实。但总不会是史密斯·里夫斯做的，毕竟他是时空安全局的人，不过他也可能暗中与那群"蜘蛛"和"蚂蚁"串通。总之，她的脑海里现在只有这两个人，而他们当时也没有看清那个凶手的相貌。

"我不知道。"莉迪亚说道。

"你有什么仇人吗？"

"这个问题你不应该问我，而应该问我的朋友——普拉萨德，是他挨的枪子儿。那个人本可以先杀了我，但很显然，那个人更急着杀他，所以我不知道的事情，也许他知道。"

警察被她的话弄得都愣住了，眼下普拉萨德重伤未愈，还在接受治疗，他们还得等上一段时间。被问完话之后，莉迪亚并没有去医院，而是直接回了家。她的父亲此刻还没有回来，她也并没有急着打电话。

刚才在警局的那番询问，莉迪亚也无法判断那些警察是敌是友，也许他们这会儿也没有搞清楚她和普拉萨德的身份。但那个凶手可能此刻正在以某种方式告诉他们一些重要的秘密。

这时，她父亲回来了。

CHAPTER
17
狼蛛的面具

"那些警察没有为难你吧？"道尔顿先生刚见到莉迪亚就问道。

"没有。"

道尔顿先生点了点头，说道："我刚看了，你那个朋友虽然伤势较重，但所幸并没有伤到脏器，所以还是能抢救过来的。"

莉迪亚长舒了口气，说道："那就好。"

道尔顿先生此刻眉宇间笼罩着一股愁云，他很严肃地问道："你和他是不是情侣？你是不是很在乎这个人？"

莉迪亚起初先是愣了一下，发现自己的父亲并没有丝毫戏谑的意思，便说道："我们是同事关系，也是朋友关系，仅此而已。"

"安德森，这个家伙还是比我先走了一步！"道尔顿先生哀伤地自语道。

莉迪亚没有说话，只能看着父亲的黯然神色。道尔顿先生叹了口气，没说什么，就进了房间。莉迪亚觉得自己的父亲有些和往常不同，不过遭遇了一次枪击，他们自然都会和以往有所不同。警方已经在附近排查，以确保这一带的安全。莉迪亚没有去医院，而是回到了自己的房里。她和普拉萨德两个人都有任务，这个意外拖延了他们的进度，不过也让莉迪亚开始有了些头绪，毕竟这里还没有被控制，警察照惯例对她进行问话，以及普拉萨德被送到医院接受治疗，这些都是再正常不过的事情。

莉迪亚也开始怀疑，那个彩虹桥公司是否也参与了这次行动。也许这家房地产公司在不断拓展业务的同时，会将一个地区的人一批批给控制起来，不管他们用了什么办法。

第二天，莉迪亚一个人去了医院，她见到了普拉萨德。他躺在病床上，吊着水，脸色煞白，不过他是清醒的。病房里有两张病床，普拉萨德睡在靠窗的那张床上，中间有一道帘子，可以彼此隔开，互不干扰。他见到莉迪亚之后，浅浅一笑，说道："你这会儿才，你父亲昨天就来看过我了，还特意关照了一下。"

莉迪亚点点头，说道："你现在感觉怎么样？"

"感觉很好，最起码知道自己不会死了。"

"你大概多久能出院？"

"反正不是今天，总之得要一段时间。我知道你在想什么，既然出现了这个突发事件，我一时也没办法出院，你最好别一个人去，否则可能还会有危险。"普拉萨德说道。

莉迪亚叹了口气，她的眉眼间也浮现出英国式的阴郁，她说道："昨天，警察带我去警局做了笔录。"

"结果呢？"

莉迪亚靠近了普拉萨德，在他耳边悄声说道："一切正常，看起来这里并没有被控制，你这里看起来也是。但我总觉得他们很快就会控制这一片地区，那时候如果你还没出院，我们还没有离开这里，那就有危险了。"

"你的感觉准吗？"

"说不清，我总是觉得这里有不对头的地方。"莉迪亚说道，"你等一下，我去问问大夫，看看你这情况大概得多久能出院。"说着，莉迪亚离开了病房，去了医生的办公室，结果她得到的答案是得一周多，不到两周的时间。看起来时间不长，但莉迪亚开始忧虑，因为这一小段时间对她和普拉萨德来说就是夜长梦多。

"这样，只要你一能走路，我们就离开，先回办公室。"莉迪亚说道。

普拉萨德看着莉迪亚神色中的不安，说道："好。"

"肖恩和李耀杰已经去了那一头，也不知道这会儿他们那边查出了什么。"莉迪亚说道，"还有陈羽，说实话，原本我对他信心满满，但不知道为什么，这会儿我也觉得他那边要出事。"

"你太过担心了，既然你之前相信他，现在也应该相信他。"普拉萨德说道，"我们这里关键的一步就在他身上。"

"你在这里好好养伤，我先回去了，我还有一些事情要做。"莉迪亚说道，"你小心点儿，有事随时给我打电话。"

"好的。"

莉迪亚离开了医院，又回到了自己家中。此刻已经是下午了，父亲坐在阳台上，面色凝重。

"他很快就能出院了。"莉迪亚说道。

道尔顿先生并没有回应，而是看着眼前寂静的景色，远处的草坪和花木在夕阳下反射出金光。他说道："贝克特先生死了，真是可惜！"

"的确，他的论文还没有写好。"

"那家伙是个很有想法的人，才华横溢。要知道，我和他已经认识很多年了，我们经常在一起讨论一些话题，有时候也会吵架。总之，这件事太不幸了！"道尔顿先生说着，长叹了一声。

"我相信警察最终是能抓到凶手的。"

道尔顿先生冷笑了一声，说道："谁知道！你下面准备做什么？等你那个朋友好了之后？"

莉迪亚想了一下，说道："我也不能确定。"

"还是离开这里吧，这里是很危险的，你们离开这里会比较安全。"道尔顿先生说道。

"这里很危险？如果那个人要杀我们，我们即便离开这里也没有用。"莉迪亚说道。

道尔顿先生摇了摇头，几次想要开口说点儿什么，但还是没有说出来。他倒了杯水喝着，说道："总之，不管你在做什么，要知道我是你父亲，我不希望你发生危险。"

"我知道。"

这几天里，再也没有发生任何杀人案，然而那个凶手到现在也没有被抓到。莉迪亚时常会去医院看望普拉萨德，普拉萨德的伤势好得很快，已经可以下床走动了，眼看就能出院了。

这天，他们在医院后面的花园里散步，这里的空气很好，人走在这里不由得心情舒畅。他们一路走来，见到各种病号在花园里散步或交谈。他们两个人来到了一个偏僻的角落，坐在了一棵大树下的长椅上。

"再过几天，我就能出院了。"普拉萨德说道，"这几天你没有遇到什么麻烦吧？"

"没有，我想你也一样。"莉迪亚说道，"你在医院里观察到什么了吗？"

"没有，一切都很正常。"普拉萨德问道，"你呢？"

"我说不清，但我感觉有一些古怪的地方。"

"说说看。"

"那个人杀死了贝克特先生，还在暗中偷袭了你，而且他是匆忙逃走的，照道理来说，这个案子应该是可以破的，但这些天我去了警局询问情况，我感觉他们并没有进展。我怀疑这片地区已经被'狼蛛与红火蚁'这个组织控制了，最为蹊跷的是我们，我们是没有被控制的，自从那天你被偷袭了之后，我们都没有再遇到危险，我觉得这很古怪。"

"你的意思是我躺在医院里，随时都有可能被某个护士用手术刀戳破咽喉？"普拉萨德问道。

"是的。"

"也许这里并没有被控制，比如说你的父亲，你觉得他被控制了吗？"普拉萨德反问道。

莉迪亚一时也不知道该怎么回答，她的父亲看起来一切都像个正常人，而且他也担心自己会遇到危险。可这里的情况看起来是互相矛盾的，警察看起来对这个案子也没有太多的跟进，这让她不得不怀疑。最关键的是，贝克特先生和普拉萨德也许藏着某些共同点，当然也极有可能包括自己，那么这个共同点是什么？是贝克特先生、普拉萨德和自己都没有被控制的原因吗？她开始这样去思索这件事。

晚上，莉迪亚回到了家里。她和道尔顿先生一起吃了晚餐，之后她就去睡觉了，但她却睡不着，也没有心思去看电视，她脑子里还在思索这件事的来龙去脉。她不得不开始怀疑自己的父亲，因为在餐桌上，道尔顿先生一直少言寡语、忧心忡忡，这种忧心绝对不仅仅是出于对她的关心，莉迪亚从他细微的表情里就能看得出来。

到了半夜，莉迪亚依旧没有睡着。她下了床之后，来到了父亲的门前，她把耳朵贴在门上，但里面非常安静，没有任何声音。她也觉得自己这样很可笑，便离开了父亲的房间，上了个厕所之后，又回到了自己的床上。辗转反侧了很久，才渐渐睡着。

又过了几天，普拉萨德终于出院了，莉迪亚把他接到了家里。

"你父亲呢？"

"他出去办点儿事。"莉迪亚说道，"你的伤应该是没什么问题了，我们接下来该去查一查这个彩虹桥公司了。"

普拉萨德对此不置可否，而是问道："警局到现在也没有结果吗？"

莉迪亚无奈地点了点头。

"也许你怀疑得对，这里的确被控制了，在我们周围应该就有很多'蚂蚁'。"普拉萨德说道。

"可自从你遭到袭击之后，我们一直都没有再遇到危险。"莉迪亚说道。

"我们来仔细分析一下，那个凶手杀了贝克特先生，又试图来杀我，那么他一定知道我和贝克特先生是没有受到控制的人，当然也包括你。这么长的时间，警察那边对这个凶手的调查并没有太大的进展，从理论上说不太可能，毕竟是入室杀人，再怎么也会留下线索，除非这里的警察都是一帮废物。如果不是的话，就是说这些警察也是被控制的，他们故意放过这个凶手，因为他们和凶手都有可能是'狼蛛与红火蚁'这个组织的人。如果这群警察都是废物，那么也就没什么可说的了。如果不是，这么多天下来，我们再也没有受到任何攻击，那么这个原因很可能是因为有人阻止。"

"有人阻止？阻止杀我们？"

"没错。"普拉萨德说完，露出了意味深长的笑容。

莉迪亚已经明白了，她说道："我知道了，你的意思就是我父亲也是这个组织里的人，为了保护我，他一直在竭力阻拦，所以他希望我们赶快离开这里。"

"很抱歉，如果这么推理的话，这个解释就是最能说得通的。"

"这也只是推论而已，我们还不能下结论。"莉迪亚说道，"也许还有别的原因。"

普拉萨德点点头，说道："那我们接下来该做什么？"

"我们得去调查这个彩虹桥公司，这里的警察都是饭桶！"

话音刚落，有人敲门。莉迪亚上前开了门，她大吃了一惊，说道："费尔南德斯！你怎么来了？"

"我是带一些消息给你们的。"费尔南德斯说道，"陈羽那边怎样了？"

"还在等。你们这边呢？"

费尔南德斯将他们那里发生的事情大致告诉了莉迪亚，他又问道："他大概还要多久才能回来？"

"我不知道。"

"你们先别去管彩虹桥公司，先去接应陈羽。"费尔南德斯说道。

"是里夫斯让你来的？"

"没错，他说你们在这里碰到了麻烦，所以让我过来帮你们。"

"那家伙到底在做什么？"莉迪亚恼火地说道，"他老是躲着，然后让我们做这个做那个。"

费尔南德斯笑了笑，说道："要知道，他是世界上唯一被截断了时间线而一分为二的人。"

莉迪亚叹了口气，说道："我知道，算了，不说他了。那我和普拉萨德去接应陈羽，你下面去哪儿？"

"我要去一趟EIPU7的牙买加。"

"去牙买加做什么？找那个家伙？"普拉萨德问道。

"是的。"费尔南德斯说道。

普拉萨德和莉迪亚听了都笑了起来，普拉萨德说道："那家伙看起来又要倒霉了。"

"没办法，谁让他也是个同事。"费尔南德斯说道，"反正咱们都是顺路，就一起走吧。"

"好，我得和我爸爸说一下。"莉迪亚说道。

"你爸爸？"

"对，这是我的家。"莉迪亚说道。

"我听说这里之前发生了命案，是吗？"费尔南德斯问道。

"没错。"普拉萨德将那天他们所经历的事情大致告诉了费尔南德斯，费尔南德斯听后，说道："我们现在已经是进入捕蝇草内部的虫子了，碰了一次感觉毛，如果再碰一次，我们也许就永远也无法离开了。"

"可我们也不知道怎么就碰到了，我还差点儿送了命。"普拉萨德说道。

"所以千万不要对你父亲说我们要走了，而是要在他不知道的情况下离开。"费尔南德斯说道。

"你也怀疑我父亲？"莉迪亚有些恼怒。

费尔南德斯耸了耸肩，说道："刚才他说了你们在这里的遭遇之后，我能想到的也只有这个。"

莉迪亚皱起眉头，焦躁地说道："你们为什么就认定是我父亲了？你们认为他是监督者？是控制这一片地区的狼蛛？"

费尔南德斯和普拉萨德互相看了一眼，普拉萨德说道："我觉得你这个时候应该理智一点儿，不能凭感情来判断。"

莉迪亚摇了摇头，叹了口气。其实她也在怀疑自己的父亲，因为一系列的迹象已经隐隐约约将她的父亲——道尔顿先生这个监督者的面具给揭下来了。这时，费尔南德斯说道："对了，刚才你们说这个死者叫安德森·贝克特，是吗？"

"没错，是一个人类学家，我父亲的朋友。"

费尔南德斯想了片刻，说道："我曾经在 EIPU1 的突尼斯与那里的优素福见面，他说在突尼斯发生过很多怪事，而每次怪事结束时，都会有三个人出现在现场，其中就有安德森·贝克特。在那里，优素福查到这个贝克特就是彩虹桥公司的人。"

莉迪亚和普拉萨德都吃了一惊，因为在这里，贝克特先生的死亡，绝对不是一件偶然的事情。

"说了半天，我们到现在也没有一个人能进入这家彩虹桥公司内部，很多秘密仍然藏在这家公司里。"莉迪亚说道，"虽然其他公司可能在各个平行宇宙当中也有，但我想这家彩虹桥公司应该是在各个宇宙之间建立联系的跨宇宙公司。"

"跨宇宙公司？哈哈！你这话倒是很适合给他们公司做广告语。"费尔南德斯说道，"不过你说的也有道理。总之，我们赶快离开这里。莉迪亚，你也不用惦记你父亲了，你可以给他留一张条子，但不要说我们去哪儿。"

莉迪亚点了点头，在一旁拿起纸笔，写了一张非常简略的字条，就放在客厅的桌子上，用一个杯子压住，但他们并未马上离开。

"费尔南德斯，你是怎么来的？"

"从 EIPU3 的南桐城火月山分部，我的飞船就在附近。我们先去 EIPU7，你们去接应陈羽，我去牙买加，找到那个家伙，然后一起去调查彩虹桥公司，反正彩虹桥公司在各个宇宙里都会有。"费尔南德斯说道。

"我们得找到在这里的时空安全局的人，让他们来接应我们，我们才能到达 EIPU7。"莉迪亚说道，"离这里最近的应该就是列支敦士登的瓦杜兹分部，那里的主管叫汉斯，我给他打电话。"

说着，莉迪亚拿出手机，但她发现电话根本打不出去，没有任何信号。费尔南德斯和普拉萨德也拿出自己的手机，他们这才发现自己的手机都失去了信号，无法与外界联系。

"这是怎么回事？是不是这个宇宙里的信号频率和别的宇宙不同？"普拉萨德说道，"莉迪亚，你用这里的电话打过去。"

"等等！这里的电话会不会被监听？"费尔南德斯说道。

"这样，我用这里的电话先随便拨一个号码。"说着，莉迪亚拿起电话，随便拨通了一个号码，结果他们发现连这里的电话也被封了信号，他们与外界的通信被隔绝了。

"我记得这里的信号之前还有的。"莉迪亚说道。

这时，他们突然发现有一些人就在屋外徘徊，其中有几个人身上还带着枪。他们时而会朝着这栋房子瞟上几眼，但似乎没有要进屋的意思。他们心头一沉，知道大事不妙。就在此时，莉迪亚的手机响了，她一看，是父亲的来电。

CHAPTER
18
蜘蛛巢穴

"爸爸，怎么了？"莉迪亚接通后问道。

"你们都在家吧？"

"是的，刚才这里怎么没有信号了？"莉迪亚问道。

"待会儿我挂了之后，依然会没有信号。"道尔顿先生说道，"你们就留在屋内，不要出来。"

"到底发生了什么事？"

"他们想趁我不在的时候来杀你们，不过他们还不敢进屋，你们在屋子里千万不要出来，把窗帘拉起来。"道尔顿先生说道。

"喂！到底——"这时电话挂了，莉迪亚他们也只得躲在屋内，不让外面的人看见他们，并将门窗都关死，窗帘拉上。

"该死！又没信号了！"莉迪亚看着自己的手机，说道，"看起来这件事和我父亲的确有关系——"

"他怎么说，就说让我们在屋里等他？"普拉萨德问道。

"没错。"

"那就等他回来！"

可是眼下屋外的人越来越多，他们就在周围徘徊，似乎有一种力量在阻挡他们，让他们不敢直接闯进来。莉迪亚他们会时不时透过缝隙看着外面，他们感到一种越来越沉重的压迫感，就好像迁徙途中，跌倒在河中的角马一样，眼看周围的鳄鱼越来越多，自己却不知该从哪里逃脱。

费尔南德斯又看了一眼窗外，外面的人已有上百，密密麻麻地围着这栋房子。有些人手里拿着猎枪，无数道冷峻的眼神就落在这栋房子的各个部分，仿佛要让整个房子都渐渐冷却下来，他们也愈发感到心寒。

"他们为什么还不进来？"普拉萨德说道，"他们如果现在冲进来，我们就是死路一条。"

"看来你的父亲应该就是监督者。"费尔南德斯说道。

莉迪亚看了一眼费尔南德斯，没说话。费尔南德斯继续说道："我想门外的人是在待命。"

莉迪亚依旧没说话，她的脸色愈发难看。普拉萨德说道："咱们就在这里看看电视，等着你父亲回来救我们。"

"你确定他回来就一定会救我们吗？"费尔南德斯再次问道。

莉迪亚瞪了费尔南德斯一眼，说道："你来这儿就是为了说这些吗？是里夫斯让你来救我们的，你有什么办法没有？"

"等你父亲回来再说。"费尔南德斯说道。

"莉迪亚，请原谅，我觉得这里面没有那么简单，如果这些人是在等待你父亲的命令，也许你父亲回来的时候，他们反而会冲进来杀了我们。"普拉萨德说道，"如果他们真的是在等监督者的命令，我们反而应该想办法先离开这里。"

莉迪亚怔住了，她虽然不愿意承认，但是普拉萨德的分析并非毫无道理。这些"蚂蚁"还没有动手，也许就是在等自己父亲的命令，而他现在正在赶回来的途中，随时都有可能出现。如果正如普拉萨德猜测的那样，他们就死定了。

"你决定吧！"普拉萨德再一次逼迫莉迪亚。莉迪亚焦虑不安，两头为难，她仍然对自己的父亲抱有希望，说道："可是，如果我父亲要杀我们，他早就动手了。"

"也许他是在等我!"费尔南德斯说道,"他希望尽可能多地打击时空安全局的势力,当然,不一定是我,换了别人,我想也不会有太大差别,所以他们才布下了这个陷阱。"

莉迪亚感到一阵眩晕,普拉萨德和费尔南德斯的推论是有道理的,可是父亲之前也希望自己和普拉萨德早点儿离开。她想起父亲在说这些话时的神情,他也不忍心,可是他受到了控制,一种到现在他们还完全摸不清门道的控制手段。

"好,走吧。"莉迪亚有些无力地说道。

但是,他们眼下不能从正门出去,因为外面到处都是"红火蚁",即便没有接到"狼蛛的命令",对他们来说仍旧是危险的。莉迪亚又带着普拉萨德和费尔南德斯来到了房子的后面,但是整栋楼周围都围满了人,他们出不去了。

"如果我父亲是监督者,他并没有控制这些人,那么这些人为什么会堵在我家门口?"莉迪亚说道,"我看我们就这样走出去,或许他们也不会动手。"

"这太冒险了!"普拉萨德说道,"即便没有监督者,也不能保证他们不会突然发动攻击。"

费尔南德斯撩开窗帘,看着外面的人群并没有喧闹,只是徘徊在周围,久久不散。在人群中,他看见一个中年男人穿过人群,正朝着大门走来。果不其然,是道尔顿先生。此刻他已经出现在了他们的眼前,无论此时他们心里做出怎样的猜想,都已经来不及了。

"爸爸!"莉迪亚有些颤抖地叫道,她一方面希望父亲能救他们出去,另一方面又对父亲保持着警戒。现在,感情是毫无作用的,只有冷静与理智或许能帮上他们一点儿忙。

道尔顿先生面无表情地走到了客厅,他并没有对陌生的费尔南德斯多看一眼,而是径直坐在了沙发上,说道:"你们想要离开这里吗?"

"爸爸,这究竟是怎么回事?你到底知道些什么?"莉迪亚忍不住问道。

道尔顿先生漠然地看着女儿,说道:"之前我就让你和普拉萨德离开,为什么你不听我的？"

"你是监督者！一只狼蛛！"莉迪亚指着自己的父亲，低声说道。

道尔顿先生不置可否，而是转而说道："你们跟我走。"

"等一下！"莉迪亚大声叫道，"你说清楚，这到底是怎么回事？如果你不说清楚，那就别怪我了！"说着，她拿出枪，对准了自己的父亲。

道尔顿先生看了，有些惊诧，但并没有太过惊慌，他说道："你想做什么？开枪杀死自己的父亲？"

"也许不完全是。"莉迪亚说道，"你现在就给我说清楚，这究竟是怎么回事？"

道尔顿先生看着莉迪亚带着愤怒的、决绝的眼神，反而松了一口气，坐了下来，给自己倒了一杯咖啡，显得很是悠闲。费尔南德斯和普拉萨德时而观察着道尔顿先生，时而又看着外面的那些人。人群目前仍旧徘徊未散，却也没有硬闯进来。

"你猜对了，我是监督者。"道尔顿先生坦然地承认了自己的身份。

"杀死贝克特先生，以及暗杀普拉萨德的人，也是你派来的？"

"我并没有让那人去暗杀普拉萨德，这件事我也很奇怪，因为我并没有下这个命令。"道尔顿先生说道。

"为什么要杀贝克特先生？还有，门外的这群人也是接到了你的命令，在你的监督之下包围了这里？"

"我不知道，他们并没有接到我的命令冲进来，杀掉你们，"道尔顿先生说道，"杀掉你们这三个来自时空安全局的人！"

虽然之前猜测到了，但三人还是为之一惊。莉迪亚问道："你都知道了？"

"对，所以我一早就希望你们离开，可是你却不听，现在不止你们两个，又加了一个美国人。"道尔顿先生说着，瞅了费尔南德斯一眼，费尔南德斯说道："道尔顿先生，你现在是在犹豫，如果莉迪亚不在这里，我想你会毫不迟疑地杀了我们，对不对？"

144

"对。"道尔顿先生说道。

"那好，你让莉迪亚离开这里，我们留下，你看怎么样？"费尔南德斯问道。

"不，我们三个人必须一起离开！"莉迪亚的枪口依旧指着自己的父亲。

道尔顿先生冷笑了一声，说道："总之，你们有两个选择，加入我们，或被我们杀掉。"

"告诉我，为什么要杀贝克特先生？难道他也是时空安全局的人？"莉迪亚问道。

道尔顿先生略顿了一下才说道："你应该问你们如何才能离开这里，而不是去关心贝克特先生。"

"但你和贝克特先生以前就认识，为什么在我回来之后，他就被杀了？"莉迪亚问道。

"你知道得越少，越有机会活下去。"道尔顿阴沉着脸对莉迪亚说道。

莉迪亚深吸了一口气，说道："我现在要带着他们一起离开，你预备怎么做？"

"我想知道，如果我不放你们走，你会不会对我开枪？"

"如果你真的被控制了，我想我会。"莉迪亚神色坚定地道。

"很好，那你就开枪吧，但我很好奇，杀了我之后，你打算怎么办。"

莉迪亚知道，一旦杀了他，也许就会导致屋外的那群"蚂蚁"冲进来，也许还会惹上更大的麻烦。眼下他们已无路可走，而道尔顿先生的态度让他们感到难以捉摸，他们陷入了一种古怪的氛围中。

莉迪亚用手握着枪，一方面因为对方是自己的父亲而无法下手，一方面她觉得即便开了枪，他们也难以逃脱。她那一双不同颜色的眼睛，闪着寒光，就连一旁的普拉萨德看了都觉得有些害怕。

"你不是我的女儿！"道尔顿先生突然冒出了这么一句。

莉迪亚一怔，她有些慌乱，隐约感知到眼前的道尔顿先生似乎察觉出了什么，她深吸了一口气，说道："这话是什么意思？"

道尔顿先生的眼睛眯成了一条缝，露出了一丝诡异的笑容，说道："我明白了，现在我可以毫无顾虑地杀你了！"说着，他的眼睛开始向上翻，好似在传送出某种信号。不到一分钟，门外就发生了暴动。一个人举起一支猎枪，直接将大门砸开，一群人冲了进来。他们跑不掉了！

这时费尔南德斯从怀里掏出了一颗银色的炸弹，高声说道："你们谁敢过来？到时候无论是蚂蚁还是蜘蛛，都要给我们陪葬！"

道尔顿先生眉头一皱，紧接着他翻了翻白眼，那群人再一次如之前那样徘徊，只不过这一次是在屋内。他们大多数只站在那里，神情呆滞，少数人会来回走动，但漫无目的，就像是一群僵尸，充斥着整间屋子。道尔顿先生就站在窗口，莉迪亚他们三人站在对面的沙发旁，周围都是这些行尸走肉，门外还有一堆。

"费尔南德斯，幸好你来了，要不我们就完蛋了。"普拉萨德仍旧笑着说道。

费尔南德斯眉头紧锁，他低声说道："别高兴得太早！我们还是没办法出去！"

道尔顿先生看了一眼窗外，说道："莉迪亚，你有没有想过，为什么我们这里，以及世界上的一些地方变得比过去更加井然有序？"

"是你们在搞鬼？"

"这么说吧，我们是为了让世界变得更加安定，这对于我们每一个人来说都是再好不过的事了！"道尔顿先生说道，"这将是人类史上的一个黄金时代！你们时空安全局就是为了破坏它吗？"

"我不知道你们到底有什么阴谋，但我是时空安全局的探员，很多事情我没有弄清楚，所以我要调查下去！"莉迪亚说道。

道尔顿先生叹了口气，说道："你加入了我们，就什么都知道了。"

"你希望我也受到你们的控制？"莉迪亚冷笑道，"我从不受任何摆布！"

"我们都被上帝摆布着！"道尔顿先生说道。

"但你们不是上帝！"

"莉迪亚，这是一个趋势，你们是改变不了的！"道尔顿先生说道，"你看看这里，一切都是井然有序的。如果我们是被上帝创造的，这让我想起了马可·奥勒留的一句话：'真正的宁静，是来自内心的井然有序。'如果我们在上帝之内，那么我们人类的井然有序，也就是上帝的宁静。"

"你们就是这样把一些哲学概念生搬硬套的？"莉迪亚说道，"总之，让我受到某种古怪力量的控制，这是不可能的！你可以让周围的人动手杀了我们，或者你放我们走！"

"我不可能放你们走！"

"那你之前为什么要让我们离开？"

道尔顿先生沉默了下来，他坐在了沙发上。他们周围是呆立不动或徘徊不定的"蚂蚁"，无论如何，莉迪亚都不觉得这些人是人，在她看来，他们只是一些空壳子而已。道尔顿先生低声问道："那你们为什么不离开？"

莉迪亚看着父亲的眼神，说道："我知道，你很矛盾。"

道尔顿先生沉默了。

费尔南德斯手里还握着炸弹，普拉萨德站在他旁边，莉迪亚坐在道尔顿先生的对面，周围是一些在不停呼吸的"空壳子"。这种诡异的氛围恐怕是前无古人，而他们就在其中，进退两难，僵持不下。道尔顿先生比他们三人距离这些"空壳子"更近一步，他可以完全无视这些人的存在，就好像自己一个人在房间里一样。

费尔南德斯这时一个大步走到了道尔顿先生的面前，一把掐住了道尔顿先生，莉迪亚和普拉萨德都为之一惊。只见他死死地掐着道尔顿先生的脖子，压低声音说道："你放他们走，我留下，否则我们所有人都同归于尽！"

道尔顿先生终于显出了一丝慌乱："你这是什么意思？"

"我说得很清楚！"费尔南德斯转过头对莉迪亚和普拉萨德说道，"你们快走！"

"不！你得和我们一起！"莉迪亚说道。

"伙计，你冷静点儿！"普拉萨德劝道。

"你们两个人给我滚！"费尔南德斯说道，"我一个人留下，好过我们都被抓！"

莉迪亚和普拉萨德仍旧犹豫着，他们不愿意将费尔南德斯一个人留下。费尔南德斯说道："我说过我要去的地方，你们替我去！"

"费尔南德斯，你不能这样！"莉迪亚说道。

费尔南德斯突然咆哮一声，对他们吼道："滚！"

普拉萨德也无奈地叹了口气，说道："莉迪亚，我们走！"

"不能这样！爸爸！求你快清醒过来吧！"莉迪亚央求道。

道尔顿先生被费尔南德斯挟持着，但他此刻看着莉迪亚的眼神却很温柔。

"爸爸！快清醒过来吧！"莉迪亚再次乞求道。

道尔顿先生的眼神是温柔的，可他最终还是咬紧了牙关，再一次露出了凶恶的表情，莉迪亚感到一阵绝望和无力。

普拉萨德拉着莉迪亚，莉迪亚最终只得跟着普拉萨德来到了屋外。两个人穿过站在屋外的一堆"空壳子"，来到了一片空地上。莉迪亚回过头看着自己的家，普拉萨德说道："快走吧，费尔南德斯就是来救我们的。"

莉迪亚感到很难过，他们迫不得已失去了一个同伴，更重要的是，她失去了她的父亲。就在他们一路朝着无人地带走去的时候，身后忽然传来了一声巨响，费尔南德斯引爆了炸弹。普拉萨德搂着莉迪亚，看见那一片已是火焰冲天，烟尘滚滚。他们无论此刻心里在想什么，也只能尽快离开这里，因为远处已经有红火蚁开始逼近他们了。

CHAPTER
19
灵魂归来

在高空中，有一艘飞船划过天际，可是没有人能看见，它就像是鬼魂一样。转瞬，飞船就落在了地中海的一座小岛上。这里是时空安全局的一个分部，在一切雷达监测的范围之外。他们在这里，直接抵达了 EIPU7 的牙买加的首都——金斯顿。

他们走在街上，看着旁边不远处就是加勒比海。他们虽然都不是第一次来到牙买加，但是在不同宇宙里，总还是有一些气息上的差异。街上行走的多为黑人，有些人从穿着上看就能知晓是来自不远处的海滩，浓郁的热带加勒比海风情扑面而来。

"我们没有时间旅游，必须得早点儿找到那个家伙。"普拉萨德说道。

莉迪亚神色有些黯淡，她说道："你们当时的怀疑是对的，我应该理智一点儿，否则费尔南德斯也不会死。我父亲也不会死，虽然他是监督者。"

普拉萨德说道："还是早点儿找到那个家伙，想这些也没什么用了。费尔南德斯本来就是来救我们的，至于你父亲，我想也不用我多说了，你也不要太难过，因为你要想到，我们已掌握了时空穿越，如果我们这个任务能成功，就能扭转所有人的生死。"

莉迪亚叹了口气，说道："走吧，那家伙的地址应该没变。"

他们沿着眼前的街道，一路朝着东面行走，大约过了半个小时，他们终于在一户小别院门前停住了脚步。莉迪亚上前按响了门铃，等待着里面的人的出现。

"费尔南德斯的事情就直接和他说吗？"普拉萨德问道。

"对，直接说。"莉迪亚话音刚落，门就打开了，从里面走出来一个高高瘦瘦的黑人。他只穿着一条短裤，上身肌肉发达，加之皮肤黑亮，真如黑巧克力一般。他光头，鼻梁高挺，鼻翼宽大，眼球略凸，嘴唇肥厚，典型的黑人样貌。

"嘿！莉迪亚、普拉萨德！你们怎么来了？费尔南德斯呢？"

"你好，鲍尔斯。"莉迪亚说道，"关于费尔南德斯，咱们还是进去说吧。"

鲍尔斯原本还面带微笑，但当他看见莉迪亚和普拉萨德都有些严肃的神情时，也收敛了笑容，将他们请进了屋内。鲍尔斯披上了一件花衬衣，给他们倒了果汁，说道："怎么了？"

"费尔南德斯已经死了。"莉迪亚开门见山道。

鲍尔斯一听，几乎从沙发上跳了起来，他格外激动地瞪大眼睛，问道："这是怎么回事？！"

普拉萨德和莉迪亚将发生在EIPU2的事情大致告诉了鲍尔斯。鲍尔斯听了，说道："真见鬼！你们为什么不早点儿离开那里？"

莉迪亚有些愧疚地低下头，普拉萨德说道："毕竟道尔顿先生是她的父亲。"

鲍尔斯深吸了一口气，说道："不管怎么说，费尔南德斯把你们给救出来了，那你们到这里准备做什么？"

"金斯顿这里有没有受到控制？"莉迪亚问道。

"依我看还没有。"鲍尔斯说道，"我想因为牙买加是个岛国，还没有被大陆的那些'蜘蛛'和'蚂蚁'入侵。不过我一直在调查，根据我的判断，在EIPU7这里，最先被感染或者说最先被控制的是美国。"

"你怎么知道？"

"你们都应该知道气象武器。"鲍尔斯说道，"最初的感染源，就是源于一场龙卷风。"

"龙卷风？"两个人听了都为之一惊。

"没错，2051年8月底9月初的时候，在美国的一些地方接连发生了龙卷风。"鲍尔斯说道，"这些龙卷风实际上是人为操控的，背后的操控者就是这个神秘组织。他们把最初的一群'蚂蚁'吹到了美国境内，成为第一批感染源，然后开始逐步扩散到世界各地。"

"那你知道这背后的科学原理吗？"普拉萨德问道。

"我可不是科学家。"鲍尔斯说道，"但是这些人之所以被称为'红火蚁'，我想是因为他们能够在一起抱成团，被龙卷风带到任何地方，而不会有伤亡。"

"红火蚁群在水上漂浮的状态。"

"对，没错。"鲍尔斯说道，"有人拍到过录像，我给你们看看。"说着，他打开电脑，在里面找到了那段录像，正是乔纳森·哈夫纳和巴尼拍摄的发生在田纳西州的古怪龙卷风的录像。

但莉迪亚与普拉萨德并不感到震惊，因为之前他们已经看过了。一群人抱成了一个巨大的球体，在龙卷风内依旧坚韧，并且是驾着龙卷风来到了一片旷野上。他们想到了关于红火蚁的一种特殊习性，也就是红火蚁可以裹在一起，形成一个巨大的球体，漂浮在水面上，并且彼此之间可以在水面和水下来回互换。这下，他们就明白了为什么这些人被称为红火蚁。不过他们依旧不明白关于那些监督者，也就是狼蛛的特性，似乎他们并不在蚁群中，但可以操控蚁群，监督蚁群中每一只蚂蚁的举动。

"最起码牙买加这里还没有遭到入侵。"莉迪亚说道，"费尔南德斯要来找你，我想也有这个原因。你得帮我们。"

鲍尔斯冷笑了一声，说道："费尔南德斯要来找我，目的是什么？"

莉迪亚和普拉萨德两个人互相看了一眼，都没弄明白鲍尔斯为什么要问这么句话。鲍尔斯说道："他为了救你们，和那帮蜘蛛、蚂蚁同归于尽，就是为了让你们来找我。"

"对，没错。"

"那总得有个原因，毕竟时空安全局里的探员还有不少，而且我很少参与任务。"鲍尔斯说道。

"他也没有说清楚，只是说原本要带我们一起来找你。"莉迪亚说道，"你除了这段录像之外，还有什么别的线索吗？"

鲍尔斯耸了耸肩。普拉萨德说道："我们这次来，除了找你帮忙以外，还有两件事：第一是找到陈羽，第二是进入彩虹桥公司。"

"陈羽？"

"对，你不认识，他是这个任务的关键。"莉迪亚说道。

"我没有去过其他的平行宇宙，不知道别的地方是什么样，但这里的情况，我知道这个人球的连接应该不是仅仅凭借人的两只手，而是有一种更加牢固的东西将他们捆在一起。所以即便在龙卷风中，他们也没有被吹散，反而能驾着龙卷风到世界各地。"鲍尔斯说道，"你们也许知道，这里的人会从嘴里吐出一种白色的物体，一旦粘上，就会被感染。"

"你的意思，就是这种白色的物体将这个巨大的人球牢牢地捆住？"莉迪亚问道。

"对，"鲍尔斯说道，"所以那帮家伙又像蚂蚁又像蜘蛛。现在我就要问你们，别的宇宙里也是这样吗？"

"不是，比如我们之前去了EIPU2，那里也有红火蚁，也有狼蛛。他们也对我们发动了进攻，但他们嘴里并没有吐出那种白色的物质，根据之前费尔南德斯的说法，在其他宇宙也是一样。也就是说，只有EIPU7这里的人会从嘴里吐出白色的东西。"普拉萨德说道。

鲍尔斯点了点头，说道："我给你们看一样东西。"说着，他到了里屋，莉迪亚和普拉萨德就在客厅里等着。过了一会儿，鲍尔斯手里拿着一个密封的塑料盒子出来了。他将盒子往桌子上一放，说道："实话告诉你们，这是我用命拿到的东西。"

"什么？"

鲍尔斯得意地笑了起来，说道："先让我说说这件事的来龙去脉，费尔南德斯并不知道我找到了这样东西。这是一次我去美国，冒着生命危险弄来的。我曾在海边被人袭击，我就一刀杀了那个人，这是从他的口中取出的标本。"说着，他打开了盒子，里面是一个密闭的玻璃瓶，瓶子里则是一团白色的黏稠的物体形成的球体，上面亮晶晶地闪着光，就像是涂了一层油一样。莉迪亚和普拉萨德看了，都感到不可思议。

"你怎么采集到的？"莉迪亚惊讶地问道。

"当时那家伙想要袭击我，结果被我一刀割喉。那一刀很深，应该是斩断了他的食道和气管，所以原本他嘴里的那些白色物质也被我斩断。但是那团白色的东西还在扭动，不过它并没有再朝我发动袭击。我就在周围捡来两根很长的树枝，然后学着中国人使用筷子的方式把那一团白色的东西给夹了出来。我在海边找到了一个瓶子，塞了进去。这东西很软，就像章鱼一样，很容易就从一个狭窄的瓶口进到瓶子内，然后我盖上瓶盖，确保万无一失，把它带回了家。"鲍尔斯说道，"既然你们来了，你们就把这玩意儿带回去研究研究。我想你们那里一定有一些科学家，让他们去研究，一定会对你们完成这个任务有帮助。"

"你难道不参与进来吗？你也是时空安全局的人。"莉迪亚说道。

"如果费尔南德斯还活着，或许我会参与。"鲍尔斯说道。

莉迪亚叹了口气，知道自己在这件事上是有愧疚的，也就不好再多说什么。普拉萨德说道："如果你不愿意参与，我们也不会勉强。不管怎样，你提供的这两个线索，对我们的帮助已经很大了。"

鲍尔斯哼了一声，说道："我希望在牙买加被全面入侵之前，你们就能解决这个任务。"

他们在鲍尔斯的家里住了一夜，第二天，他们就带着鲍尔斯给他们的样本乘坐飞船，飞往土耳其的布尔萨，他们的目的是找到这里的陈羽。在这段时间内，这里的陈羽所遭遇的一切，是任何人也无法想象的。他们不知道该去何处寻找这里的陈羽，莉迪亚和普拉萨德都是满心忐忑。

当天中午，他们就抵达了布尔萨。飞船降落在一处密林中，无人能够察觉。离开密林，他们很快就来到了布尔萨的市区里。之前在牙买加，那里尚未被入侵，一切如常，然而到了这里之后，尤其是当他们踏入布尔萨的市区中时，眼前的一幕景象使他们一时间都惊诧得目瞪口呆。

在整齐的街道上，所有的人都整齐地排列开来，就像是路边的路灯，只不过彼此间距短一点儿而已。他们如同棋盘上的格子一样密密麻麻，铺满了一整片空地。一些矮楼的房顶上，也站着一些人，他们一动不动，头微微抬起，双目紧闭，好似向日葵一样朝着太阳。

莉迪亚和普拉萨德立即止住了脚步，躲在了一个无人的角落里，生怕被人发觉。他们从来没有见过这样的场景，人与人的间距是固定的，排列的方式错落有致、整整齐齐，并如同花朵一样面向太阳。在蓝色的苍穹下，显得古怪异常，就好像他们进入了爱丽丝的魔镜中，一切都是有违常理的。

莉迪亚和普拉萨德躲在一边看了许久，这些人一动不动。他们不知道该怎么办才好，他们甚至不敢说话，生怕被发现。

莉迪亚和普拉萨德两个人悄悄地向后退着，这里并不是闹市区，后来，他们到了一处墙角，对面是一条河。

"不用说，这一定和那个神秘组织有关。"莉迪亚说道。

"这里的人跟之前不一样了，而是进入了一种更加古怪的状态，你知道我在想什么吗？"

"你应该在想，是不是其他宇宙里那些被控制的人也如这里一样。"

"没错。"普拉萨德说道，"我们现在很清楚，EIPU7里被控制的人嘴里会吐出白色的东西，其他宇宙里被控制的人却不会，这就是分别，其他宇宙中的人也许和这里并不一样。"

莉迪亚说道："你看看这些人，他们闭着眼睛，真的就像是植物一样。"

"也许我们走到他们面前，在他们耳边说话，他们也不会有反应。"普拉萨德说道。

"你看，那里有一只猫。"莉迪亚指着前方的一座矮房子，屋顶上有一只黄色的猫正在缓缓而行。

"这种控制似乎只针对人，并没有用在这些动物身上。"普拉萨德说道，"如果是这样的话，我们该怎么找到陈羽？"

莉迪亚一时也毫无头绪，她说道："这件事非常冒险，我也没有把握陈羽一定能完成。这样吧，我们去当初陈羽被抓的那个警局看看，也许能有线索。"

"我们就这么去吗？"

莉迪亚沉思了一会儿，她大概测算了一下这里距离他们的飞船有多远，因为他们随时都要做好逃跑的准备。她随地捡起了一块小石子，然后看了看远处的人，她对准其中一人投了过去。这块小石子越过一条街的宽度，划出一道弧线，砸在了一个男人的头顶。那个男人并没有睁眼，只是稍微晃了一下，很快又恢复到原来的状态。他们能看见那名男子的额头上有一道鲜血流了下来，即使如此，那个男子依旧没有任何反应，依旧如同一株向日葵，闭着眼睛，朝向太阳。

"看起来你的推测没有错，我们快走吧，不过还是尽量不要弄出动静，我怕他们随时会醒过来。"莉迪亚说道。

两个人就在这人群组成的如棋盘一样的格子之间穿行，他们脚步轻盈，就如同那只黄猫，几乎没有声响。莉迪亚还记得之前的路径，很快就带着普拉萨德来到了那个警局。但是，到了警局之后，他们又不知道该怎么办才好了，因为一个接一个古怪的事情发生，已经弄得他们应接不暇。

"接下来该怎么办？"普拉萨德问道。

莉迪亚看着周围的人群，这些人大多数都站在街道上，有的站在房顶上，有的站在汽车上，总之一个接一个，一眼望不到头。然而又是如此安静，除了他们的说话声之外，剩下的只有风声、鸟鸣声，以及树叶在风的吹拂下发出的窸窣声。每一个人都是双目紧闭，面朝着同一个方向。他们逐渐将这里的人当成了植物，这种错觉的真实感随着他们一路走来不断增强，以至于到现在，他们即便站在一个人面前，也不会认为这是一个人，只觉得这是个被修剪成人形的树木。

"我们进警局，看看里面有没有什么资料。"莉迪亚说道。

两个人很容易就进了警局，里面空无一人，因为那些穿着制服的警察都站在警局周围，排列整齐，面朝太阳。普拉萨德打开了电脑，试图调出这里的档案。

"怎么样？"莉迪亚在一旁问道。

"我把文件全部转换成了英语，但是并没有找到关于陈羽的案子。"普拉萨德说道，"而且最近记载的案子都很少，我想他们并没有把陈羽的案子记录下来。"

他们在警局没有找到任何关于陈羽的线索，莉迪亚也不知道该如何与陈羽取得联络。他们离开了警局，看着周围的人依旧如植物一样站立不动。此刻太阳偏西，这些草木一样的人类也正面偏西，一种恐怖的气息就在这阳光下肆无忌惮地弥漫开来。

莉迪亚拿出枪，对准其中一个人的脑门儿。普拉萨德吓了一跳，连忙问道："你要做什么？"

"杀了他！看看会有什么反应！"莉迪亚说着，手指已经紧紧地扣在了扳机上。

"你别乱来，我们不知道杀了这些人会有什么后果！"普拉萨德说道。

"但是你也看见了，这些人都是面朝太阳，一旦太阳落山，夜幕降临，你觉得这些人会怎样？还会继续朝着月亮？"莉迪亚说道，"一旦夜幕降临，我想一定会发生变化。"

"可是如果你杀了他，万一他们中途觉醒，来追杀我们怎么办？"普拉萨德说道。

"试试看吧。"说着，莉迪亚开了一枪，子弹直接打穿了那个人的头颅，鲜血溅了出来。在伤口处，隐约能看见有一个白色的东西在他体内蠕动。莉迪亚虽然预料到了，但依旧让她感到浑身不适。普拉萨德在一旁也看见了，一种震惊之后的恶心之感随即袭来，他们险些就吐了。这个中枪的人并没有倒下，普拉萨德小心翼翼地伸出手去试探，发觉这个人已没了呼吸，但依旧坚挺地站着，双目紧闭，面朝着渐渐西下的太阳。

"这些人……我们快走！"

两个人不约而同地感到前所未有的恐怖，他们不知道这些人究竟是什么，那个白色的东西又究竟是什么。他们也不知道在这个世界里，除了布尔萨以外，是否还有别的地方也和这里一样。

"不管怎么样，还是先找点儿东西吃，反正这帮人现在也动不了。"莉迪亚说道。

两个人来到了附近的一家超市，他们找到了一些熟食，基本上以羊肉为主，包括一些豆类。他们简单地吃了一顿之后，就离开了超市。此刻，太阳的一角已经没入西山之下，他们得离开这里了。

在离开之前，他们还想再去看看刚才被一枪打中的那个人。当他们来到刚才那个地方的时候，那些人依旧面朝西方，一动不动，但是他们却不到那个脑袋被打出一个窟窿的人了。多亏普拉萨德还记得那个人的长相，只是当他们终于找到这个人时，惊异地发现这个人头上的伤口已经愈合了！虽然周围还有一些血迹，头发也没有长出来，但是表面的皮肉和里面的一层头骨都已经长出来了。莉迪亚用手碰了碰，骨头还有些软，但是并非没有。

"头是一个人身上最重要的地方，被损坏的组织细胞怎么可能在这么短的时间内就重生？"莉迪亚惊愕地说道。

"不用说，应该和他体内的白色东西有关。"普拉萨德说道，"快走吧，太阳就要落山了。"

他们说着话的时候，天色已越来越暗，东方天空中的云已经呈现出深紫色，阳光一点点地钻入地下，眼看就要消失了。两个人开始在市区内一路朝着飞船降落的那片密林狂奔而去。就在这时，从他们身后传来了一些声音，开始有脚步声，逐渐地传来了说话声。他们在狂奔时回头一瞥，看见布尔萨城中的人逐渐苏醒过来，很多人在活动身躯，毕竟这样一动不动站了整整一天，有的人在蹲腿，有的人在甩手，还有的人在活动脖颈。

在他们的前方依然有人，这些人也逐渐苏醒过来，也许是因为他们刚醒过来，就好像刚蜕皮的蛇，身体需要恢复，因此并没有人上前阻拦他们。当他们越来越接近密林的时候，发现后面有人朝着他们一路小跑而来，正是路边的那些人，这些人恢复好之后，就开始追捕他们。

"见鬼！他们来了！"

"小心前面！"普拉萨德说着，拿着枪对着前面欲要阻拦他们的一个人开了一枪。子弹从那人胸口穿过，那人倒在了地上，但他们都知道，他还会恢复过来的。

前方两侧有一些人从口中吐出了白色的物质，它就像是蠕虫一样，在空中扭动着，连接起来，形成了一道栏网。

"向右转！"莉迪亚大声说着，两个人随即转向右侧的一个小巷子里。他们并不熟悉这里的地形，也不知道这条小巷子通往何处。巷子的另一头出现了两个人，莉迪亚和普拉萨德一人一枪，将那二人打倒在地。他们跳过这两个人，紧接着，一群人如潮水一般朝他们涌来。

两个人手枪里的子弹毕竟有限，他们一边逃窜，一边开枪，没几下子弹就打光了。三团白色的、蠕虫一样的东西朝他们面部袭来，两个人俯下身去，就地一滚，从下方穿了过去，踏着倒下的那几个人的尸身，从人群的缝隙中一蹿而出。

他们终于看见了飞船停靠的树林，他们加快速度，就和草原上的两只羚羊一样，身后的人群就像是一群非洲鬣狗。转眼，他们就钻进了树林里，借着树木的掩护，那些人一时还没有追上来。他们在树林里连续绕了好几个弯儿，试图甩掉他们之后，再上飞船逃离这里。

他们"看见"了飞船，虽然飞船调成了隐形模式，但他们依旧记得飞船停靠时的位置，这一点是绝不会错的。后面有脚步声，他们回头望去，却没有看见人，很显然，他们暂时甩掉了那些人。正当他们准备打开舱门的时候，从旁边的大树后面突然出现了一个身穿警服的土耳其人。他的眼睛就像老鹰一样，两个人顿时大惊失色，莉迪亚险些跌倒在地。

"不要怕！我是陈羽！"这个人用英语说道。

CHAPTER
20
匠人与锤子

　　莉迪亚和普拉萨德在同一时间震惊得呆若木鸡，大约过了十几秒钟，莉迪亚才渐渐明白了一件事——陈羽成功了。

　　"你是陈羽吗？"莉迪亚又问了一遍，她还有些不太相信，毕竟眼前看见的是一个完全陌生的土耳其警察。

　　"莉迪亚，你忘了？我们一开始来这里是为了找亚瑟，结果亚瑟已经死了。"这个披着土耳其警察外皮的人说道。

　　莉迪亚逐渐相信这个人了，直到陈羽用一种非常古怪的方式与她握了握手，莉迪亚这才完全确信，他就是陈羽！普拉萨德虽然知道莉迪亚和陈羽的计划，但他从来没有见过陈羽，不过见莉迪亚相信了这个土耳其警察，他也就不再多说什么。

　　"快上飞船！有人来了！"普拉萨德说道。

　　莉迪亚立即打开了隐形的舱门，他们看见了飞船内部，三个人纷纷上了飞船。在关上舱门之前，他们看见不远处的树林里有人影闪动。他们立刻启动了飞行程序，一艘隐形的飞船从树林的一处突然一飞冲天，虽然船身隐形，但释放的一股能量还是把周围的人都引了过来，不过他们三人已飞到了高空中。

"我们接下来去哪儿？"普拉萨德问道。

"去地中海的赫尔墨斯岛。"莉迪亚说道。

他们开始朝地中海飞去。

"陈羽，说说你这段时间的遭遇。"莉迪亚说道。

眼前这个金色头发、金色大胡子、棕色眼睛的土耳其警察，莉迪亚怎么看都觉得很不习惯，但这个土耳其警察的躯壳里装着陈羽的灵魂，他开口说道："当我打开聚合器的开关时，我是没有意识的，但似乎我又知道自己的存在。我进入了一座迷宫中，当我开始在迷宫里探寻出路的时候，我开始逐渐有了意识，但这种意识好像不是我的，我仍旧是靠着潜意识甚至是无意识来做一些事情，一些我难以形容的事情。渐渐地，我开始清晰，能借助这个警察的眼睛看见最模糊的影像，借用他的耳朵去听见一些声音，但我无法理解看见的和听见的。后来，我开始拼命游走，我这种游走就像是流动的血液开始搭建感官与大脑的桥梁，以及和所有器官的桥梁。我记得，我在一天之内没有吃东西，也没有任何排泄，仿佛我的器官都是衰竭的，一天后才开始渐渐恢复。"

莉迪亚和普拉萨德都听得仿佛着了魔，这个有着土耳其警察外表的陈羽反而表现得很平静。

"然后呢？"

"这么说吧，中医的说法，认为人体的所有器官都是靠气才能运转的。气这种东西是很奇妙的，人看不见它，但它仿佛就像躲在暗处，操控一切，主宰一切，这就是灵魂，一种非常罕有的暗物质。"陈羽说道，"我开始逐渐操控了这个警察身体的各个部分，我感觉到我使这个警察的心脏能够跳动，肾脏能够运行，脾胃也可以消化，我也可以任意停止某个器官的运转，比如我可以使耳朵失聪，又可以重新听见声音。我就是灵魂，操控一切。"陈羽说道，"我用我的灵魂开始操控这个警察的身体，并且接收到了一些非常隐秘的信息。"

"什么信息？"莉迪亚问道。

"我们是工具，是一个巨大环节上的一个微小的链条。"陈羽说道，"因为我开始接收到一些来自幽深之地的信息，并且我的体内有一种非常神奇的物质。这种物质是不归我操控的，但我能感知它的运行，它会向天外发送指令信息。"

"你说的这种物质，是这个吗？"莉迪亚说着，拿出了鲍尔斯给他们的采集样本。陈羽看了一眼之后，说道："对，就是这个，我并不知道这究竟是什么，但是我知道我接收到一个地方发送的指令，并且我可以将这个指令发送出去，都是通过这个神秘物质的特质才能办到的。"

"是什么信息？"

"信息不多，一般都是一些日常的信息，比如到了几点该做什么。"陈羽说道，"不过我能够感知到，我接收到的信息来自其他宇宙，而我将这些信息发送的地方也在其他宇宙。"

"你能感知接收信息的具体地点和发出信息的具体方位吗？"

"发出信息的具体方位我不知道，因为太过模糊和分散。但接收信息的地点，我感觉稍微清晰一点儿。虽然我也无法判断具体的方位，但它应该是来自某个地点，也许可以找电脑专家或者是研究大脑的专家，根据我接收的信息顺藤摸瓜，找到源头。"陈羽说道。

"我们到了。"普拉萨德说道。

他们来到了位于地中海上的一座非常荒芜的小岛——赫尔墨斯岛，这座岛上杳无人迹，很少有人知道这个小岛的存在。他们将飞船降落在一片开阔地，下了飞船后，他们看见这岛上的草木毫无修饰，就是一种原始的状态，夜幕之下，繁星闪烁，弯月挂在偏北方。

"我们去哪儿？"陈羽问道。

"你刚才所说的话让我有一种怀疑，我想证明一下你发送的信息，也许不知不觉中就被其他宇宙中的你接收了。"莉迪亚说道。

普拉萨德点了点头，说道："这样，待会儿到了分部，你们两个人留在这里，我去 EIPU3，找到那里的陈羽。"

"但现在你的躯壳是这个土耳其警察，你发送的信息一定会到陈羽那里吗？

毕竟你的大脑、你身体内的所有器官都是这个土耳其警察的。"莉迪亚说道。

"这我也说不清，我不是研究灵魂粒子的科学家，我也不知道这个躯壳内是否还有这个土耳其警察原本的灵魂。当时我打开聚合器，将我的灵魂整个注射进这个土耳其警察的体内，然后我把我的身体转移到了飞船上，打开了冷冻休眠装置。"陈羽说道，"但是我现在很困惑，似乎我不需要自己的大脑也可以思考，可以产生意识。大脑也好，整个躯体也好，只是我灵魂的一个工具。所以我无法确定我接收到的神秘信息，会发送到别的宇宙中的我，还是这个土耳其警察的身上。"

"这样，我回去，把鲍尔斯给我们的标本先给那里的陈哲教授，然后我们分别观察那里的陈羽和这个土耳其警察。"普拉萨德说道，"这个土耳其警察叫什么？"

"詹苏·穆罕默德·伊马斯。"陈羽说着，从身上拿出了这个土耳其警察的警徽，给了普拉萨德。

"很好，要破解这些谜题，还得请教陈哲教授。"莉迪亚说道。

他们很快来到了赫尔墨斯岛上的时空安全局分部，分部位于一片荒原的地下，周围被齐肩的荒草掩盖。他们进入地下后，很快就和这里的时空安全局通了气。普拉萨德带着样本和警徽，独自坐上了飞船，一瞬间，他就到了EIPU3的拉普达飞船里。

此时依旧是夜幕时分，时空安全局的人正在餐厅里吃晚餐。普拉萨德突然大步闯了进来，让所有人都吃了一惊。

"普拉萨德！"艾琳娜第一个惊呼道。

普拉萨德见到众人，浅浅一笑，说道："各位，别来无恙！"

"你不是和莉迪亚在一起查案吗？还有费尔南德斯。"艾琳娜问道。

普拉萨德脸色有些黯淡，他说道："费尔南德斯已经死了。"他就将他们在EIPU2所遇到的事情告诉了这里的时空安全局的探员们。费尔南德斯的死是已定的事实，难过也于事无补。

陈羽说道："你的意思，就是让EIPU7的我发送信号，看看我能不能接收到，对吗？"

"没错。"普拉萨德说道，"不仅仅是你，还要找到那个土耳其警察。"说着，他拿出了警徽。

"我想，也许会有三个人收到EIPU7的陈羽发送的信息。"陈哲教授说道，"因为这只黑猫也是陈羽，是来自EIPU2的陈羽。"

普拉萨德吃了一惊，看着一旁蹲坐在椅子上的黑猫，说道："什么？猫也是陈羽？"

"没错。"陈哲教授说道，"所以你刚才说EIPU7的陈羽的灵魂附着在一个土耳其警察的身上，我并不感到惊讶。"

陈羽说道："而且因为身躯的变换，几乎消除了不同宇宙的'我'之间的斥力。根据陈教授的研究，这种斥力主要来自人的躯体内部的一些粒子，但灵魂粒子是一种暗物质，密度极小，不携带电荷，而且与一般的暗物质不同。这种灵魂粒子之间产生的引力和斥力都是微乎其微的，不同宇宙的我的身体之间产生的引力和斥力也是非常微小的，毕竟单个儿的人体的质量太渺小。最有意思的地方就在于，这种灵魂粒子一旦与身体连接起来，使其具有生命体征，就会在不同宇宙之间成倍产生很强的引力和斥力。"

普拉萨德说道："陈教授，正好，这里有一个样本，你可以拿去做研究。"说着，他就将在EIPU7的布尔萨看见的景象告诉了陈哲教授。

"太好了！"陈教授欣喜地拿过了样本，看着里面那一团白色的东西，他有一种恨不得马上就开始实验的冲动。

"我们接下来要去土耳其吗？"王腾问道。

"没错，去土耳其，找到这个詹苏·穆罕默德·伊马斯。"李耀杰说道，"我们得同时看着这位侦探陈羽和这个黑猫警长陈羽，以及那位土耳其警察。"

拉普达飞船开始一路朝着土耳其的布尔萨飞去，晚餐过后，陈哲教授开始了研究。进入黑猫身体的陈羽独自蹲坐在窗前，似乎在沉思着什么。而另一个人形陈羽则一个人躺在床上，开始思考这件匪夷所思的事情。他想起了之前有几次突然头痛，之后脑子里就忽然获得了某种信息，也许那个时候，EIPU7 的陈羽就已经进入了土耳其警察的体内，并传送了一部分信息到自己的脑内。

人究竟是什么？我们的身体在运转，我们的行动靠大脑来支配，然而现在，大脑的运转靠着最初的灵魂，那么灵魂上了别人的身，自己又是什么？当用自己的灵魂控制了别人的躯体，甚至是动物的躯体，那么自己又算是什么？就好像器官移植，将别人的肾脏转移到自己体内，虽然有排异反应，但换来的肾脏依旧会为自己的身体工作，那么这颗肾脏究竟算是别人的还是自己的？灵魂同理，该如何定义"自我"这个概念。还是如同佛教所说，将一切层层剥离，一切都在变幻莫测，一切都是空。如果定义的"自我"的根本概念是来自灵魂，那么再将灵魂剥离，无非就是一大堆散落的灵魂粒子，一种特殊的灵魂粒子，那组成这些暗物质的又是什么？是什么样的机缘巧合组成了这些灵魂粒子？这一切可以一直追问下去，那么，是否可以说，万物本身是没有所谓的"自性[1]"的？

第二天凌晨时分，在 EIPU7，莉迪亚带着陈羽来到了外面。面对即将升起的太阳，一切都还笼罩在一层薄薄的阴云下，但这很快就要消失了。

"你会像布尔萨的那些人一样，在太阳底下站一天？"莉迪亚问道。

"我可以站着，但毕竟我的灵魂和这个身躯并没有百分之百地统一，因此我可以不完全受到控制，也就可以不用站一整天。"陈羽说道，"而且当我接收到信息的时候，并非一定是白天。"

"那你们这样站在太阳底下一天，究竟是为什么？难道下雨天也是这样吗？"

"不，下雨天我们不站。"陈羽说道，"这么站一天，简单来说就是像太阳能电池一样，储蓄能量。"

---

[1] 自性：佛教概念，根据佛教中"诸行无常，诸法无我"的理论，万物都是无常的、不断变化的，没有任何事物是永远稳定的，因此，万物的自性也是无常的、不固定的，本质上就是无自性。

"储蓄能量？做什么？"

"维持一种非常活跃的生命体征，就像植物一样，以便能更好地接收信息、发送信息，并完成指令。"陈羽说道，"当我没有强行控制这具躯体的时候，我和周围的人一样。"

"当你接收到指令并发送出去的时候，你告诉我一下。"

"好的。"

在EIPU3，陈教授开始潜心研究这团白色的标本，因为一切奥秘就源于这种白色的物质。而陈羽和那只黑猫陈羽都在等待着接收信息，同时拉普达飞船也已经抵达了土耳其的布尔萨，时空安全局的探员还需要找到那个叫詹苏·穆罕默德·伊马斯的土耳其警察。

有了这个明确的目标，他们就不必再在人群中冒险，因为一旦被某个监督者发现，又会是一次混乱的逃亡。他们在电脑里查到了这个人，他依旧是布尔萨的一名警探。当天夜里，王腾、肖恩和李耀杰三人就悄无声息地潜入了伊马斯的住宅。他们来到伊马斯所住卧室的窗外，通过窗子的缝隙向卧室里吹入了一阵迷药，然后打开窗子，将昏迷中的伊马斯带了出来，悄悄地返回了拉普达飞船。

又过了一天，在EIPU7的赫尔墨斯岛上，陈羽开始接收到信息，并在同一时刻将这些信息发送了出去。他整个人的状态像是陷入了一种迷思，双目紧闭，眼珠不停地向上翻，全身僵在那里。莉迪亚就在一旁看着，没有去打扰他。

"我收到信息了！"在EIPU3的陈羽说道。

陈教授立马上前问道："什么感觉？"

"有一种行动的驱动力，但并不是很强，我可以不去做这件事。"

"是什么事？"

"我将要去抓捕一个罪犯，这个罪犯在EIPU7并没有链接，所以他不受控制。"陈羽说道。

这时，陈羽感到脑子里一阵眩晕，他有一种想要去执行的冲动，但信号毕竟不是特别强，他还可以控制自己。陈教授给伊马斯、陈羽、黑猫以及之前王腾抓来的南桐城里的那个人，一同戴上了一个测试大脑信息的头盔，另一头同时链接在电脑上，开始分析他们所接收到的信息是否一样。

那只黑猫虽然有陈羽的意识，却没有说话的能力。它蹲坐在椅子上，身子有些跟跄，很明显发送来的信号对它也有所影响。那个伊马斯虽然处于昏迷状态，但大脑依旧接收到了信息。而被王腾抓来的南桐城里的那个人，虽然也接收到了一些信号，但在电脑上显示出来的图形和另外三个信号显示的图形大相径庭。而两个陈羽和伊马斯接收到的信号几乎一样，只是伊马斯接收到的信号强度略大于两个陈羽。

他们把伊马斯和那个南桐人关了起来，依旧让他们处于昏迷的状态，防止他们自爆。当天下午，莉迪亚就通过赫尔墨斯岛上的传送站来到了 EIPU3 的拉普达飞船里。当看见这里的陈羽时，起初她还是有一些混乱的错觉。

"那边的陈羽收到了信号，而且发送了出去，你们这里如何？"莉迪亚问道。

"我收到的信号是让我去抓一个不受控制的人。"陈羽说道。

"没错。"莉迪亚说道，"那边的陈羽也是这么对我说的。"

"他人呢？"陈羽问道。

"在地中海的赫尔墨斯岛，那里是我们的一个分部。"莉迪亚说道。

"接下来我们该做什么？陈教授负责研究那团白色东西的样本，如果可以的话，最好让那边的陈羽过来，因为他披着土耳其警察的外壳，这对陈教授的研究应该会有帮助。"

"这样，我把陈羽连同他的身体一起带过来，我想陈教授应该有办法让陈羽的灵魂重新回到他的身体里。"莉迪亚说道，"如果这样的话，就会出现另一个问题，那个土耳其警察原本的灵魂不知道是否已经坍塌，如果坍塌的话，他就死了，我想活体会更有研究价值。"

"这很简单，把我们抓到的这个土耳其警察的灵魂转到陈羽空出的那个体内含有那团白色物质的土耳其警察躯壳内就可以了。"艾琳娜说道。

莉迪亚拍了拍脑门儿，笑道："对啊！我怎么就没想到！那好，我一会儿就回去，然后把陈羽和他的身体一同带过来，你们和陈教授说一下。"

这时，陈教授走了出来，问道："这个灵魂转移的方法是非常精密的，我想知道，是谁让那边的陈羽的灵魂转到了土耳其警察的身上？"

莉迪亚愣了一下，说道："就是史密斯·里大斯。"

陈教授没有说话，他眉头微皱，陷入了沉思，过了大约十秒钟，他什么也没说，转头去了实验室。莉迪亚又回到了EIPU7。过了两天，她带着陈羽和陈羽的身体来到了EIPU3的拉普达飞船。

来自EIPU1的陈羽和来自EIPU2的陈羽，也就是那只黑猫，陆续走了出来，当身体和原本的灵魂互换之后，彼此之前的引力和斥力都小到了微乎其微的程度。三个陈羽会聚在拉普达飞船的大厅里，所有人都看着他们。陈教授也看着他们，对他来说，这简直就是科学奇观。

这个披着土耳其警察外皮的陈羽说道："你们好，另外两个我！"

来自EIPU1的陈羽有些尴尬，他看了看艾琳娜，希望艾琳娜能帮他解围，艾琳娜只是在一旁耸了耸肩。他僵硬地伸出手，和眼前的这个披着土耳其警察外皮的陈羽握了握手。同时，那只黑猫也走了过去，土耳其警察样子的陈羽也和这只黑猫握了握手。整个场面难以形容。

当所有人都没有说话的时候，陈教授走了出来，说道："来吧，跟我去实验室，其他人就在外面等着。"

说着，陈教授先进了实验室，土耳其警察样子的陈羽抱着自己的身体也跟着走进了实验室……

在客厅里，陈羽对黑猫说道："伙计，你的身体呢？怎么不找陈教授换过来？"

这只黑猫叫了一声，无法说话。艾琳娜说道："量子纠缠看起来比我们已知的复杂得多。"

李耀杰走过来，想抱起这只黑猫，但是这只黑猫非常不友好地瞪着李耀杰，尖叫了一声。一旁的陈羽笑道："他和我一样，不喜欢被男人抱。"

肖恩独自靠在墙边，低头不语。陈羽坐在椅子上，也没有说话，其他人也都渐渐沉默了。一种好似乌云一样的氛围悄然扩散，就好像他们即将面对一场巨大的灾难一样。黑猫蹲坐在窗台上，看着下方的世界，仿佛整个世界都坐落在一个巨大的棋盘上，一切都被无形地控制着。

黑猫此刻脑子里也在想，如果真的有一只无形之手能将世界变得井井有条，那么眼下的反抗又到底是为了什么。这个问题很简单，就在于保留诗意的人性，虽然很多在逾越规则的人性并没有什么诗意，但是世界上永远都会有一些伟大的、无聊的艺术家，重新描绘这些混乱，加之浪漫的色彩，就像《格尔尼卡》[1]，让混乱更加混乱，从而在血腥与暴力中提取出深藏的诗意。但是这些诗意是非理性的思维，背后仍有一只荷鲁斯之眼[2]在监视与操控，有一种更为深藏的理性埋在其中。那么即便这个组织覆灭，我们依旧被控制，只是控制的范围更大，看似更加自由，但也可能会使人类陷入更深的危机中。

以自己的灵魂，操控一只猫的思维，能抵达如此深度，陈羽更加感到人体的深不可测。原来大脑只是个工具而已，即便是次一些的工具，只要配上巧手，依旧能完成细微的工作。他能感觉到这只黑猫大脑内部的神经元的链接，在他进入之后的确在不断增强，起初他只能如猫一样观察世界，比如他总是想着吃和睡。难不成进化也可以用这样的方式来加快速度？

这时，陈教授走出了实验室，来到了客厅。

"怎么样了？"艾琳娜第一个问道。

"他在休息，因为那具躯体已经沉睡太长时间了，即便是接收了原来的灵魂，也需要一段时间的磨合。"陈教授说道，"我把那个土耳其警察的灵魂也移到了这个体内有白色不明物质的土耳其警察的身体里，他的身体很快就适应了，因为他的身体里一直都有一个灵魂存在。灵魂和躯体的组合是非常精细而脆弱

[1] 《格尔尼卡》：西班牙画家毕加索的代表作之一。格尔尼卡是西班牙的一个地名,在画作中,毕加索用立体主义的方式表现了战争带来的混乱与惨烈。
[2] 荷鲁斯之眼：荷鲁斯是埃及神话中法老的守护神,荷鲁斯之眼代表至高无上的权力与神明的庇佑。

的，就像沙雕一样，稍微碰一下就会坍塌。还好转换过来了，但是灵魂与身体的链接还需要一个复杂的过程。我帮不上忙，必须靠他们自身的意志。"

"我能见见那个自己吗？"陈羽问道。

"如果你想杀死他，就去见他。"陈教授严肃地说道，"要知道，不同宇宙中的同一个人之间之所以产生巨大的引力和斥力，是因为灵魂和身体完美地组合在一起，一旦分开，引力和斥力都会大幅度减弱。如果强行将两个人放在一起，那么最终导致的结果，是双方的灵与肉的分离，因为这股斥力足以强大到拆分灵与肉的地步。那个陈羽现在的灵与肉还在协调当中，还很脆弱，如果你去见，对你倒是没什么伤害，但是他就会死，他的灵魂会脱离肉体，很快消散于无形。"

陈羽没有说话。

"这段时间，实验室关闭，除了我以外，任何人不能进入。"陈教授说道。

所有人都知道这件事的重要性，因此对此都没有任何异议。陈教授说完之后，离开屋子，又去了实验室。

CHAPTER
21
幽深之地

大约一周之后，EIPU7 的陈羽终于渐渐苏醒，在陈教授的观察下，他的灵魂与躯体的契合度已经达到了百分之九十七左右，几乎和正常人无异。在这艘拉普达飞船上，这个陈羽住在最东面的一个房间，而另一个陈羽则在最西面的房间，两个人时间交错地走出房间，只有变成了黑猫的陈羽，可以任意穿梭于两端。

他们要开始继续调查关于"狼蛛与红火蚁"这个组织，因此他们也开始制订计划。

在会议厅，除了陈教授和刚恢复不久来自 EIPU7 的陈羽以外，其他人都到场了，围成了一桌，包括那只黑猫。

"我们得进行下一步了。"莉迪亚说道，"里夫斯那个家伙一直都神神秘秘的，也不知道他在搞什么鬼！"

"不用管他。"普拉萨德说道，"我觉得我们还是得分成两组人马，因为现在毕竟两个陈羽都在这里，他们是不可能在一起的。"

陈羽点点头，说道："之前我和王腾查到，其他宇宙中的人，他们的行动的确就和蚂蚁一样，有狼蛛，也就是监督者在暗中监督。蚂蚁的秘密，我们之前查到一些线索，加上陈教授正在研究这些蚂蚁之间互相传递信息的奥秘，我们接下来应该调查监督者。"

"对，吴晓龙、彼得·罗伊、安德森·贝克特、宇智波枫，这些都是监督者，有的虽然还没有确凿的证据，但也不会差太多。"艾琳娜说道，"这些监督者分布在各个宇宙，而我们现在应调查的是在EIPU7里有没有这些人，以及他们彼此之间的关联。"

"你说安德森·贝克特？"莉迪亚突然想起在EIPU2见到的贝克特先生，但是他已经死了。

"怎么，你知道这个人？"

"对，我见过他，他是我父亲的朋友，剑桥大学的教授。费尔南德斯来救我们的时候，曾提到过在EIPU1的优素福查到那里的贝克特先生极有可能是一只狼蛛，也就是监督者，同时他也是彩虹桥公司的人。"莉迪亚说道，"我想，我们应该从这个贝克特先生入手。"

"我们可以这样，穿梭于不同的平行宇宙，然后调查不同宇宙中的贝克特先生，这样就能知道监督者的分派大致是怎样的规律。"陈羽说道，"除此之外，我们还可以对其中的监督者进行抓捕或暗杀，看看一个监督者死掉之后，他监督范围内的那些红火蚁会产生怎样的变化。"

"还有，我们得找到源头，也就是这个组织的幕后黑手。"肖恩说道。

"我们还得分一组人出来，他们分别要在EIPU7以及其他某个宇宙中的彩虹桥公司，找到其中的联系。"陈羽说道，"我想这个任务，可以交给另一个我跟莉迪亚。"

莉迪亚点点头，说道："没错，我们之前一直在说彩虹桥公司，但到现在还没有真正进去过。"

"还有最重要的，就是等着陈教授在这里的研究结果。"陈羽说道，"虽然那个陈羽没有说，但我基本上可以肯定，在EIPU7中的赵璐，也就是那个陈羽的妻子和女儿，体内一定被侵入了那团白色的神秘物质。"

艾琳娜望着陈羽，眼中流露出些许关心，她低声说道："我们会救出你的妻子和女儿，以及所有被感染的人。"

陈羽点点头，不过他还是不确定自己能否完成这个任务。当他离开，回到自己的房间里后，另一个身体还有些虚弱的陈羽又来到了会议室。

"我们刚才定下了一个大致的计划，你和我在EIPU7和其他宇宙中，调查那些彩虹桥公司彼此之间的联系和背后的秘密。"莉迪亚问道，"你有什么想法？"

"我们还得再多一个同伴，就是那只变成黑猫的陈羽。"陈羽说道。

"为什么？"

"简单来说，是因为我们这一队人少。"陈羽说道。

"那我得问问他,陈羽,你说怎么样？"李耀杰问道,"你要是同意就点点头。"

那只黑猫并没有点头，而是跳到一旁的一个柜子上，指了指上面放着的那个土耳其警官的警徽。陈羽说道："看来得麻烦一下陈教授，毕竟猫的身体还是有局限，反正还空着一副土耳其警察的身体，正好可以拿来用。"

黑猫这回终于点了头。六天之后，第一队人马，也就是莉迪亚、普拉萨德、陈羽以及土耳其警察模样的陈羽去了EIPU7，他们将要调查那里的彩虹桥公司的状况。第二队人马，陈羽、艾琳娜、肖恩、李耀杰、王腾他们先要去EIPU5调查那里的贝克特先生。还有一队人马留在拉普达，就是以陈哲教授为主的一个科学家团队，他们将竭尽所能，揭开这些红火蚁身上的奥秘。

当莉迪亚他们来到了EIPU7的牙买加时，他们知道这里还没有被入侵，于是他们就先找到了一家餐厅，吃着上午茶，同时制订具体的方案。

"老兄，牙买加的阿基果、山羊肉、鳕鱼都是很不错的。"陈羽说道，"你尝尝，别光顾着喝朗姆酒。"

这个来自EIPU2的陈羽，虽然还披着土耳其警察的外表，但是他已经能流利地说出一口中文了。他看着不远处的蔚蓝色大海，看着海滩上躺在遮阳伞下面的人，一种释放的感觉在他体内涌动着，他说道："还是当人比较好，当一只猫太憋屈了！"

"那我该怎么称呼你？干脆就叫你伊马斯，你能接受吗？"

"随便你，反正我有一部分也是属于这个伊马斯的。我能察觉到在他脑中储存的一些他过去的记忆。"

"咱俩都上过这个伊马斯的身，虽然是不同的伊马斯，但这也算是一种缘分。"陈羽笑道。

伊马斯哼了一声，说道："我的身体这会儿应该已经腐烂了。"

陈羽和莉迪亚都吓了一跳，陈羽问道："怎么回事？"

"那天我还记得，是 2051 年 9 月 11 日，早晨我妻子在做饭，有个查煤气的人来敲门，之后我妻子发疯一样砍了我好几刀，我女儿醒过来，也没有阻止。当时我感觉自己就快要死了。"伊马斯说道。

陈羽回想了一下，说道："那几天……我记得我在斯洛文尼亚，准备去听音乐节。"

"没错，我记得在 9 月 10 日，我救了你。"莉迪亚说道。

"对，你救了我，就是那时溶洞里的很多人都被感染了。"陈羽说道。

伊马斯冷笑了一声，说道："如果她没有救你，你被感染了，我想我妻子也就不会突然对我发动进攻。我想就是因为你逃走之后，他们无法在你体内种植那种病毒，因此你也不会对其他宇宙中的我们发送指令，所以他们才会来杀我。"

"没错。那后来呢？"

"我逃出来之后，浑身是血，躲在小区的树林里，结果陈教授路过，把我给救了。"伊马斯说道，"不过我伤得太重，陈教授也不是医生。他为了保留我的灵魂，在我死之前，把我的灵魂转入他养的那只黑猫的体内了。"

"陈教授是怎么发现你的？"莉迪亚问道。

"我想应该是里夫斯让他来接我的，我听到的。"

"又是里夫斯！"莉迪亚恼火地说道。

"这个里夫斯到底是什么人？"陈羽问道。

"他是时空安全局的人，但是他一直神出鬼没，时不时会对我们发出一些信息和指令。"莉迪亚说道，"谁知道他躲起来到底在搞什么鬼！"

伊马斯说道："我这辈子再也不想吃鱼了。"说着，他把面前的一块鳕鱼扔到了旁边的盘子里。

"我以为陈教授给你吃的是猫粮。"陈羽笑道。

"他还没这么不人道，不过也得考虑猫的消化系统，所以也不是所有人能吃的都给我吃。"伊马斯说道。

"对了，EIPU7里的陈教授呢？"陈羽问道。

"现在我告诉你们一个秘密，EIPU7的陈教授在知道这个阴谋时，把他所有的研究手稿都交给了我。后来我就带去给了EIPU2的陈教授，因为综合了两个人的才能，所以这个陈教授才会这么厉害。"莉迪亚说道，"EIPU7里的陈教授已经死了，他是自杀的，因为那个时候他得了胰腺癌，活不了太久了。"

"原来是这样！"陈羽说道，"那你呢？或者说整个时空安全局的人，他们应该是没有被控制的。"

"没错，我们当中有的就直接来自EIPU7，有的在EIPU7的那个版本已经死了，所以不受控制。"莉迪亚说道。

"我们得去彩虹桥公司了。"伊马斯说道。

"普拉萨德，你怎么了，怎么半天都没说话？"

坐在一旁的普拉萨德一直都在发呆，听到了莉迪亚的话，他才回过神来，说道："我们要不要去找鲍尔斯帮忙？"

"不用了，走吧。"莉迪亚说道。

四个人离开了餐厅，莉迪亚向这里的人打听了一下关于彩虹桥房地产公司的事情，他们得知这家公司的业务尚没有涉足这里。他们将要乘飞船飞往中国境内，飞船藏在海边的一处树丛内，他们一路朝着那里走去。

"你们看！"伊马斯指着远处的大海喊道。

只见大海上，有一道龙卷风正朝这里袭来。海水被卷入空中，周围云雾和水雾混在一起，就像是魔鬼降临一样。这里还是碧蓝的天空，而不远处的海面上已阴云密布。

"牙买加很快就会被红火蚁占领。"莉迪亚说道。

龙卷风越来越大，从他们这里看，一开始还是一条灰色的细线，这会儿已经变成了一捆粗麻绳。龙卷风虽然还没有登陆，但一阵阵风已经迎面吹来，天空很快就变暗了。

"快走！"陈羽说道。

"要不要给鲍尔斯打个电话？"普拉萨德问道。

"来不及了，快！"莉迪亚说道。

他们四个人开始一路朝着飞船降落的地方狂奔，此刻他们也顾不得是否会被周围的人发现了，而几乎所有人都将目光投向了即将登陆的龙卷风。他们找到了飞船，回过头望去，那道龙卷风已经在远处的一个海口登陆，龙卷风渐渐散去，从风中落下一个巨大的球体，是大约几十个人裹在一起形成的一个人球。他们清楚地看见人们的恐慌，而在沙滩上，人球落地之后，很快分散开来，那些人从不同的方向闯入了人群。

"快走！"

陈羽最后上了飞船，普拉萨德操控飞船，他们飞离了牙买加，但透过窗户，能看见下方的骚乱依旧在持续。很快，飞船升入云霄，下方早已是模糊一片。

"看来那些岛国陆续都要遭到入侵了。"伊马斯话音刚落，眉头突然一皱，倒在地上，浑身抽搐起来。

"你怎么了？"一旁的陈羽连忙问道。

伊马斯止不住地颤抖着，莉迪亚上前，扶住了他，说道："伊马斯，是不是灵魂和身体发生了不协调的缘故？"

在颤抖中，伊马斯艰难地点了点头，但是过了几秒钟，他就像完全没事一样站了起来，说道："我的灵魂连续转入别人的躯体，还有猫的躯体，因此我的灵魂并不稳定，和身体之间也不完全协调。之前陈教授就提醒过的，灵魂转移的技术虽然已经实现，但是被转移的人，他们的生命会出现不稳定的情形，会大大减少寿命。"

陈羽听了，心头一惊，说道："那我也是？"

"你应该会比我好一点儿，最起码你只转到过一个人的身体里，而且你没有转到动物的身体上去，你的灵魂粒子以及灵与肉之间会比我稳定。"伊马斯说道。

"那我们就更得抓紧时间了。"莉迪亚说道，"接下来我们要去中国，但那些被感染的人随时会对我们发动进攻。我们到了中国之后，立马去彩虹桥公司。"

他们抵达中国的南桐城之后，陈羽和伊马斯都有一种故地重游的感觉，只是彼此有所不同。他们的飞船降落在长江上的灵洲，这里无人居住，也没有码头停靠。

"我得先连上这里的网络，查一些东西。"莉迪亚说着，拿出了电脑。

"我对这里比较熟悉，太阳很快就要落山，我们千万不要进入人多的地方。"陈羽说道，"因为夜幕是这些人自由活动的时间。当初有一段时间，我也跟着他们在太阳底下站一天，脑子里会不断收到一些信号，同时会发送出去。等到太阳落山，我们就会进入一个自由活动的时间。"

"你的意思是我们等到第二天太阳升起的时候，再去彩虹桥公司查案？"莉迪亚问道。

"没错。"陈羽说道，"因为所有接收信息或传递信息，都依赖于阳光所产生的能量。"

"这里没有人，我们就在这里休息一晚。"莉迪亚说道。

晚上，陈羽独自一人坐在一棵大树下看着不远处的长江。莉迪亚走了过来，问道："你是在想你的妻子和女儿？"

"没错。"陈羽说道，"希望陈教授能尽快破解这个神秘物质的属性，帮我救回她们。"

"这会儿功夫，这里的人应该可以自由活动了。"莉迪亚说道，"不过他们这样每天借着太阳能传递信息到各个宇宙，的确使得诸多宇宙中的人类世界变得和平了，连普通的犯罪也大幅度减少，有些地方甚至没有犯罪。"

"犯罪的原因有很多，先天的生理问题，比如暴力倾向，或者是后天环境的影响。但并非每个人都会犯罪，最起码绝大多数人是不会犯罪的。"陈羽说道，"我不知道这个组织到底要做什么，最起码对于我来说，我讨厌这种被控制的感觉。"

"反过来说，加入时空安全局，会让你有一种凌驾的感觉，对不对？"

"没错，凌驾。"陈羽说道，"最起码那些一般的法律对我们来说没什么意义。"

"有时候也不仅仅是犯罪，而是规范，就连一些交通问题都减少了很多，人与人的摩擦也是如此。"莉迪亚说道，"也许这就是所谓的完美世界，天堂一样的秩序与和谐。"

"这不是天堂，人应该有自由意志。"陈羽说道，"总之，我一定要救出我的妻子和女儿。"

"你们之前是为什么吵架的？"莉迪亚问道。

"没什么，是因为女儿的事情。她想给女儿报很多补习班，我不同意，原本说好全家去斯洛文尼亚玩儿的，结果我一气之下自己走了。"陈羽说道。

"报很多班？"

"对，这都是些很无聊的东西，没有意义。"陈羽说道，"当时我也在气头上，说'只有废物才会逼自己的孩子学一大堆毫无意义的东西'。"

"你说话也挺狠的。"莉迪亚笑道。

陈羽苦笑了一声，说道："只是气话。不过在一些事情上，我和她总是说不到一起，这让我很恼火。"

"如果你们也被这个组织控制了，或许就没有这些矛盾了。"莉迪亚笑道。

"是，不过我宁可有矛盾，也好过变成能从嘴里吐出那些白色物质的怪物。"陈羽说道。

第二天，他们一早就准备好了前往南桐城，今天注定了是一个要出太阳的日子，因为东方苍穹已显露霞光。他们乘坐飞船，很快就来到了长江对岸，他们等待着今天第一批从家里出来的人。

太阳已经完全升起，阳光斜洒下来，金光夺目。如此美好的时刻，他们躲在一个角落里，清楚地看见有人从对面的一栋大楼里走了出来，男人、女人、老人、小孩儿，他们纷纷排成了队。接着，周围所有的建筑物内陆陆续续地走出来很多人，他们在短时间内就站满了整条街道。陈羽他们抬头望去，那些高低不一的楼房顶上也站满了人。

过了一会儿，动静全部消失，应该说所有人都站了出来，站在了能够被太阳直射到的地方。有些建筑物为了避免人太多使得有些人晒不到太阳，就在墙壁上安置了很大的镜面，将太阳光反射到一些难以照射到的角落。这里原本都是黄皮肤的人，但眼下大多数人变得皮肤黢黑。

"好极了，走吧。"莉迪亚说道。

"希望我们没有打扰这帮家伙睡觉。"伊马斯说道。

他们走在街道上，莉迪亚之前已经查到了彩虹桥公司在南桐城的具体位置，主要集中在仙化地区。但是他们根本无法坐车，因为道路上都站满了人，他们也不能开着飞船去，因为他们要留意沿途的所有异动，以此来找到这个组织的规律。这里的监督者在哪里，他们并不知道，似乎与别的平行宇宙有一些差别，他们必须格外留意地面上发生的任何细微的变化。因此，他们想到了一个办法。

莉迪亚用一双巧手打开了路边的四辆摩托车，他们四个人分别开着摩托车在人与人的间隙中急速穿梭，一路朝着仙化地区疾驰而去。一路烟尘也无法让那些人醒来，他们依旧站在那里吸收着太阳能。

仙化地区在多年前曾被开发过，如今很多地方却再一次变成了荒地，一片荒草无际，让他们有一种见到非洲草原的错觉。莉迪亚在电脑上找到地图，他们很快就找到了去彩虹桥公司的具体路线。

一路上，他们在荒地上见到了一些让他们震惊的场景。那里也站着一群人，可是仔细望去，这些人的样子非常古怪，走近一些，一股恶臭就扑面而来。他们看见这些人的七窍内都被一股股白色的物质撑开，就连眼窝里的眼珠也被完全挤了出去。那些白色的物质朝向太阳，依旧在吸收太阳能，有的甚至生长得很高，就像是一棵小树一样，顶端还开了杈。这些人的嘴都是僵硬地张开的，任由这些白色的物质往外冒，耳朵里、鼻子里都是。

"这是什么鬼东西？"莉迪亚惊呼一声，胃里一阵恶心。

"这是……虫草？"伊马斯惊道。

"对！是虫草！"陈羽也说道。

"我的天哪！"普拉萨德皱着眉头，看着这些人，说道，"你们看出来了吗？这些人大部分看起来都有五六十岁的样子，难道都是死人了吗？"

"虫草菌在昆虫的体内会指使昆虫做出一些古怪的行为，让它们抵达阳光充沛的地方，然后虫草菌就开始不断生长，直到冲破昆虫的身体，这时昆虫早已经死亡了。"陈羽说道，"看来，这些人都死了。"

伊马斯上前验了一下，这些人果然已没有了呼吸，他们都死了。

"看来陈哲教授将要研究的，就是这种虫草菌的样本，我想应该是人工培育的一种虫草菌。"莉迪亚说道。

"抓紧时间，我们得去查这里的彩虹桥公司。"伊马斯说道。

四个人穿过死人群，看见那些朝着阳光生长的虫草菌依旧在获取能量，也许这些死人也是有用的。他们很快就找到了彩虹桥公司在这里的分部。很明显，此刻彩虹桥公司内部的人也都站在外面，晒着太阳。他们看着这些穿着制服的人，面朝太阳，但这些人还有呼吸，虫草菌也没有冲破他们的躯体——他们不是死尸，是活死人。

他们来到了彩虹桥公司内部，这里的一切都好似一家普通的房地产公司，一眼扫去，他们并没有发现这里有什么特别的地方。莉迪亚来到了柜台，打开了电脑，在里面搜索了半天，只是搜到一般的账目报表而已，无甚机密。他们又上上下下找了一番，依旧一无所获。

"我觉得我们在这里是浪费时间，应该去他们盖的房子里看看。"陈羽说道。

"对，走吧。"

他们来到彩虹桥公司对面不远处，这里有一片刚开发的居民区，就是彩虹桥公司修建的楼盘。在小区内，里面的居民也都站在开阔地上，面朝太阳，在吸收能量。

他们已见怪不怪，小区的保安站在保安室的屋顶上。他们越过栅栏的时候也没有人来阻拦，但他们的行动已经被监控拍摄了下来。

"放心，待会儿出来的时候，我会把监控里的录像都删除的。"普拉萨德说道。

小区内花草树木层叠排开，前方正中央有一个人工湖，里面有很多鱼。因为白天格外安静，因此很多鸟儿肆无忌惮地落在那些被感染的人的肩膀上或头顶上，把他们当作了树木。

"环境倒是不错，房子看起来也还行，看来这家公司并没有偷工减料，欺骗顾客。"陈羽笑道。

他们在小区内转了一圈，并没有发现什么特别的，于是他们准备进入某一户人家，看看这些人家里面有什么异常。他们随便在一个人身上拿了一串房门钥匙，看了一下，在3幢304室。他们找到了这户人家，打开门，进到了屋内。

"多普通的人家！"伊马斯冷笑道。

果然，一个还算宽敞的客厅里，有一张长桌、一张沙发，对面是一台电视，然后往左侧一直走就是阳台，右侧有一间厨房兼餐厅，旁边一个拐角处分别通往两间卧室和一间书房，最顶头是一个厕所兼浴室。

卧室里的床铺很普通，床头柜里面也只是平常用到的一些东西，比如一些速效救心丸或一盏台灯，旁边放着两本书。厕所的马桶里的水也是清水，旁边的浴缸更是一目了然。书房里放着一些书和一些摆设，书桌上有一台笔记本电脑，也无甚特别。他们在这间房子里转了一圈，也没有发现什么古怪的地方。

陈羽来到了阳台，趴在窗台上，看着下方的小区内人群密集，却寂静无声。

"小心！"莉迪亚突然大叫一声，陈羽回过头，发现身后有一根巨大的白色虫草菌此刻正如一条蟒蛇一样朝自己袭来。

CHAPTER
22
笼　子

　　陈羽大惊失色，险些滑倒在地。那团白色的虫草菌顶端的触须已经粘在了他的衣服上。莉迪亚这时掏出枪，对准那团虫草菌接连开枪。子弹从虫草菌的身上穿过，它并没有发出一点儿声音，却在不停地扭动，从陈羽的衣服上掉落了下来，陈羽趁乱从阳台跑了出来。

　　随即他就看见那团白色的虫草菌很快又恢复了原状，并且分散出四根枝杈，朝他们四人各自袭去，在整个客厅里弥漫开来，他们只得四处逃跑。直到厨房那里，普拉萨德随手打开炉灶，一道火焰冲出，那团白色的虫草菌竟然好似受到惊吓一般，连连往后缩。

　　"用火！"普拉萨德说道。

　　莉迪亚从桌上拿了一本书丢给了普拉萨德，普拉萨德点燃之后，举着火焰开始逼退虫草菌。四个人站在一起，一点点向前移动，那团虫草菌试图从多个方向绕过来，但都被普拉萨德用火焰吓退了。最终，它被一点点地逼回了阳台上的一个花盆里。

　　这时，他们才清楚地看见，这根巨大的白色虫草菌原本就生长在花盆里。这个花盆里种着一棵小树，是这家房地产公司送给业主的，而这白色的虫草菌就藏在花盆的土壤里。普拉萨德将那本还在燃烧的书丢进了花盆里，火焰顺着小树苗一路向上，也将盆内的土壤全部烧焦了。

"看来，他们就是用这种方法把所有的业主都变成了他们的人。"陈羽说道，"刚才谢谢你！"

"没什么，好在有惊无险。"莉迪亚说道，"真是没想到。现在很多房地产公司都会这样，买房子送一些东西，比如多送你几平方米，或者是送你一棵小树，或一些家具。这家公司的秘密不在于建造的房子，而在附送的花盆。"

"但这家公司还有很多谜题，我们现在还得查查那些监督者，也就是狼蛛和彩虹桥公司的关系。"陈羽说道。

"我们先离开这里。"伊马斯说道。

"不！"陈羽说道，"如果说这种虫草菌能生长在土壤里，这个组织就没必要弄个房地产公司了，更不用通过附赠盆栽来起到传播的作用。他们完全可以将这些虫草菌种在路边的花坛里、公园内，到处都可以，随时随地可以传播病毒。所以我认为，这个花盆里一定有一种并不多见的物质，而这种虫草菌之所以能生长，一定依赖于这种物质。"

"难道我们要把这花盆搬走吗？"伊马斯问道，"刚才虽然烧了一把火，但我们也不能确定是否完全杀死了里面的虫草菌。何况一把火是否会破坏这土壤内部的化学结构，把你刚才猜想到可能会有的某种物质给破坏掉？"

"我猜，这盆中的某种物质一定类似人体内的某种特殊物质。"普拉萨德说道。

"我有办法。"莉迪亚说道，"跟我来。"

说着，莉迪亚带着他们到了旁边的一户人家，很快就撬开了门锁，里面的格局和刚才的那户差不太多。莉迪亚在厨房里拿了一把刀，然后走到阳台上，看见了同样的盆栽。她一刀挥起，将那棵小树几乎连根斩断。

"这就是你的办法？"伊马斯问道。

"看好了。"莉迪亚说着，左手伸进了口袋里，似乎在摸索什么，等到花盆内那团白色的虫草菌冒出来，朝他们发动袭击的时候，莉迪亚的左手就从口袋里伸出，一挥手，一团火焰进出，在空中发出呼呼声，那团白色虫草菌立即缩了回去。

"你是个女巫吗？"陈羽笑道。

"不，只是一点儿小魔术而已。"莉迪亚说道，"不过请原谅，我不能说出魔术的原理，这是魔术师的职业道德。"

陈羽看到后，不知为何，心里感到很兴奋，他觉得莉迪亚总能带给他一个又一个惊奇，对于厌恶平庸的他来说，莉迪亚充满了一种神秘的吸引力。他想看看莉迪亚的口袋里究竟装了什么，却又忍住了自己的好奇心。

"好吧，既然你能让它不敢出来，那我们还是早点儿离开吧。"陈羽说着，主动抱起了这个花盆，说道，"你可看着点儿，它还会冒出来的。"

"放心。"

他们离开了这里，又骑上摩托车。陈羽将那个花盆绑在摩托车的后座上，靠在了自己的背上。莉迪亚开着摩托车，紧靠在他旁边，防止虫草菌随时冒出。

"你点火的材料够用吗？"陈羽问道，"要是用完了，我可就惨了！"

"放心，材料的多少与表演魔术的次数对于一个优秀的魔术师来说是再简单不过的事情。"莉迪亚说道。

"记得第一次见到你，你带着我开着车在水面上行走，现在你的手里随时又会冒出一团团火花，你还有多少秘密是我不知道的？"陈羽问道。

莉迪亚看见花盆里再一次冒出虫草菌，她一只手扶着扶手，另一只手潇洒地一挥，在疾驰中，一道火舌蹿出，正好压在花盆上方，使得虫草菌再一次缩了回去。

"你只需要知道一部分就可以了。"莉迪亚说道。

"难道是上帝的安排？水和火，就像你的两只眼睛，一个棕色、一个绿色？"陈羽开玩笑道。

"你可以这么理解。"莉迪亚说道，"我们虽然知道了这个秘密，但仍然无法继续下去，只能是带一些标本给陈教授做研究。"

"只能先这样，我们先把这个盆给陈教授，然后再继续查。最起码我们不能把这个花盆一直留在身边。"

当他们去了位于火月山的时空安全局分部时，天色仍大亮，但是他们看见了令他们感到彻底绝望的一幕——火月山分部的人也都站在了外面，一动不动，闭着眼睛，面朝太阳。

"这下完了！连我们的人也被控制了！"普拉萨德说道，"拉普达飞船在EIPU3，我们得想办法回去才行。"

"我打个电话。"莉迪亚说着，分别给EIPU7中的各个地方的时空安全局分部打了电话，但无一人接听。

"真见鬼！"莉迪亚沮丧地挂了手机，说道，"每个电话我都打了不止一次，没有一个人接。看来，在这个宇宙中的所有时空安全局分部的人都被感染了。"

"不过也没关系，我们可以自己把自己送回去。"普拉萨德说道。

"你知道怎么操作吗？"莉迪亚问道。

"知道，我看过，虽然很复杂，但我能记得。"普拉萨德说道。

他们进了火月山的山洞，来到了分部。当他们进去之后，却发现这里面所有的设备都被人为弄瘫痪了，就连里面一台普通的计算机都打不开。普拉萨德试图恢复这里的设备，但机器内负责制造负能量，并调节辐射，以及制造反物质的对撞机全部被毁，毁得非常彻底，即便是特斯拉在世也无法修复这台机器。

"完了！我们被困在这里了。我想其他分部的机器恐怕也都被毁了，我们无法制造虫洞，我们出不去了。EIPU7就是一个笼子，我们被困住了。"普拉萨德说着，丢掉了手中已经完全失效的电缆。

"这个组织一直没有对我们发动过大规模的进攻，但是就这样悄无声息地把我们分部里的人都瓦解了，而且连我们最重要的几个人也被分散在不同的宇宙锁了起来。"莉迪亚说道，"看来只有两个选择了：或者妥协，被那种虫草菌感染，成为大白天站在太阳底下的僵尸；或者死。"

"没有第三条路吗？"

"有。我们不是科学家，我们可以从现在开始学习那些高端的物理知识，学习相对论、量子力学、黑洞理论、虫洞理论、负能量、反物质、重力弯曲时空等。在我们被杀死或被感染之前，重新修复能够制造虫洞的机器。"莉迪亚说道，"当然，如果运气好的话，拉普达飞船见我们长时间没有返回，他们会过来接我们。也许这些狼蛛和红火蚁最终的目的就是这个，等他们过来之后，将我们一网打尽。"

几个人又走出了山洞，看着周围那几个站在夕阳下的活死人，只觉得一股冷飕飕的阴风包围着他们。他们来到了山下，城市中的一片开阔地带，这里周围没有什么人，这让他们稍稍感到自在一些。

"联系那个史密斯·里夫斯，那家伙老是躲在暗处，不知道在干吗？现在是需要他的时候。"普拉萨德说道。

莉迪亚拿出了手机，就在这时，不远处的天空中一大团乌云滚滚而来，太阳依旧在偏西的天空中，并没有被遮蔽，而这团乌云看起来就是冲着他来的。

"要下雨了。"伊马斯话音刚落，一阵雷暴从云中进出，几个人都吓了一跳。那团云里面还在闪烁着电光，随时都有可能爆发。果不其然，两秒钟之后，一道闪电几乎垂直而下，将一棵离他们只有几米远的大树劈成了两半，顿时火星飞溅。

"见鬼！"陈羽看了一眼四周，都是开阔地带，附近并没有什么地下室之类的可以躲。

"这就是冲着我们来的！"伊马斯说道，"老兄，把那个花盆扔了，我们出不去了，先活命再说！"

陈羽将那个花盆扔出去老远，几个人又骑上摩托车，开始朝着反方向狂奔。然而无论他们在城市里如何纵横驰骋，那团黑云都牢牢地锁定了他们，只需要翻滚几下，就能将他们覆盖，雷电一阵阵在他们身后闪出。

"这就是气象武器，他们能制造龙卷风，自然就能制造雷暴。"莉迪亚说道，

"我们加大马力！还有，最好把手机关了，否则我们更容易被雷电击中！"

"你要做什么？"

"在雷暴之下打电话！"莉迪亚说着，一只手操控摩托车，一只手拿着手机开始拨号，同时她说道，"开始！"

陈羽、伊马斯和普拉萨德统统将手机关机，放进了口袋里，莉迪亚这边已经开始等待里夫斯那头能接电话。后方电闪雷鸣，即便他们三个人都将手机关了，雷电依旧紧追着他们不放。眼看雷电就要劈在他们身上，四个人开始贴着路边来回变换路线，雷电试图去劈打他们，一道道下来，或打在他们旁边的树上，或打在周围的房檐上。路上那些被虫草菌感染的僵尸陆续有几个瞬间被打中，成为焦炭。他们的摩托车在险象环生疾速行驶。

莉迪亚还在打着电话，因为里夫斯那头还没有接电话。她感到事态不妙，这个里夫斯从一开始就只露过几次面，到后来就完全失踪了。她知道请里夫斯帮忙几乎是不可能的，于是，她挂断了电话，改发送了一条信息，然后暂时关闭了手机。

"真是见鬼！找不到他！"莉迪亚说道。

乌云依旧在他们上空翻滚，雷电随时会爆发。他们看见前方的路口处有一个地下通道，就开着摩托车，顺着楼梯直接冲进了地下通道，那团雷电才暂时无法袭击他们了。

伊马斯下了车，说道："你刚才没有打通电话吗？"

"没有，这个浑球儿不知道跑哪儿去了！不过我给他发了信息，也不知道他能不能收到。"

"'上帝的办公室'确定就在EIPU7吗？如果拉普达飞船可以任意穿梭于不同的宇宙，我想'上帝的办公室'也可以。如果在别的宇宙，手机信号是抵达不了的，只有被虫草菌感染的人，才能发送穿越不同平行宇宙的信息。"陈羽说道。

"'上帝的办公室'不在EIPU7，我想你没有明白，它处于一个更高的维度空间。说白了，在那个空间里，所有的平行宇宙都是同一个实体的不同投影而已。"莉迪亚说道，"这是个非常复杂的理论，叫作'纵向相对论'，比膜理论还要复杂和庞大，是另一条时间线中的几个天才假想出来的，并且算出了一些数学模型，虽然没有被完全证实，但也证实了一部分，最起码'上帝的办公室'就是在这个理论上建造的。我发送的信息，说白了，也许能被收到，也许收不到。简单来说，就好像我们在光线下动一下，我们的影子也会动，反过来说如果我们的影子在动的话，我们自然也会动。"

"你的意思就是你发送了一条信息，在更高的维度上已经出现了相应的反应，他或许会发现，或许没有发现，这一切都要顺其自然？"陈羽问道。

"对，差不多就是这样。"莉迪亚说道，"虽然我不是他，但他毕竟在高处能看见我们。"

"但这信号也可以以更高维度存在？"陈羽又问道。

"是的。"莉迪亚说道。

"这都是谁研究出来的理论？"陈羽好奇地问道。

莉迪亚沉默了一下，她原本想告诉陈羽，这个理论有在另一条已被修改过的时间线里的他和自己参与，但她还是没有说，只是笑了笑，说道："一群科学疯子而已。"

"我看我们还是赶快离开比较好，因为气象武器中也有可以操控地震的方法，我可不愿意被莫名其妙地活埋在这个地下通道里。"普拉萨德说道。

他们离开了地下通道，刚才的那团乌云早已散尽，此时夕阳西下，似乎刚才所有的纷乱都平息了，但是他们知道，夜幕降临之后，所有的僵尸都将苏醒，他们会面临更多的麻烦。

"我们现在去哪儿？去灵洲？"陈羽问道。

"不，不能去灵洲，虽然那里没有人，但是他们一旦再使用气象武器就会更加肆无忌惮。他们会直接引发地震，将整个灵洲都摧毁，淹没在长江中。"普拉萨德说道，"老兄，我们得和这些僵尸过一夜。"

"什么？他们会对我们发动群攻，到时候会有无数根虫草菌拥向我们，最后我们也会变得和他们一样。"伊马斯说道，"我们得找个安全的地方。"

"陈羽，你想不想回家？"莉迪亚这时毫无征兆地问了这么一句。

陈羽愣住了，反问道："你这么问是什么意思？我怎么回去？我的妻子和女儿也被感染了，到时候你是要我杀了她们，还是被她们感染？"

"我只是随便问问，看你有点儿心神不定的样子。"莉迪亚说道。

"这你也能看出来？"

"我猜的，我想你心里肯定无数次想给自己的妻子和女儿打个电话，问问她们过得如何。"莉迪亚说道。

陈羽脸色黯淡，长叹了一口气，说道："你猜对了，是这样，但我并没有打过，因为我知道这毫无用处。"

"说实话，我现在想起我的妻子和女儿只觉得心里发寒，因为她们曾经差一点儿就杀了我，最起码她们杀死了我的身体，但我的灵魂永远记得。"伊马斯说道，"我永远也不会忘掉。"

"对，另一个陈羽也和你差不多，这样说能让你好过一点儿吗？"莉迪亚说道，"无论怎样，我们得找到一个过夜的地方。我看还是回飞船比较好，然后将飞船调到隐形模式。"

"我想这个世界应该还有些地方没有被入侵，等到明天，我觉得我们应该去海上的一些小岛看看，那些岛上的居民很可能还和我们一样。"普拉萨德说道。

"不。"陈羽说道，"我们得继续留在这里，调查彩虹桥公司。我们可不是到这里来避难的，何况这里也不是避难的好地方，那些海上的小岛迟早会被某个航班，或某一阵突如其来的龙卷风侵袭，到时候那里和这里一样。"

"陈羽说得对。"莉迪亚说道，"我们得留在这里，一边继续调查彩虹桥公司，一边想办法出去。"

"我想这两件事其实应该是同一件事，因为他们的科技比我们发达，而且他们妄图统治各个平行宇宙，所以他们一定建有能够打开虫洞、穿越时空的仪器，很可能和这个房地产公司就有关系。"普拉萨德说道，"明天等这群僵尸晒太阳的时候，我们得好好查一查，用一些黑客软件，入侵他们的电脑系统，我想一定能找到一些有用的东西。"

"先回飞船，太阳就要落山了。"陈羽说道。

他们很快来到了长江边上，进入了飞船，又将飞船调成隐形模式，屏蔽了一切信号，并且将所有防御武器和监视系统打开，一旦发生异动，随时会做出相应的反应。但他们仍然不敢掉以轻心，因此这一夜下来，他们每个人都轮流看守了两个小时，总算是把这一夜熬过去了。

CHAPTER

23

入 瓮

在 EIPU5，英国伦敦，他们即将要去找这里的贝克特先生和道尔顿先生，以及其他狼蛛，看看他们在不同的宇宙中究竟是怎样的状态。

他们将虫洞设置在一片人迹罕至的隐蔽荒原内。他们首先要去剑桥，调查这里的贝克特先生和道尔顿先生。

"英国这里我比较熟悉。"肖恩说道，"不过如果这里也被控制，那么我们也很难查到这两个人的信息。"

"我的电脑正在连接这里的网络，我可以利用黑客软件，查到这个宇宙中很多人的资料，我想应该会有道尔顿和贝克特。"李耀杰说道。

"看你的。"艾琳娜说道，"陈羽，你之前说你知道了这些蚂蚁的行动规律，是吗？"

"没错。"陈羽说道，"因为一旦我们按照蚂蚁的规律混入蚁群，那些狼蛛就难以觉察到我们。红火蚁的行走轨迹，其实和很多蚂蚁一样，在行走的时候会留下信息素，后面的蚂蚁会沿着记号行走。这些人也一样，他们被 EIPU7 控制了，那里的人都感染了那团白色的物质，陈教授正在研究，而我观察过，这些人被控制的方法就是蚂蚁的生活规律。"

"关于蚂蚁的规律，陈羽之前和我说过。"王腾说道。

"很好，你们还有谁对蚂蚁的行为不了解吗？"陈羽问道。

几个人都没有说话，对于蚂蚁的行走规律这样的小常识，他们都知道。陈羽见了，欣然点头，说道："那太好了，到时候一旦进入人群，先看清楚他们的路线，不要乱闯。"

"放心，我只怕那些狼蛛。即便我们可以成功混入蚁群，那些狼蛛作为监督者，我想他们一定也还是会有办法识别的。"艾琳娜说道。

"对，所以我们在人群中的时间不能长。"肖恩说道。

这时，李耀杰打了个响指，说道："好了，已经连上这里的网络了，信号频率有些区别，但还是在可识别的范围内。现在我可以对这两个英国人调查一下。"

"怎么样？"

"我正在启动搜索程序。"李耀杰说道，"但不同的平行宇宙里的网络信号还是会有差别，我也不知道能不能搜索得到。"

"或许我们可以联系一下这里的时空安全局分部的人。"王腾说道。

"我知道 EIPU5 这里的几个站点，我先联系一下。"艾琳娜说着，打给了在列支敦士登瓦杜兹分部的一个联系人。

"喂，你好，汉斯先生，是我！"艾琳娜说道。

"哦！艾琳娜，你好久没到我这儿来了，遇到什么麻烦了吗？"那头的汉斯先生问道。

"是的，你应该知道'狼蛛与红火蚁'这个组织吧，我们就是来这里调查狼蛛的。"艾琳娜说道。

那头停顿了一下，说道："嗯，好的，这样，你先过来，然后咱们好好商量一下。"

"好。"

挂了电话，李耀杰那头依旧在查找关于贝克特和道尔顿这两个人的信息。然而他的黑客软件在这里用得并不顺手，因为网络信号、制式都与 EIPU1 和

EIPU3 的不太一样，他还得不断调试。

"李耀杰，我们到飞船里慢慢查，我们先去瓦杜兹。"艾琳娜说道。

"好吧。"李耀杰有些丧气地摇了摇头，说道，"走，这鬼地方连信号都这么古怪！"

他们驾驶着飞船，朝着列支敦士登飞去。不到半天的时间，他们就已经抵达列支敦士登的瓦杜兹。列支敦士登是个人口稀少、面积很小的袖珍国家，所以一切看起来都显得很精致。他们很快就来到了瓦杜兹城堡，汉斯先生此刻正在城堡内等着他们。

艾琳娜他们来到门口，与守卫握了握手，用一种特殊的方式让守卫打开了城堡的大门。他们几个人走了进去，汉斯先生此刻正站在空荡荡的大殿里的一扇窗户下。他是个高大强壮的中年人，一头金发，穿着一身西装。

"艾琳娜，我们好久不见了。还有肖恩，你好吗，伙计？"汉斯先生说道。

"你知道我们的目的，你有什么线索吗？"艾琳娜开门见山。

汉斯先生停顿了一下，说道："狼蛛都很难找，不过我可以帮你们。"

艾琳娜皱着眉头上前一步问道："你知道什么吗？"

汉斯先生拿出了手机，但他并没有拨号，而是说道："你们怎么就知道这里没有被控制？"

几个人都愣住了，汉斯先生的这句话问得有些古怪，他们开始提防汉斯先生是否也被感染了。然而汉斯先生很轻松地拿出手机，拨了号码，说道："你们查到了多少？"

"查到了 EIPU7 和其他宇宙之间的关系。"肖恩说道，"仅此而已。"

"你们是从什么地方来的？"汉斯先生问道，"圣马利亚教堂？赫尔墨斯岛？硅谷通道？拉普达飞船？还是别的？"

"你问这个做什么？"艾琳娜问道。

汉斯先生又将手机放回口袋，面带微笑地说道："没什么，只是想了解一下，我有什么消息可以过去找你们，不用你们冒着生命危险到这里来。"

李耀杰这时说道："汉斯先生，你让我刮目相看！"

"哦？为什么？"

"因为你之前从来没有这么主动过，这样倒是很好，可以省掉我们很多麻烦。"李耀杰说道，"其实我也不愿意过来，因为万一被周围的狼蛛或红火蚁发现就完了。"

"没错。"汉斯先生笑道，"我这边搜集到了一些资料，可能还不全。你们把总部的方位告诉我，以后我再找到什么，就可以派人直接给你们送过去。你们知道，我的实验室随时都可以打开一道虫洞。"

艾琳娜笑了笑，说道："那太好了，先让我们看看你搜集到的资料。"

汉斯先生脸色略有些黯淡，他说道："你们准备怎么去调查这里的狼蛛？要知道这个任务非常危险，不用我多嘴，你们应该比我更清楚。"

"没错，"艾琳娜说道，"但有的时候，发现外敌入侵的不一定都是狼蛛，也有可能是某一只红火蚁。我们一直在赶路，有点儿饿了，这里有吃的吗？"

"有的，你们等一会儿。"汉斯先生说道。

肖恩走到陈羽身边，低声说道："你想吃点儿什么？"

陈羽见平时严肃少语的肖恩竟然主动问了自己，便说道："说到吃，你们问我就问对了。你们英国人和德国人在我看来都是水平一般，我想这列支敦士登人也不会好到哪儿去，所以我给你们一个建议，找个中国厨师，做一盘'蚂蚁上树'。"

"什么？蚂蚁……上树？"肖恩不明白是什么，便问道，"要用到什么？蚂蚁和树皮？"

陈羽笑道："总之，请一个中国厨师就什么都知道了。"

汉斯先生看着肖恩和陈羽两个人在讨论吃饭的问题。这时，他的手机响了，他接了电话，说了一个字："来。"

艾琳娜随即掏出枪，对准汉斯先生，说道："如果他们敢进来，我就杀了你！"

汉斯先生笑了起来，说道："艾琳娜，我的老朋友，你真的要杀了我吗？"

艾琳娜面露冷笑，说道："我并不想这么做，但没有办法。有一些生物学家对于一些新品种的蜘蛛充满好奇，所以请我们务必捉一两只拿回去做研究。"

"很好，很好！"汉斯先生说道，"只是，有些新物种的进化程度超过了人类，因此反过来他们也想捉一些人类回去研究，现在该怎么办呢？"他的话音刚落，城堡的大门就打开了，一群人拥了进来，其中有人拿着枪，纷纷将枪口对准了他们几个人。

"怎么，这么快就忍不住了？"艾琳娜并未慌张，她冷笑地看着汉斯先生，整个瓦杜兹城堡都在她轻描淡写的语气之下变得安静下来。

汉斯先生说道："看来你之前就有所怀疑了。"

"没错，因为你一直在问我们是从哪里来的。"艾琳娜说道，"这么问的意图再明显不过，你想套出我的话，然后按照我给出的内容进行反侦察以及瓦解时空安全局的计划。但是你并没有被直接感染那种白色的东西，所以你还能保持一定的理智，还能认识我们，我希望你让这些人退出去。"

汉斯先生摇了摇头，说道："抱歉，这是不可能的。一种不断强化的信息指令正在塑造我的一种思想，就是要抓到你们，不论生死。所以你们应该能接受，思想这种东西本身也是一种可以操控的行为，就好像毒品会让人上瘾，泌尿系统的疾病会让人总有想上厕所的冲动。思想也可以通过一种神奇的力量改变，我接受，因此我要抓住你们，不论生死！"

李耀杰这时拍了拍陈羽的肩膀，低声问道："你的菜好了吗？"

陈羽点了点头，用英语说道："汉斯先生，现在让你们见识一下中国的美食文化，今天最重要的一道菜，我刚才说了，就是'蚂蚁上树'，希望你细细品尝！"

陈羽刚说完，瓦杜兹城堡的大门就被一股强大的力量撞开，一个银灰色的钢筋铁骨的怪物撞破大门和墙壁闯了进来，所有人都乱作一团。汉斯先生见了也大吃一惊，原本围上来的那群"蚂蚁"被撞得七零八落，很多在刚才的那一瞬间就已经死了。

在混乱中，飞船的舱门被打开，王腾手持着枪，将周围的那些"蚂蚁"接二连三地击毙，尤其是那几个手中有枪的"蚂蚁"。这群"蚂蚁"在混乱中也有反击，王腾躲在舱门后，与那些人相互射击。这时陈羽拿出枪，在另一侧将那几个人接连击毙。

艾琳娜回过头瞪了一眼汉斯先生，随手一枪将其击倒，接着她一脚踹开旁边的一个"蚂蚁"，与众人一同上了飞船。后方仍有人对他们开枪，王腾连忙关上舱门，驾驶飞船在整个教堂内部旋转了一大圈，将周围的人全部碾轧或扫倒在地。接着，冲出教堂，直入云霄。

"幸好你留在了飞船上，否则我们真是逃不出来了。"陈羽说道。

"汉斯先生很可能并不是监督者。"王腾说道。

"你是怎么看出来的？"陈羽问道。

"因为当时我发现门口的一个守卫眼睛开始往上翻，接着周围的一群人就跟着冲进了城堡。"王腾说道，"那时我把飞船调成了隐形模式，埋伏在附近，他们没有发现。"

"我看汉斯先生也不太像狼蛛，他也是认出了我们，并且接到了命令才对我们发动进攻。"艾琳娜说道，"王腾，那个狼蛛呢？"

"趁乱逃走了，我想应该就是刚才我开飞船撞进城堡的时候。"王腾说道，"我原本想抓住他，但是你们当时情况危急，所以只能先救你们了。"

"我们还得找到这些狼蛛，看看他们和这些红火蚁的区别在哪儿。"陈羽说道。

"不！"肖恩说道，"我们很可能已经被困在这里了。你们想想看，瓦杜兹城堡是时空安全局的一个分部，在各个平行宇宙中都有，而且是非常重要的一个分部。但是现在这里已经被控制了，汉斯先生也成了他们的人，门口的守卫成了狼蛛。我想也许其他地方的分部也被控制了，或者说正在被那些蜘蛛或蚂蚁入侵。"

"如果是这样，那我们得赶快查出这些狼蛛的秘密，最好是能够抓捕一只狼蛛，带回去给陈教授做研究。"艾琳娜说道，"也许还有一些分部并没有被入侵。"

"那得看EIPU7那里的情况。如果那里被感染，这里就会被控制。"肖恩说道。

"我找到了！"一直在电脑前的李耀杰终于开口了，"我能查到这里很多人的信息，我已经入侵了英国的网络，可以在那里找到关于道尔顿先生和贝克特先生的资料。"

"好极了！"艾琳娜说道，"那我们下面去哪儿？你们觉得还有什么地方可能还没有被控制的？"

"南桐城肯定不行，因为那里之前就被控制了。"陈羽说道，"我想，海上的一些岛屿应该还在他们的控制范围之外。"

"没错！"艾琳娜说道，"肖恩，我们去赫尔墨斯岛。"

"已经在路上了。"肖恩说道。

"我查到了，约瑟夫·道尔顿，2002年生于英国曼彻斯特。"李耀杰说道，"剑桥大学的教授，他是一位哲学家、人类学家、社会学家，在结构人类学方面有突出的成就，被誉为全面超越列维-斯特劳斯[1]的人类学大师，同时也是公共知识分子，经常在各地讲学，对各种社会制度都有研究，并且参与构建更加完善的社会制度。"

"他最近的活动有哪些？"

"没有，他最近的活动大约都在半年以前，也就是2051年5月，之后就没有任何消息了。"李耀杰说道。

"是什么活动？"陈羽问道。

"一次演讲，在牛津大学的演讲。"李耀杰说道。

"贝克特呢？"

"也查到了，安德森·贝克特，1993年出生于约克郡，也是剑桥大学的教授，是一位法学家、历史学家和哲学家，主要在数理逻辑这方面有卓越的成就。在十六岁时就专门写了关于维特根斯坦和罗素的哲学的研究文章，轰动一时，

---

[1] 列维-斯特劳斯：法国人类学家，与马林诺斯基并称结构功能主义之父，曾是结构人类学流派的顶尖人物。

被很多人称为早慧的天才。"李耀杰说道，"他最后一次记录是在2051年6月初，参加了一本学术著作的发布会，之后再也没有任何消息。"

"看来天才走到哪儿都受欢迎。"王腾说道，"还有彼得·罗伊，日本人宇智波枫，以及陈羽之前说过的那位吴晓龙，你都查一下。"

"好的，等一会儿。"李耀杰在电脑上继续搜索着这些人。过了一会儿，这些人全部都被查到了，他们虽出身不同、经历不同，但是他们参与的最近一次活动，都集中在2051年5月到6月上旬。

"之前普拉萨德和莉迪亚他们在EIPU2发现贝克特先生被杀，那么我想这里的这些人可能也都被杀了。狼蛛和红火蚁是不同的，他们会区别对待，如果EIPU5中，这些人的活动都止于5月到6月之间，那么后面的资料我们自然是查不到的，因为他们很可能都死了。"陈羽说道。

"但是莉迪亚说了，在EIPU2那里，自己的父亲成了监督者，只不过后来费尔南德斯为了救出她和普拉萨德，才和那里的道尔顿同归于尽。"艾琳娜说道，"在EIPU1中，吴晓龙、彼得·罗伊、宇智波枫以及安德森·贝克特都是监督者，而在EIPU2中，贝克特被杀，也许他们是为了避免监督者会出现重复。"

"但是这些资料还是没办法确定这些狼蛛的规律。"陈羽说道，"我们不仅要找到这些狼蛛的规律，还要调查出背后的操纵者，同时还要想办法离开这里，希望赫尔墨斯岛还没有被控制。"

当他们抵达赫尔墨斯岛时，第一件事就是要找到岛上的时空安全局的分部。穿过荒野之地，在一片密林中，他们找到了那个地下通道，它直通时空安全局的分部。

"小心一点儿。"艾琳娜说道。

他们几个人顺着一条狭长而笔直的通道，一直来到了时空安全局的分部，前方有一扇大门，上面设置有密码锁。艾琳娜输入了密码之后，大门打开，他们就这样走了进去。进去之后，他们看见里面一片狼藉，所有的设备几乎都被损坏了，地上到处都是仪器的零件，就像是一个垃圾堆，其中还散发着一股刺鼻的味道。但这里一个人都没有，他们四下找了一遍，依旧毫无人迹。

"糟糕！这里的所有仪器都被毁了，唯独那扇电子门没有任何损坏！"陈羽惊呼道，"不好！快离开这里！"

他们刚回头，穿过一地凌乱，却发现电子门已经关闭了，并且在大门后面出现了一个显示屏。这个显示屏之前是没有的，很明显是后来有人安装上去的。眼下，这个大约只有两个手掌大小的显示屏上正在倒计时，还有五分钟。

CHAPTER
24

潜入蚁群

"这是炸弹！"陈羽说道，"他们故意布置了这个陷阱。我想，这个岛上没有人，他们留下这个陷阱就是为了诱杀我们。"

"五分钟，只有这一个出口，如果强行破门的话，会引发爆炸。如果不破门的话，五分钟之后，我们也会粉身碎骨。"艾琳娜说道。

"李耀杰，这里你最精通电脑程序、破解密码这些，你来看看。"肖恩说道。

李耀杰看着此刻只剩下四分四十秒的倒计时，但是这个显示屏只是薄薄的一层，上面也没有任何按键。他拿出手机，打开了一个软件，所幸这里还有信号。他打开扫描软件，将这枚定时炸弹的内部在手机上扫描成了三维图案，他需要根据这个图案，解开这枚定时炸弹。

"后面还有路吗？"陈羽问道。

"没有。"艾琳娜虽然这么说，但她仍朝着后面走去。这个地方的构造她是知道的，后面是死路，全金属封闭，他们无路可走。虽然这个地下大厅很大，但因为所有的仪器都被损坏了，零件散落一地，看起来也显得有些拥挤。后面虽然有几间房子，但那只是提供给本地的时空安全局探员居住的，并没有第二个出口可以离开这里。

现在倒计时还剩下三分三十七秒。

李耀杰还在用手机解码这枚炸弹，希望能够干扰炸弹内的程序，可这颗炸弹的程序很复杂，就像是一座迷宫。他现在通过扫描结构能够知晓这枚炸弹爆炸，不仅仅会产生火光或冲击波，而且会释放出放射性元素，也就是说，这座岛上即便有些角落没有被完全炸毁，岛上的所有生物也将因为辐射而死去。而他们会率先死去。

所有人都没有说话，以免干扰到李耀杰。此刻只剩下两分多钟，李耀杰的额头上，汗水像黄豆一样连续滴落。

陈羽独自一人来到了一个角落，他知道自己很快就要死在这里了。他依然没有去想自己的家人，而是专心思考如何解决眼下的问题，因为他知道家人虽然被控制，但也可以活下去，所以他现在必须想办法让自己和同伴继续活下去。

还剩下两分十五秒。

李耀杰还在试图破坏这枚炸弹，所有人的心都提到嗓子眼儿，胸口堵着一口气，在他们死之前或逃出去之前都难以释放。他们都知道，即便李耀杰能够在最后关头阻止炸弹爆炸，他们依旧无法从这里逃出去。他们最终会被困死在这里，或窒息，或缺水。总之，他们这一次落入了此前从未经历过的困境中。

陈羽低声问道："我们就没有办法重启虫洞吗？"

肖恩说道："打开虫洞的能量全都没有了，那些制造反物质的对撞机也全都被破坏了，最起码在这几分钟内是绝不可能修复的。"

"如果能打开这扇门，我们还有机会逃离这里。"王腾说道。

陈羽听了，不知为何，突然他想到了一个办法，说道："李耀杰，你扫描一下，这扇门距离显示屏较远的地方有没有引爆炸弹的装置？"

李耀杰听了，立马明白了他的意思，立即用手机对着整扇大门都扫描了一遍。结果他发现在大门的最上方有一个不太规则的范围，里面没有任何线路装置，同时最下方的左侧，距离地面大约只有三十厘米高、半米长的地方，没有任何线路连接。

"果然有，上面有一块，但太小，下面有一个更大的范围！"李耀杰说道，"但我们没有办法在两分钟内将这块铁门锯开，而且我们也不能保证会不触动引爆装置。"

　　"管不了那么多了！"陈羽说着，拿出枪，对准大门下方。

　　"慢着！"李耀杰说道，"枪是没有用的，这种门是完全防弹的。"

　　一旁的王腾这时在一地零碎的物品中找到了一样东西，这是一个装有速冻剂的罐子。他说道："李耀杰，你确定一下没有线路的范围。"

　　李耀杰对着手机，在门上大致比画了一下。接着，王腾拿着罐子走上前，在李耀杰划定的范围内喷射出一种速冻的白色泡沫，接着，他们就看见被喷到的地方迅速呈现出一层霜冻，他们都感觉到一股冷气扑面而来。然后，王腾拿出了打火机，准备将这层冰冻的泡沫点燃，如此一冷一热，就能将这一块钢板卸下。

　　"小心点儿！如果触发机关，我们就死定了！"李耀杰说道。

　　"菩萨保佑！"王腾说着，点燃了火，所有人都凝视着这团在冷冻的泡沫上迅速燃烧起来的火。一开始，火苗非常小，几乎就要灭了。艾琳娜从旁边拿过一瓶杀虫剂，对着上面连续喷洒。火苗遇到杀虫剂，瞬间蹿了起来，没几下整团泡沫就烧了起来。

　　当看见火苗越过了泡沫的界限，开始往上蹿的时候，他们都吓得浑身僵硬，生怕烧到触发装置。肖恩立马拿来了地上的一块钢板，横着插在泡沫上方，将已经往上蔓延的火焰阻隔开来。这一片泡沫很快就燃烧殆尽，肖恩将那块钢板扔到一边，看着显示屏上仍然在倒计时的数字，还剩下一分二十秒。他上前猛然一脚，将这一小块钢板从大门上踢了下来。他们终于打通了一个五十厘米宽、三十厘米高的小缺口。

　　可就在肖恩奋力一脚踢出那块钢板的时候，显示屏上的数字出现了几次闪烁。

　　李耀杰用手机扫描了一下，说道："艾琳娜，你个头最小，你先出去！"

艾琳娜立即趴下身来，顺着这个小洞一点点地往外挪。李耀杰通过手机，看见最下端的线路还是受到了冷热的一些影响，但所幸还没有断，依旧保持着电路畅通。

艾琳娜爬出来之后，还剩下一分钟。接着是陈羽，艾琳娜站在外面，只用了三秒钟就将他从洞口处拉了出来，接着是肖恩、王腾和李耀杰。李耀杰出来时，看见显示屏上的数字是三十七秒。他站起身来，估算还有三十三秒。接着，他们将要在这半分钟的时间内回到飞船上，飞离这座赫尔墨斯岛。

他们一路狂奔，冲出了这条地下隧道，大约还剩下二十五秒。他们按照原路，在一片荒原上朝着不远处的飞船跑去，当他们抵达飞船时，还剩下九秒。

王腾最后关上了舱门，肖恩开动了飞船，整座飞船从启动到起飞用了大约六秒的时间。最后三秒，飞船如鹰隼一样蹿出，加速度在一秒内就到达了顶点。

接着，一股强大的冲击波从地下涌出。他们能明显地感觉到飞船在这冲击波下受到了影响，所有人，就连驾驶飞船的肖恩也几乎坐立不稳。他们透过窗户，看见这座赫尔墨斯岛在一瞬间被淹没在一朵巨大的火花中，岛上的一切都被炸得粉碎。这股冲击波还在小岛周围引发了突如其来的巨大震动，海浪一层层向外推，最后形成了一股股大浪，在海面上翻涌了好几圈才渐渐平息。爆炸只是一瞬间，而产生的辐射也许在很多年后都无法完全消除。

所幸他们的飞船本身具有抗辐射的能力，刚才他们关上舱门之后，所受到的辐射微乎其微。此刻肖恩已经平稳了飞船的飞行，并调成了隐形模式。然而在刚才那五分钟，他们每个人几乎都精疲力竭，接下来，他们必须在这飞船上好好休息一下了。

王腾躺在椅子上，说道："我相信接下来的所有困难都会比刚才的要轻松。"

"我也希望如此！"李耀杰说道，"好在被我扫描出来有一些空隙，不过这个炸弹的引爆装置已经设计得非常复杂了，因为一般情况下，并不需要那么多线路。幸好刚才王腾在那片乱七八糟的地方找出了一瓶速冻剂。"

"别高兴得太早，现在最大的问题来了。赫尔墨斯岛是时空安全局的一个分部，而且还是一个非常隐蔽的分部，但它现在已经被瓦解了，那么，我想时空安全局在 EIPU5 中的所有分部都已经被瓦解了。"陈羽说道，"也就是说，当我们抵达这里之后，我们就出不去了，除非找到'狼蛛与红火蚁'的组织在这里的分部，但这一定会比刚才还要危险。"

"没错，陈羽说得对。"艾琳娜说道，"瓦杜兹和赫尔墨斯岛都被渗透了，现在我们在任何地方着陆，都有可能遇到危险。"

"还好我知道那些红火蚁行走的规则，只要不被狼蛛发现，我想还是有机会的。他们渗透了我们，我们也只能渗透到他们当中去。"陈羽说道，"我们接下来不要再去找时空安全局的分部了，而是要远离这些分部，接近遍地的红火蚁，想办法混进去。"

"你的意思是？"

"去南桐城，我带你们进入蚁群。"陈羽说道。

"上次我们俩进入蚁群，好像并不太成功。"王腾笑道。

"对，所以这次一定能成功。"陈羽说道。

肖恩驾驶飞船，朝着亚洲飞去。他们将要去南桐城，在南桐城进入蚁群，并且调查这里的狼蛛，也就是那些监督者。

他们到现在还没有吃东西，早已体力不支。好在飞船里备下了一些冷冻罐头，他们吃了之后，总算是恢复了体力。这种飞船可以穿越虫洞，在同一时空内的飞行速度也快，音速更不在话下。吃罐头时，他们就已进入了亚洲境内，一路朝东，到了晚上，他们终于进入了中国境内。

午夜时分，他们到了南桐城内。肖恩将飞船停在了一栋烂尾楼上，继续保持隐形模式，接着，他们在飞船内过了一夜。第二天，他们洗漱好，简单地吃了一顿后，就离开了飞船，来到了烂尾楼的楼顶。

"不用我解释，蚂蚁行走的规律你们都知道，所以到时候一定要稳住，无论发现什么，不到万不得已绝对不能偏离路线。"陈羽说道。

此刻阴雨绵绵，他们在二楼观察了一下附近所有人的行动方式，果然是蚂蚁的路线。而且就连车辆也不再遵照低级的红绿灯，而是自有一股强大的规律，以最高效的方式让每一辆车几乎不用停顿等待，在每一个看似不可能的缝隙中，以固定的速度穿过，纵横交错，有条不紊。

接下来，等到雨小一些的时候，他们离开了这栋大楼，陈羽在前面，他们悄悄地进入了人群。他们每个人之间保持着一定距离，在一条条"蚂蚁的信息素"下前行。他们接连穿越了好几条街道，直到进入一家咖啡厅，都是沿着蚂蚁的路线，且并没有被人发现。

他们坐在咖啡厅的一角，点了一壶咖啡，这样的举动依旧在范围之内，没有引起周围人的察觉。

"陈羽，我们现在可以混进蚁群了，之后呢？"李耀杰问道。

"调查狼蛛，看看这里的狼蛛是谁，是不是吴晓龙。"陈羽说道，"最起码在 EIPU1 的时候，我能确定吴晓龙就是一只狼蛛，一个监督者。"

"可吴晓龙的记录也停留在 2051 年 6 月。"李耀杰说道。

"无论如何，我们先要确定吴晓龙在这里的情况，还要找出这里的监督者。"陈羽说道，"待会儿你们跟我走，保持距离，我们要去吴晓龙的家里。"

"这样不行，那些监督者可以不动声色地操控周围的人，除非我们二话不说，直接杀了这些监督者，否则他们会想尽一切办法让周围的所有人对我们发动进攻。"艾琳娜说道。

"那就抓来当人质。"陈羽说道。

"他会操控周围一些拿枪的蚂蚁，然后在一个角落里狙杀我们。"艾琳娜说道，"我有个办法，等到午夜，我们偷偷潜进去，准备好一辆车，一旦发生异动，我们就随时逃离这里。"

夜里十二点，马路上几乎没什么人。他们依旧挑着一些小巷子走，这样可以避免监控。他们顺着一条条幽暗的小路，终于来到了吴晓龙居住的小区。他们从一个墙角翻过去，以免被大门口的监控拍摄到。如此，他们终于进入了小区内部。陈羽清楚地记得 EIPU1 的吴晓龙的居住地，而李耀杰此前查到的吴晓龙的居所与EIPU1无异。

一路无声，他们已来到了吴晓龙家的楼下，准备从西面的厕所窗口进入。当时王腾在吴晓龙家上厕所，其实是将他家的构造观察了一遍，如今终于派上用场了。他们当中，王腾曾是特种兵，身手极好。他顺着外墙的一根排水管，几下就蹿到了吴晓龙家的厕所窗外，窗门并没有锁死，王腾轻轻地推开窗子，整个身子坐在窗台上，然后一扭身，就跳进了吴晓龙的家中。

在外面，肖恩已经将附近的一辆汽车盗了出来。这辆车的报警器已经完全被拆除，同时他用手机中的盗车程序直接通过无线网络解开了汽车的锁，这辆车现在已经完全被肖恩掌控了。

王腾从口袋里拿出了他们事前准备好的迷药，以防万一。他走出厕所，整个屋子内一片漆黑，他戴上夜视镜，通过红外线来观察屋内的情况。在夜视镜的成像之下，他绕过了客厅中的大圆桌，直接朝着对面的一间卧室走去。他看见有一个人正躺在床上，他就像一只猫一样，悄无声息地走进了房间，来到了那个人的对面。

可是，这个人不是吴晓龙。他清楚地记得吴晓龙的长相，绝不是眼前的这个人，虽然在夜视镜的观察下，人的样貌多少有一些改变，但他依然确定，这个人绝对不是吴晓龙。他立即退出了房间，准备先离开这里，他顺着窗口跳了下去，没有被人发现。

"怎么样？"陈羽问道。

"他不是吴晓龙。"王腾说道，"绝对不是。"

"看来我们之前的猜测是对的，狼蛛是绝不重复的。既然EIPU1这个地方的狼蛛是吴晓龙，那么这里就不会是吴晓龙，我想这里的吴晓龙也许已经被这个组织处理了。"李耀杰说道，"就像是EIPU2里的安德森·贝克特。"

"即便我们知道了这个规律，也还是得想办法回去，最好是抓一只狼蛛带回去给陈教授做研究。"陈羽说道，"我们必须先找到回去的方法，然后再抓一只狼蛛。"

"但这个组织几乎控制了地球上的绝大多数人，他们自己又很隐蔽。"李耀杰说道。

艾琳娜看了一眼陈羽，说道："你的家人会帮助我们吗？"

陈羽心里其实也一直在想这个问题，艾琳娜此刻提了出来，他还是有些吃惊。他说道："我想，如果我见到这里的她们，也许她们会以为我是死而复生。因为EIPU7的我是被莉迪亚救出来的，所以这里的我不受控制，对于蚁群来说，是个异类，我想应该是凶多吉少。"

"艾琳娜，你提出这个办法，到底有什么计划？反正我是想不出这里的陈羽的家人能对我们有什么帮助，万一附近有一只狼蛛，你让我们怎么下手？"王腾问道。

"你真是个笨蛋！"艾琳娜说道，"你难道忘记了，你曾经为了救陈羽，在他们家杀死了一名监督者？"

王腾一拍脑门儿，笑道："对啊！我都忘了！我懂你的意思了，但得部署好，这一次不能有人受伤。"

"那是当然。"艾琳娜说道，"我们这一次捕捉一只狼蛛，然后通过他找到能开启虫洞的方法。"

他们在夜空下，悄悄地来到了这里的陈羽居住的地方。这里的陈羽很可能已经死了，而眼前的这个陈羽，正打算在人人都已熟睡的后半夜进入这个似曾相识的家。

当他来到门前，还是犹豫了一下，毕竟此时是后半夜，他觉得这么敲门总有点儿不太好。但是为了任务，他还是得将眼前这个熟悉的环境当作第一次见到，里面的人只是和自己的妻女很像的人，如此而已。

因此，他决定还是下楼绕到外面。和王腾一样，他顺着排水管一直爬到了阳台，从阳台那里翻了进去，一点儿都没有惊醒屋内正在熟睡的人。他戴着夜视镜，看着这一切颇为熟悉但又有些不同的景象，比如这里客厅的桌子类型和摆放位置与自家不同，他自己家中的圆桌是放在中间，而这张方桌则是一面靠墙。可冰箱上都有一块圆形的磁铁，磁铁上挂着一只穿裙子的布偶猴子。

他来到了卧室，看见卧室的床和柜子的位置与自己家中正好颠倒，不过他记得在多年以前，卧室里的摆放和这里一样。透过夜视镜，他能清楚地看见睡在床上的是自己的妻子赵璐，她看起来好像老了一些，熟睡中的她时而会翻个身。陈羽见了，心里颇为感慨。他又来到了陈苗苗的房间，看见她正在熟睡中，被子盖住了半张脸，一只手放在外面。他预料得不错，这里的陈羽已不在了。

他回到了客厅，躺在客厅的沙发上，静静地看着窗外。当他接了这个任务一直到此刻，都有一种如梦似幻的感觉。即便是艾琳娜曾经告诉他关于潜行者的事情，那是在另一条与此平行的时空线当中，他不知道在潜行者之外，还有没有另一条时空线，他在执行另一项任务。如果是，这就成为一种非常古怪的闭环，他在同一个时间段内可以完成无数次的任务，而彼此又不知道，这是非常有趣的事情。

他同时在想，"狼蛛与红火蚁"这个组织的目的看起来的确是能让各个宇宙中的人类世界更加稳定和谐，可是他难以忍受失去自由意志。反过来说，人所拥有的自由意志，本身也是被外部环境、遗传基因等一些内外的条件塑造的。拉康[1]所说的镜像理论，的确可以看作人格形成的必经之路，然而我们真的是通过他人来认识自己吗？在陈羽看来，更准确的说法是"我们通过他人和其他一切事物来不断塑造自己"。他想到了佛教说的"无自性"。然而，他又希望能够接受基督教关于"自由意志"的理论。如果我们被"狼蛛与红火蚁"这个组织控制，那么瓦解这个组织就能重新让人们获得自由意志。如果按佛教所说的"无自性"，一切因缘而起，那么即便从不存在这个"狼蛛与红火蚁"组织，人们依旧是被塑造、被改变。这是永恒的二律背反，想来想去，只有道家哲学能完美地打破这个二律背反——天人合一！

想着想着，他睡着了，直到第二天，他被一声女人的尖叫声吵醒，整个人瞬间从沙发上坐了起来。当他睁开眼，看到是赵璐，她就像是恐怖片里见到鬼

---

[1] 拉康：精神分析学家、心理学家，有著名的"镜像理论"等。

的女主角一样，陈羽知道自己的突然出现吓到了她。

"别怕！"陈羽说道，"我不是鬼！"

"你已经死了！"赵璐说道，"你是谁？"

"我是来自另外一个宇宙的陈羽，所以我是活人。"陈羽说道，"听我说！镇定，你没有发疯，我是活人，你看我有影子！"

赵璐还是惊魂未定，她的这一声尖叫，将另一个屋子里还在熟睡的陈苗苗惊醒了。她下了床，来到客厅，看见自己的父亲坐在沙发上。

"爸爸！"陈苗苗倒并不显得特别害怕，她第一个反应认为这个陈羽就是自己的父亲，因此她脸上还带着喜悦，并没有像赵璐那样想那么多。

"苗苗！"陈羽说道。

赵璐上前一把抱住了陈苗苗，拦在她前面，对陈羽依旧保持警觉，她问道："你刚才说，你是从另一个宇宙里来的？"

"没错，你女儿是叫陈苗苗吧？"

赵璐有些犹豫地点了点头。

"我是陈羽，是另一个宇宙里的陈羽。"此时陈羽能感觉到此刻的赵璐并没有受到那种恐怖的操控，她还保留着人的情感，也许这会儿工夫她还没有受到控制，或者说还没有狼蛛介入。因此陈羽得仔细观察，把握好时间。

"这里的陈羽死了，你们当时难过吗？"陈羽问道。

赵璐和陈苗苗两个人相视一眼，都有些茫然。这个时候，她们都显露出古怪的神色。陈苗苗嘟着小嘴说道："我没有哭！"

"请原谅，我和丈夫的感情很好，但我的确没有太多悲伤的情绪。"赵璐说道。

陈羽知道，她们的情感和思想还是受到了无形的操控。陈羽说道："你意识到自己被控制了吗？"

赵璐皱起眉头，问道："这是什么意思？"

"就是你有没有一种感觉，出现了一个想法，但似乎又不是你的。"陈羽说道。

赵璐开始仔细回忆之前她所有的经历，说道："好像是有，但我觉得这也算是我的想法，就好像有时候我们会因为一时激动而说一些言不由衷的话，这有什么问题吗？"

"你想想看，既然你和你丈夫的关系很好，那么他死了，为什么你连基本的悲伤情绪都没有？这么说你别介意，我并不相信你在思想上具有老庄的境界。"陈羽说道。

赵璐陷入了沉思，她此前从没有考虑过，她竟然被控制了。她对自己的丈夫一直都有感情，但为什么丈夫的死并没有让她感到悲伤？陈苗苗虽然还小，但是也对这件事有疑惑。此刻，这个来自天外的陈羽提出了这个问题，就必然会引发赵璐的思考。

"只有别人能告诉你是否受到了操控。"陈羽说道，"通过别人认识自己。"这时陈羽为了更好地向赵璐和陈苗苗阐明自己的观点，用了一句他并不完全赞同的拉康的话。

赵璐仍然沉思无语，陈苗苗拉着赵璐的手，眼睛一眨一眨的，她也在思考。陈羽就坐在沙发上，但他依旧非常警觉，他生怕有狼蛛潜伏在附近。艾琳娜的这个办法本身来自瞬间的灵感，但并非用逻辑就解释不通，只是他们每个人都需要随机应变。

陈羽深爱着自己的妻子和女儿，虽然她们曾在无意中重伤了他，但他此刻早已不介意了。他看着眼前的这个赵璐和陈苗苗，她们失去了丈夫和父亲，他看在心里颇为悲伤，吊诡的是，她们因为受到操控反而并不感到悲伤。无论如何，他还是希望能够帮助这里的赵璐和陈苗苗，虽然她们与自己是头一次见，可总觉得似曾相识。陈羽面对这种扭曲的状态时，得不断捋清自己的思路。

这时，陈羽的手机突然响了。

CHAPTER
25
意料之外

陈羽接了电话，是艾琳娜打来的。

"喂，怎么了？"陈羽问道。

"你那边怎么样了？"艾琳娜问道。

"正在和她们谈。"陈羽说道，"我想还需要一点儿时间。"

"我们回不去了。"

"什么？什么意思？"

"是蚂蚁，我们发现这里已经不仅仅有狼蛛，而且有巡逻的兵蚁。这些兵蚁顺着我们的轨迹，一直找到了我们停在那栋烂尾楼上的飞船。"艾琳娜说道，"我们刚才偷偷去看过了，有一群蚂蚁已经围在了飞船那里。"

"也就是说，这些兵蚁会顺着所有蚂蚁走过的路线，沿着其中的信息素进行全面搜查？"陈羽说道。

"差不多就是这样，我们现在所留下的信息素，那些蚂蚁迟早会跟来的。"

"可你们呢？飞船已经被发现了，那我们怎么回去？"

"你如果能稳住她们，就待在她们家别出来，我们自会想办法，到时候再联系。"说着，艾琳娜就挂了电话。

陈羽收起手机，神色凝重地看着赵璐和陈苗苗。大约过了两分钟，没有人说话，但陈苗苗忍不住还是去了厕所。

"你怎么了？"赵璐问道。

"我想知道，你会不会让别人发现我的存在？"陈羽开门见山道。

"什么？"赵璐还是听没有明白。

"我知道，你们都有一种能力，能够察觉到任何一个人遗留下来的某种信息素。当然，我不知道这是什么，只有你们被控制的人具有这样的能力，就像蚂蚁一样，所以如果有人顺着我的踪迹一直找到你家里，你会把我交给他们吗？"陈羽问道。

赵璐还在犹豫。

"我可以向你保证，你和陈苗苗，以及周围所有的人都在被一种神秘的力量控制，但你们都不知道。"陈羽说道，"你知道这里的陈羽为什么会死吗？因为简单来说，他没有受到控制，所以才会被杀。我也是不受控制的，我来这里，就是为了告诉你们，你们不能再被控制了，即便你们拥有了能察觉所有人留下的痕迹的本领，这也是一种奴役！"

"你刚才说，通过他人来认识自己，意思就是让我通过你来重新认识自己，对吗？"赵璐问道。

"没错。"

这时，有人敲门。

"糟糕！一定是他们来了！那些巡逻的兵蚁！"陈羽说道。

"这很正常，时常会有人来家里看看。"赵璐随口说道。

"这还正常？"陈羽感到不可思议，问道，"你们都没有自由可言，这还正常？"

敲门声持续。

"来了！"赵璐说着，正要朝大门方向走去。

陈羽看着赵璐，惶恐的眼神让赵璐又有些犹豫，过了两秒钟，她说道："进衣柜里，苗苗，不许乱说话！"

陈羽说着，立马跑进卧室，钻进了靠墙的一个衣柜里面。赵璐开了门，进来两个人高马大的人。赵璐没有说话，就好像和他们很熟悉一样，这两个人也没有打招呼，就这么走进了屋内。

这时赵璐走到了卧室里，在衣柜旁走了几步，顺手将放在地上的一篮水果拎起来，放到了旁边的桌上。两个人来到了这间卧室，仔细感知了一下。他们并非用眼睛，也没有抽动鼻子，但他们似乎能够感觉到人所散发出来的一种神秘的信息素。

在卧室里，他们多站了一会儿，他们转过头瞄了一眼前方的衣柜，但并没有打开，而是转身离去，一句话也没有说。赵璐上前关上门，陈苗苗坐在客厅里看电视，所有人都十分冷漠。

赵璐顺着猫眼又看了一眼，回过头说道："出来吧。"

陈羽从衣柜里走了出来，他朝四周望了望，确定的确没有人了，才来到了客厅。

"谢谢！"陈羽说道。

"不用，只是我还是怀念我的丈夫，你毕竟是另一个宇宙里的陈羽，我也不能见死不救。"赵璐说道，"苗苗，吃完早饭，你该上学去了。"

陈苗苗一边看电视，一边吃完了早饭，就去上学了，家里现在只剩下陈羽和赵璐两个人。

"你可以不受控制来帮我，我没有想到，我刚才以为你会让他们找到我。"陈羽说道。

"你说得对，我也许的确受到了控制。这些日子以来，一切都是按部就班，所有的事情都变得非常顺利，就好像是被设定好的程序一样。"赵璐说道。

"没错，但我感觉到了，这种控制是可解的。"陈羽说道。

"你是别的宇宙里的陈羽，说说你的经历。"赵璐说道。

陈羽大致说了一下，主要说了他曾经被自己的妻子突然袭击，女儿在一旁冷眼旁观。至于时空安全局的事情，他几乎没怎么说，只是说有个神秘组织把他带到了这里。

"我同情你的遭遇，我很幸运，最起码我的丈夫不是我杀死的。"赵璐说道。

"是谁杀死的？你能回忆起当时的情景吗？"

"是在一次夜路上，我和他正在往家走，路上只有我们两个人。这时从对面走过来一个人，手里拿着一把枪，直接就打死了陈羽。街对面有个人，我记得那个人并没有跑，也没有惊慌失措，只是站在街对面，看着我们这里发生的一切。很奇怪，当时我也没有太大的反应，好像只是一场噩梦，我记得我的状态是非常淡漠的。"赵璐说道。

"很显然，当时在街对面的就是一只狼蛛。"陈羽说道，"这两个人的长相，你还记得吗？"

"说实话，我都不记得了，因为是在夜幕下，光线昏暗，而且动手杀人的人速度很快，没有任何拖泥带水，杀完之后就走了。而街对面的那个人因为隔着一段距离，我更看不清。"赵璐说道。

陈羽感到沮丧，因为他原本可以获得一些信息，但他现在只是知道这里的陈羽死了，其余的一无所知。

"这段时间内，我希望就待在你家，你能藏得住我吗？"陈羽问道。

"我不敢保证。"赵璐说道，"正如你所说，如果那边对我加强信号发送，也许我就会鬼使神差地把你交出去。"

"我想不会，如果他们不知道我在你这里的话。"陈羽说道，"还有你女儿，希望她也能保密。"

"尽力而为。"赵璐说道，"你和我丈夫的确不一样，刚才你说通过他人认识自己，这是拉康说的，而我丈夫并不认同，他更认同的是'通过其他所有人和所有事物来不断构造自己'。"

陈羽会心一笑，说道："看来，你丈夫的确比我更有思想。"

"你打算在这里做什么？"

"两件事，不过得先在你这里找个安身之地。"陈羽说道。

"我要工作去了。"赵璐说道。

陈羽看了看钟，已经八点钟了，赵璐离开家后，就将陈羽一个人留在了家中。陈羽在卧室里，坐在沙发上，此时他哪儿也去不了，因为他能想象得到，如果周围的巡逻兵蚁能根据他们之前所走过的路径留下的某种神秘信息素找到他们的飞船，那么他们就可以顺着所有的信息素查到所有的人。他只能暂时待在赵璐家，因为只有这样才能掩盖他留下的信息素。

陈羽想给艾琳娜打个电话，可又怕暴露她的行踪。他不知道艾琳娜他们这会儿在哪儿，但他知道无论他们躲在什么地方，不需要狼蛛，那些巡逻的兵蚁就能顺着他们的信息素找到他们，他们只能不断逃亡。看样子，他们是被困在了这个宇宙中，这里就像牢笼一样，危机四伏。

陈羽并不是那么担心，因为他知道，这些蚂蚁能够寻找到这种神秘的信息素，但并不具有识别具体身份的作用。他稍稍安下心来，打开了电视机，随便找些节目看看，让自己放松放松，只是他会把声音调小一点儿，以免让屋外的人听见。

到了中午，陈羽从冰箱里拿了一盒速冻饺子，自己下了一盘，一边吃一边看着一场篮球赛。他好久没有这么轻松了，此刻他也暂时忘掉了任务，忘掉了艾琳娜他们，最起码这一天他必须好好放松放松，享受一下，哪怕只是一个人待在屋里看电视。

晚上，赵璐和陈苗苗几乎同时回家。她们回来之后，并没有多说什么，陈苗苗去自己屋里写作业，赵璐去准备晚餐。

"嘿！晚餐有我的吗？"陈羽问道。

"有。"

"今晚会有人来检查吗？"

"不，并不是每天，而是隔一天查一次，所以明天你也不用担心。"赵璐在厨房里一边在切西红柿，一边说道。

"要我帮你吗？"

"不用。"

饭桌上，三个人吃着饭。陈羽看着赵璐和陈苗苗，两个人都有一种空洞的感觉，没有说话，没有情绪，在陈羽看来，她们的确是被一种力量束缚住了。可是当陈羽与她们说话的时候，她们也可以正常回应，也许是因为另一个陈羽曾经坐在他此刻坐着的地方。

"说真的，我说我是从另一个宇宙来的，你们能接受吗？"陈羽问道。

"能，为什么不能？"赵璐说道，"你以为我真的对这些一无所知？平行宇宙，你以前说过的……哦，不，是他以前。"

陈羽笑了笑，说道："你希望自己的丈夫能复活吗？"

"当然。"赵璐说道。

"我在你这里待不了几天，也许随时就会走。"陈羽说道，"总之，我们如果成功了，你丈夫会重新活过来，但你们会完全忘掉现在所发生的事情。"

赵璐耸耸肩，说道："希望你能成功。"

晚上，陈羽一个人坐在客厅的沙发上有些无聊，他看着卧室里正靠在床上的赵璐，仿佛又回到了曾经平静的生活。赵璐看见站在门口的陈羽，她说道："上来吧，别一个人待在客厅里。"

"我可以吗？"

"你老婆也是赵璐，我丈夫也是陈羽，只是不同的宇宙而已，我对你应该比绝大多数人要熟悉，我想你也是的。"赵璐说道。

陈羽走进卧室，坐在床边，说道："真希望你就是我的老婆，今天一天，我过得很悠闲，我已经很久没有这么悠闲了。"

赵璐笑了笑，说道："我和你想的一样，虽然我并没有那么激动，我想正如你说的，我被控制了，但我还是感到心情很好，我见到你，就好像我丈夫从来都没有死。"

"我觉得以后如果平行宇宙之间建立了来往，应该规定一下平行宇宙的伦理问题。"陈羽笑道。

"我看，今晚就不用去想什么伦理问题了。"

就这样，陈羽在赵璐家里待了将近一个星期，虽然有人时常根据信息素来到他们家里，但从来没有发现陈羽。在这几天里，艾琳娜那边一个电话也没有打过来，陈羽眼下虽然过得安逸，但他知道自己的任务，也开始担心艾琳娜那边的状况。

这天下午，陈羽又是一个人待在赵璐家中，正在无所事事的时候，他听见手机响了，是艾琳娜的电话。

"我们找到了。"艾琳娜说道。

"找到什么了？"

"找到离开的方法。"艾琳娜说道，"这几天观察下来，我们已经完全掌握了这些蚂蚁的规律。我们顺着这些蚂蚁的轨迹行走，居住的地方也是一般的宾馆，反而没有让任何人觉察。"

"我就猜到你们有这个能力。"陈羽笑道。

"不仅如此，我们还找到了离开的方法。"

"你们在哪儿？"

"你先别急，你还得留在那里。"

"说说你们的方法，毕竟我们不能一直待在这里。"

艾琳娜在电话里对陈羽说了一番，陈羽记下了每一个细节。他知道，接下来，他们就会像走钢丝一样，每一个细节、每一个步骤都容不得半点儿差错，否则随时都会死于非命。

整整一个下午，陈羽都在设计，他希望把整个环节都计算得清清楚楚，达到毫无遗漏的程度。

晚餐时，陈羽和赵璐以及陈苗苗三人在桌上吃饭。

"按照你的说法，那个巡逻的人明天早晨会来，是吗？"陈羽问道。

"是的。"

"我明天就要走了。"陈羽说道。

"什么？你明天就走？"被控制得颇为淡漠的赵璐突然显得惊愕，这是一个正常人才应该有的反应，几秒钟后，她又回到了淡漠的状态。

"是的。"陈羽说道，"你也不用害怕，这件事和你没有任何关系，你放心。"

赵璐点了点头。

"如果成功了，你丈夫就会回来，孩子也会有父亲。"陈羽说道。

赵璐依旧淡漠的眼神里显出了一丝渴望。

第二天早晨，陈羽一早就起床了，告别了赵璐和陈苗苗，他独自一人离开了屋子。到了八点左右，巡逻的人的确来了，他只是负责将所有人遗留下来的信息素勘察一遍，看看有没有什么异常。因此，他并非只看赵璐一家，而是顺着留在楼道内所有的信息素挨家挨户地查。当他来到了顶楼，也就是七楼，查完了七楼的人家时，楼道内突然散发出一阵香气，无形无色，这个巡逻的人闻到后瞬间就倒地了。

过了半分钟，在天台的入口处，王腾跳了下来，扛起这个巡逻的人，将他背上天台，陈羽此刻就在旁边。

"这个巡逻兵蚁弄来了，之后我们该怎么办？"李耀杰问道。

"陈羽，你这家伙在你老婆家享乐了好几天，现在得你去出出力了！"王腾将这个兵蚁扔到一旁，擦了擦额头上的汗水。

陈羽笑道："那是当然！"

"我之前观察了一下，大多数人只是作为最普遍的工蚁，他们并不负责巡察。那些蚁群中的兵蚁，就像这个人一样，负责蚁群内的安全。"肖恩说道，"他们与狼蛛不同，狼蛛在蚁群之外，他们负责监管整个蚁群。之前我们的飞船被一群蚂蚁围堵，有可能就是这些巡逻兵蚁发现了飞船，然后狼蛛紧随其后。"

"你们后来回去过吗？"陈羽问道。

"回去了。"肖恩说道，"他们已经通过我们遗留下的信息素，找到了飞船所在的位置。我想，他们很快就能进入飞船的内部，还好里面没有留下什么重要的信息。"

"我们的飞船不是隐形模式吗？他们也能进去？"陈羽问道。

"信息素是无形的，他们一样能捕捉到，他们通过信息素找到了飞船所在的位置。说白了，隐形模式只能蒙蔽视觉而已。"李耀杰说道。

"那我们怎么办？"陈羽问道。

"这就是我要你捕捉一只兵蚁的缘故。"肖恩说道，"这么说，蚂蚁只有接受命令的权利，没有发送命令的权利，所有发送命令的权利都在狼蛛那里。如果我们捕捉到狼蛛，那些狼蛛就会发送任何指令，让我们陷入危险，如果是一只兵蚁，也许就不会有这样的危险。我们可以通过他，找到他们的巢穴。"

"但少了一个兵蚁，他们会没有察觉吗？"

"我们必须冒这个险，我们得从他口中找到离开这里的方法，并且还要抓一只狼蛛回去！"艾琳娜说道，"等他醒过来，我们就可以开始了。"

"开始拷问？"陈羽问道。

"是的，没错。"

过了二十分钟，这个人终于醒了。他刚醒过来，王腾就一脚踩在他的胸口上。那人惊慌失措，完全没料到究竟发生了什么，而王腾气势汹汹的样子，让他一时间也说不出话来。

"现在我问你什么，你就说什么！"王腾厉声喝道。

这个人突然变得没有表情了，就像一具躯壳，用空洞的眼神看着王腾，好像又不是在看着他。他们都有点儿莫名其妙，王腾松开了脚，带着疑问望着这个人。

"肖恩，你确定你的观察没错吗？"

"不会有错，只有狼蛛在蚁群之外，而蚁群之内的所有蚂蚁，无论是工蚁还是兵蚁，都只是被控制而已。"肖恩说道。

"你能确定？"陈羽问道。

"是的，我不想重复第二遍！"肖恩有些恼火地说道。

"陈羽，你不必怀疑。就在前几天，肖恩看见一只狼蛛对一只兵蚁发号施令，结果这只兵蚁走了相反的方向，在一栋宾馆大楼内巡逻了大约一个小时才下来。"艾琳娜说道。

"你们能肯定那是狼蛛和兵蚁？"陈羽还是有些半信半疑。

"那只兵蚁曾经检查过我们居住的旅馆，到过我们的房间。"肖恩说道，"而那只狼蛛并没有对那只兵蚁说话，而是站在他面前，眼睛向上翻。你现在还有什么怀疑吗？"

陈羽想了想，说道："没了。"

"我们必须悄无声息地抓住一只兵蚁，所以不能被人发现，因此这里就是最好的地方，所以我们才需要你配合，抓住这只兵蚁。"艾琳娜说道。

然而，就在他们说话的时候，躺在地上的人并没有爬起来，而是浑身蜷缩，并且开始颤动。

"他怎么了？"李耀杰说道，"难不成是被王腾一脚踢成了残废？"

"我有这么厉害吗？"王腾笑道。

艾琳娜看见这只兵蚁的眼睛开始快速眨动，他的表情并不痛苦，只是眉头微皱。

"见鬼！快闪开！"艾琳娜突然惊呼一声。

他们都不明白是怎么回事，但都预感到将有不好的事情发生，因此每个人都连连后退，和这只兵蚁保持距离。

"在突尼斯发生的事情，我还记得！"艾琳娜说道。

"什么意思？"陈羽问道。

"大家小心，再离远一点儿！"艾琳娜说道。

所有人都尽可能远离这个人，但谁都不知道这到底是怎么回事。

此刻，再看那个躺在地上几乎蜷缩成一团的人：他的身体越缩越小，头几乎埋在了腹部，两条腿包裹住了身躯，两只手紧紧抱住两条腿，颤抖的频率也越来越高。他们发现这个人身体的颜色开始变淡，这是很难形容的场景。

"这是个……"艾琳娜的话还没有说完，这个人突然就爆炸了，鲜血、皮肉、骨头、内脏诸多器官，都在一瞬间变成了一团血沫，一瞬间四处飞溅。爆炸的声音非常尖锐，但并非震耳欲聋，可是这四射的模糊血肉，让他们刹那间面如土色，吓得头皮发麻。因为他们的身上也在刚才那一眨眼的工夫，被染上了一层红色。

CHAPTER
26

链　接

　　莉迪亚和普拉萨德以及两个陈羽仍旧在这个牢笼中调查所有可疑的线索。可是到现在，他们依然是一无所获。

　　这天早晨，他们将飞船开到了南桐城内，落在一栋烂尾楼顶，他们想再一次进入这个被虫草菌控制的僵尸世界中。

　　"今天是个大晴天，那些虫草僵尸应该会出来晒太阳。"伊马斯说道，"这几天下来，我想我们都看出来了，气象武器并不是时刻在监视我们。"

　　"你的意思是，这里还有其他的时空安全局成员？"普拉萨德问道。

　　"或许是的，或许是别的原因。"伊马斯说道，"但这些都不是最有可能的。想想看，这些被虫草菌控制的僵尸，需要通过大脑给不同宇宙中的人发送指令，他们对于大脑的研究已经进入了量子阶段。那么如果我们在人群中，气象武器一旦发生作用，就会无形中成片成片地杀死这里的人。如果这里的人死了，其他宇宙中的人就会自然而然地摆脱控制。"

　　"就是说，他们不敢在人群集中的地方使用气象武器。"莉迪亚说道，"那很好，我们就在人群中多转转，想想能逃出这个宇宙的方法。"

　　"这里看来没有狼蛛，也就是那些监督者。"陈羽说道，"如果他们要消灭我们，就要从其他宇宙里派来一批狼蛛。如果那些狼蛛能过来，那我们就有机会逃出这个宇宙，只要把虫洞开启到我们那个地方。"

"你说的很对！"莉迪亚说道，"那我们就在这里等着狼蛛来抓。"

"但还是有问题，那些狼蛛也许来自很隐秘的地方，也许就在附近。或者他们开启虫洞的位置在太平洋的某一座小岛上，然后再开着直升机飞过来。"伊马斯说道。

他们讨论了半天，也没有任何进展。走在一根根人形虫草之间，他们早已经麻木，即便某根虫草因为跟随太阳的转动而突然有个动作，他们也并不慌张。他们知道，这些虫草至关重要，"狼蛛与红火蚁"这个组织就是靠着这些虫草操控着无数个平行宇宙中的人类世界。反之，陈羽他们在白天很安全，不过他们知道，这样的安全只是短暂的。陈羽和莉迪亚曾经回过他家一次，曾经的赵璐虽然感染了这种神秘的虫草菌，可毕竟在那段时间，她还能维持一个人的状态，但到了现在，就好像所有的程序都安装完毕，这些人已经不需要人的状态了，最起码在白天是如此。

中午时分，他们随便找到一家餐厅，也不需要付钱，就这样吃了起来。这时，原本寂静无声的城市突然从远处的街道上传来了一阵嘈杂声。他们此前习惯了这里的无声，此刻听见这阵嘈杂声反而觉得怪异，便离开了餐馆，来到了大街上，穿过一根根人形虫草，看见有一个穿着黑色长风衣的人大步走来。

他们站在那里，不知这人是敌是友，每个人都手握枪柄，沉住气，不敢贸然行动。

这个人是个白人，他的脸就像是刀削的一样，棱角分明，他手里什么也没有拿，只是大步走来，站在距离他们十来步远的地方。他们也一动不动，紧盯着这个人。只是他们并不理解刚才的一阵嘈杂声是怎么回事，最起码一个人是无法发出来的。

"你们谁认识他？"陈羽低声问道。

"我可不认识。"莉迪亚说道。

话音刚落，只见从这个人身后走出来三只老虎、四只棕熊。这些野兽并没有咆哮，而是紧盯着他们。

"什么情况？"伊马斯惊道。

这个黑衣人对他们指了一下，说道："杀了他们！"

几个人听了，立即拿出枪，对着这几只野兽连发数枪。然而这些野兽中弹后，只是轻声叫了几下，子弹顺着伤口很快就滑了出来，落在地上，伤口在短时间内就修复了。

"该死的，难道这些野兽都是金刚狼变的吗？"普拉萨德说道，"快跑！上摩托车！"

几个人掉过头，朝着他们停放摩托车的地方跑去。身后，那三只老虎和四只棕熊已经朝他们狂奔而来。它们似乎比纪录片里的老虎和熊跑得更快，眼看就要追上他们了。

当莉迪亚上了摩托车的时候，一只老虎已扑到空中，虎爪正朝着她伸过来。莉迪亚启动摩托车，前轮贴地，后轮一个大旋转，整个摩托车几乎是一百八十度大转弯，那只老虎扑了个空。接着，几个人一同在马路上疾驰而去。

即便面对飞速的摩托车，那三只老虎和四只棕熊依旧没有放慢脚步，它们的速度也越来越快，几乎和四辆摩托车一样。几个人都觉得不可思议，但仔细一想，就能猜到这些动物也被感染了虫草菌，而虫草菌具有一种能使生物体调动潜能的能力。

如果说只是这三只老虎和四只熊，他们也能躲得过去，但就在他们正前方，一群乌鸦就像一股黑色的流星雨一样，密集地朝他们袭来。他们拼命开枪，好在这些乌鸦的体积比较小，即便一枪打不死，也能将它们打落或打到旁边。

"我总觉得他们用动物来追杀我们，是个很低级的事情，虽然他们想办法让这些野兽发挥了更大的潜能！"陈羽说着，回头看着一只老虎几乎就在他的左后侧。

头顶上的乌鸦还在朝他们接连不断地袭来，陈羽虽然这么说，但是他看着四面八方而来的禽兽，他也感到头疼。他朝着上方开了一枪，这一子弹穿过，就将一纵列的乌鸦打落下来，在乌鸦群中露出一道缝隙，然而这缝隙眨眼间又被填上了。

身后，一只棕熊一爪子打在他摩托车的后座上，险些将他和车子一同掀翻在地。他们穿行于虫草僵尸之间，被身后那几只老虎和几只熊四处追赶，同时上方的乌鸦对他们也是阴云不散。这一切似乎没完没了，他们做梦也想不到会碰到这样的事情。

"不能这么耗下去了！"普拉萨德说道。

"跟我来！"莉迪亚说着，一个急转弯，来到了另一条路上，几个人也跟着拐进了另一条路上。那些野兽并没有反应过来，在拐角处耽误了一会儿，然而就是这转眼工夫，他们已经消失在眼前的一条小街上。

他们在街上绕了一圈，又回到了原来的地方，从一条小路赫然蹿出。那个男子并未惊慌，似乎他早已预料到，他转身看着他们几人，并没有躲闪，也没有任何防御，只是面对他们一动不动地看着四辆摩托车。

"小心有诈！"陈羽说道。

"放心！"莉迪亚说着，突然从摩托车上跳了下来，在空中一个后空翻，平稳落地。那辆摩托车径直朝着那个黑衣男子撞了过去，他们及时刹车，看见那辆摩托车快如闪电，在地面划过一道烟尘。

当摩托车即将撞上这名黑衣男子时，这个黑衣人忽然伸出双手，竟然一把就抓住了疾驰而来的摩托。几个人都惊住了，唯独莉迪亚冷冷一笑，接着，他们同时掉转车头，莉迪亚一跃，就跳上陈羽的摩托车，搂住陈羽的腰，三辆摩托车朝着反方向飞驰而去。大约两秒后，他们的身后猛然爆炸，焰火冲天。那名男子抓着藏有炸弹的摩托车，瞬间与炸弹一同支离破碎，飞散四处。

"干得漂亮！"陈羽夸赞道。

莉迪亚坐在他身后，说道："小心，还没完呢！"

果不其然，在他们前方又出现了好几名身穿黑色长风衣的男子，在他们身后，竟然是六头亚洲象！它们就像一堵结实的肉墙，几乎将整条路堵死。

"转弯！"伊马斯说着，立即朝着边上一个只有三人宽的小巷子里钻了进去，他是第一个，接着是陈羽，普拉萨德殿后。当他们钻出这个小巷子时，发现所有原本一动不动的僵尸都活动了起来，其中夹杂着各种动物，有狮子、大猩猩和花豹。这些人连同这些动物都是被感染了这种神秘的虫草菌，受到操控的躯壳，像潮水一样朝他们几个人涌来。

"莉迪亚，你身上还有炸弹吗？"

"不多了。"说着，莉迪亚从身上拿出一枚炸弹，朝着人群中扔了过去。

"居然真有爆炸蚂蚁，不知道和东南亚地区的那种爆炸蚂蚁有没有关系，希望他身体里没有毒！"陈羽说着，看着身上已经被血肉污染的衣服，忍不住泛起了恶心。

艾琳娜干脆脱掉了外衣，扔到一边，说道："这就是我之前说过的，在突尼斯见到的自爆蚂蚁，我想可能每只蚂蚁到最后关头都会自爆。我们得快点儿离开，把身上洗干净！"

"去你老婆家洗澡，你会介意吗？"王腾笑着问道。

"我会，因为她不在家，我也没有钥匙。"陈羽说道，"还是去你们住的宾馆，外套脱了，别让人怀疑。"

几个人都脱掉了外套，但裤子上还沾着血迹，他们只能暂时如此，眼下要先找个地方清洗一下。当他们下了楼，走在小区内，原本空空荡荡的小区里，突然有一群人从周围的楼层里冲了出来，朝着他们一拥而上。

"该死的！被发现了！"

"快跑！"

他们几个人只能是慌乱逃窜，可是周围的人越来越多，他们奔跑的速度再快，也难以抵挡越来越多的人群。最终，他们被包围在一条大街的十字路口处，就连车辆也纷纷停了下来。

"是有狼蛛发现我们了？"

"不，不是狼蛛，而是我们身上的信息素。"陈羽说道，"刚才那只兵蚁爆炸，将他身体里的信息素无形中印在了我们身上。你们看！"

他们回过头，发现刚才他们所在的那栋大楼的楼顶上，站着好几个人。原来这些兵蚁还有这样的作用，这是他们万万没有想到的。现在，周围密不透风的人群正朝着他们拥来，有些人手里拿着棍棒，有些人手里拿着枪。

莉迪亚将炸弹扔出去老远，炸弹落在人群中。几个人立即躲在了一座房子的后面，只听一声巨响，那片人群被顷刻炸开，支离破碎的躯体和血浆在空中就像烟花一样飞舞着，弥漫着一股瞬间发散的血腥味。他们开着摩托车，从这片废墟中横穿而过，再一次穿过了这群人和各种野兽。

"怎么回事？"李耀杰惊呼一声。

只见包围他们的人群，在其中一侧，一大片人瞬间倒地，看起来是昏倒了，就连周围的人也都有些惊讶。因此，原本密不透风的人群突然出现了一道豁口。他们顾不了许多，朝着豁口处跑去，直接从那些昏倒的人的身上踩过去，剩下的人依旧对他们紧追不舍。

接着，王腾看到前方的路边停着一辆吉普车。他随手就开了一枪，将车内的人打死，然后他们跑到车边，打开车门，将中枪身亡的司机拉了出来，丢在地上，几个人纷纷上了吉普车。肖恩开着车，猛然一个转身，将身后正好追来的几个人扫倒在地，接着，撞开了周围的好几辆车，从一条小路穿了出去。

"刚才那些人是怎么回事？"王腾一边问，一边回头去看，有几辆车已经朝着他们追了过来。

"我想，是EIPU7那边的原因。"艾琳娜说道。

"没错！"陈羽说道，"他们也许一次性搅乱了这批人与EIPU7那里的版本的链接，如果是一大片人一起倒下，我推断也许他们用了某种能够一次性杀死一大批人的武器。”

"真希望那边的同事能多杀一些人，这样我们就轻松多了。"李耀杰说道。

"他们追来了。"

陈羽带着莉迪亚，和另一个托身于伊马斯的陈羽以及印俄混血儿普拉萨德一同骑着摩托车，穿过人群，身后依旧有人在追捕他们。正在逃亡之际，他们突然发现面前出现了一个人，这个人的出现让他们感到格外惊讶。

"是你！"莉迪亚见了，不由自主地惊呼一声。

"是我！"眼前的这个人看着他们，几个人顿时停住了摩托车，身后追赶他们的人和野兽也纷纷停下了脚步。

"这不可能！"普拉萨德说道，"你明明已经死了！"

"对，我已经死了。"面前的男子淡淡地说道。

这时伊马斯突然从摩托车上掉了下来。

"你怎么了？"普拉萨德问道。

只见伊马斯躺在地上面无表情，但是浑身上下都在拼命地抽搐，他的眼睛不停地往上翻，就好像有什么东西要从他的身体里钻出来一样。

"灵与肉！"莉迪亚说道。

"他要死了？"陈羽问道。

"准确地说，是灵与肉不稳定，也许就要分离了。"莉迪亚说道。

"偏偏这个时候……"

"别说这么多了，不知道他能不能撑得住。"莉迪亚说道，"上一次有惊无险，希望这次他也能有好运。"

普拉萨德下了摩托车，一把扶起倒在地上的伊马斯，也就是另一个陈羽。他的身体还在抖，而且没有任何想要说话的迹象，这种抖动就好像是机器的震动，就连普拉萨德也被带得抖了起来。

"伊马斯，不！陈羽，你看着我！"普拉萨德说道，"天哪，老兄，你……"

就在这时，普拉萨德突然感到自己的身体不再颤抖，手里抱着的伊马斯也不再颤抖。他眼睛微睁，一动不动。

"老兄，你听见了吗？嘿！"普拉萨德晃了晃他，然而这个陈羽已经没有了任何反应。

他死了，准确地说是他的灵与肉分离了。陈羽的灵魂已经飘散，剩下的只是土耳其警察伊马斯的躯体。

CHAPTER
27
直觉与逻辑

一个陈羽已经死了，这是突如其来的，因为灵与肉的对立，没有留下一点儿时间让他再多说点儿什么。与此同时，他们被一个熟悉的面孔拦住了，一时间，他们都有些手足无措。

"费尔南德斯，你怎么还活着？"普拉萨德率先开口问道。

"告诉我，那个时候到底发生了什么？"莉迪亚问道。

站在他们面前的费尔南德斯说道："你们真的以为我那么容易就死了吗？我不会为了救人就那么轻易地牺牲自己，我可没那么笨！"

这一切来得太突然，眼前这个披着伊马斯人皮的陈羽刚刚死掉，又冒出一个他们一直认为已经死掉的人。这种错乱就像突如其来的雷电，把他们的大脑都搅浑了。

"先别说了，快跟我来！"费尔南德斯说着，跳上了之前死掉的那个陈羽开的那辆摩托车，带着他们来到了一条幽暗的小路。道路两边种着高大的梧桐树，他的车在最前方开道，陈羽他们紧跟在他的后面。他们也不知道费尔南德斯为什么会在此时此刻突然出现，也不知道他要带他们去哪里，但他们身后追击的人群和兽群已经让他们无法犹豫。

吉普车上，肖恩开着车，以最快的速度朝着荒野之地驶去。一直紧追着他们不放的车子不时地对他们开枪，王腾探出车窗朝着车轮打，有几辆车的车轮被打爆，方向不受控制，中途被迫停了下来，但追杀他们的人仍然存在。

　　"我们知道他们，但他们不知道我们这里。"陈羽说道，"我们不能指望那边，现在连抓到的兵蚁也死了，还让我们染了一身的信息素，就像是招苍蝇的屎一样！"

　　"你这比喻真恶心！不过这也是实话，"李耀杰说道，"我们原有的计划全被打乱了，等到这辆车子没油了，那就有大麻烦了！"

　　"别乱！"艾琳娜说道，"你错了，陈羽，我们得回到刚才的地方！"

　　"为什么？"

　　"我们必须相信，那里的陈羽以及时空安全局的其他探员还会再杀掉一批EIPU7的人，那么我们这边也还会有人摆脱控制。"艾琳娜说道，"如果是这样的话，我们与EIPU7那边的行动正好就重叠在一个范围内。"

　　"然后呢？"

　　"我也不清楚。"艾琳娜说道。

　　"这就是你的答案？"陈羽问道。

　　"有个问题，我一直没想通。如果只是通过EIPU7那里传递信息，无论是量子网络还是别的什么，都不可能使一个人自爆。如果这个人能够自爆，说明他体内已经发生了某种改变，也就是说，我们之前一直在说狼蛛或红火蚁，但这种能自爆的兵蚁反而显得很古怪。"肖恩说道。

　　"我也不懂，怎么可能仅仅凭借着从天外发送的信息，就能让一个人产生自爆？但他们的确是做到了，只是这远远超出了我们的理解。"陈羽道，"无论怎样，对他们这个组织来说，自爆兵蚁是一个秘密武器。"

　　"这帮浑蛋还不知道到底要搞出多少名堂！"王腾说道，"但我们到现在都没有找到他们的老巢，一点儿线索也没有，绕来绕去都是和他们养的虫子在

231

打仗。"

"总之，先回去再说。"艾琳娜说道。

王腾和陈羽探出车窗，把最后一辆还在追捕他们的车子的前轮打瘪了，当这辆车子在马路上乱晃，最终被迫停下来时，他们已经掉转车头绝尘而去——朝着刚才的地方驶了回去。

费尔南德斯带着他们来到了一个空旷无人的地方，是一家废弃的工厂，这里周围都是大树。他们来到了这家工厂内，里面一片杂乱，到处都是腐朽的木头和钢筋，一些机械也都支离破碎，但还维持着原来的样子。他们进到了里面，环顾一下四周，确定没有人跟来。

"说说吧，说说你是怎么死里逃生的。"莉迪亚问道。

费尔南德斯笑了笑，问道："你们现在查到什么地步了？"

"还是没办法更近一步。"莉迪亚说道，"你现在回答我们的疑问。"

费尔南德斯点了点头，说道："那天我把你们救出来之后，用炸弹威胁你的父亲。"

"并不全是。"莉迪亚随口说道。

"什么？"

"不，没什么，你继续。"

"我想你应该知道，你家里有一个地下室，当那些蚂蚁围过来的时候，我挟持你的父亲躲进了地下室。"费尔南德斯说道，"然后将一枚炸弹定了时，把周围那些蚂蚁和蜘蛛全都炸死了。我们躲在地下室里，地下室虽然被炸弹震得落了灰，但所幸并没有坍塌。"

"我们家有没有地下室，我也不确定。然后呢？"

"你是想问，你的父亲，是吗？"

"当然！不仅如此，我们还想知道你是怎么过来的，在哪里能开启虫洞？"莉迪亚问道。

费尔南德斯说道："莉迪亚，你知道你刚才炸死的那个人是谁吗？"

"谁？"

"所罗门·斯坦。"费尔南德斯说道。

"什么？"莉迪亚吃了一惊，陈羽和普拉萨德也都万万没有想到，原来彩虹桥公司的总裁，就在刚才被炸死了。

"等一下！你是怎么知道的？"陈羽问道，"你把那天之后你发生的事情都告诉我们。如果很复杂的话，最起码你先告诉我们，你是从哪里开启虫洞到这里的？"

普拉萨德看了一眼陈羽，说道："陈羽，你是在怀疑什么吗？"

"是的，我有很多疑问，就等着费尔南德斯来替我解答。"陈羽说道。

莉迪亚说道："我父亲呢？"

费尔南德斯没有说话，他很怪异地站在他们面前。这时莉迪亚突然冒出了一个想法，她有些激动、有些颤抖地问道："你是……我父亲吗？"

费尔南德斯愣了一下，依旧没有说话。

"你到底是谁？"陈羽说着，拿出了枪，对着费尔南德斯。

眼下，局势变得非常紧张，因为这个突然出现的费尔南德斯有着各种可疑的迹象。这家废弃的工厂虽然周围荒无人烟，也没有追兵追过来，但他们感觉这里比之前在大马路上的追逐更加可怕。

陈羽的枪口正对着费尔南德斯的脑门儿，如果出现任何异动，他就会毫不犹豫地扣下扳机。而莉迪亚有点儿混乱，因为她希望自己的父亲还活着，她希望这个费尔南德斯要么是他自己，要么是她的父亲。普拉萨德这会儿悄无声息地退到墙角，时而望向窗外。

"艾琳娜，你确定你没有错吗？再入虎口？"王腾说着，看着前方人群纷乱的市中心。

"我们必须试一试，否则就没有机会了！"艾琳娜说道，"我们必须找到虫洞，找到离开这里的方法！"

"可为什么在闹市区？"

艾琳娜也无法解释为什么，总之，他们再一次开车进入了刚才的地段。陈羽透过车窗，看见有人又发现了他们。肖恩加大了马力，开始在人群中横冲直撞，然而人群中也有车辆，一辆接一辆地朝他们扑来。

"艾琳娜！这也许是你最愚蠢的一个想法！"王腾说道，"我宁可去没什么人的郊区，休息一会儿是一会儿！"

肖恩开着车，在前方两辆车子的缝隙中穿了过去，将两个后视镜纷纷刮落。

"狗屎！"肖恩骂道，"艾琳娜，你最好说清楚你到底要干吗？"

这时，迎面一颗子弹打穿玻璃，打在了陈羽的左侧腹部。陈羽在这一刻并没有叫出声来，而是浑身的神经一瞬间紧绷起来，整个人几乎都变成了石头，然后，一阵剧痛才开始扩散到全身。他捂着腹部，鲜血顺着他的指缝流了出来，他艰难地撑着意识。虽然这一枪并没有直接伤到心肺，但他知道这么拖下去，自己很快就会死。

"陈羽！"艾琳娜此刻终于无法镇定，她一把抱住陈羽，说道，"上帝！快让我看看伤口！"

"快他妈离开这里！"王腾发疯一样地大叫道，随手一枪，就将前方一个手里拿枪的人击毙了。

"你要是不回来，他也不会受伤！"李耀杰说道。

艾琳娜流下眼泪，她最后看了一眼外面，说道："离开这里！"

肖恩咬了咬牙，猛一掉头，从一片混乱中又冲了出去。陈羽躺在椅子上，额头上的汗水和腹部的血水同时流出。艾琳娜立即将自己穿在里面的衬衫脱了下来，撕开后绑住陈羽的伤口，血才渐渐止住。

陈羽看着只剩下一件黑色内衣的艾琳娜，她脸上还带着泪水，笑道："哭什么？你的决定是对的，如果是我，我也会回头。"

"是吗？"

"是的。"陈羽笑道,"不过你先把衣服穿上,否则我一激动,会加速血液循环,最后会失血而死。"

李耀杰把自己的衬衫脱了下来,递给了艾琳娜。艾琳娜披上衣服,说道:"不管你是否想得和我一样,现在得找个地方帮你取出子弹,帮你止血。"

"你会吗?"

"王腾,你来开。"肖恩说着,先停了车,让王腾来替代他,他来到了后座,陈羽的旁边。

"让我看看!"肖恩说着,轻轻地解开陈羽的衣服,将艾琳娜刚才用于止血的衬衫也轻轻解开,此刻血已经逐渐凝固,不再像刚才那样。他说道:"这里没有麻醉药,你能忍吗?"

"你会吗?"陈羽问道。

"如果子弹没有进入脏器内,我就可以试试看。"肖恩说道,"看你伤口的位置,在左腹部,子弹进入的轨道是斜着从上往下。这个方向进入,从角度来看,那颗子弹应该是打中了你左侧最下方的肋骨,肋骨应该断了,但肋骨无形中抵挡了子弹一部分的力。"

"看来你是个行家。"陈羽笑道。

"这里没有消毒药水,我怕即便没有打中要害,伤口也会发炎感染,如果是这样就麻烦了。"肖恩说道。

陈羽这会儿仍是疼痛难忍。这时,坐在前面的李耀杰从座位底下拿出了一瓶酒,说道:"我想这个可以消毒。"

"什么?烧刀子!"陈羽大惊,说道,"哦!你干脆一刀杀了我算了!"

"别这样,朋友,你得忍着疼,否则伤口感染真的就会死的。"李耀杰说道,"这司机口挺重的,这么烈的酒也敢喝,估计他经常酒驾。"

"拿来。"肖恩说着,拿过了还剩一大半的烧刀子白酒。陈羽因为恐惧,本能地拼命往后缩。

艾琳娜一把抱住陈羽的头,死死地按在怀里,说道:"你忍着点儿!"

"天哪！哦！别这样！住手！"

肖恩将这瓶白酒一点点地滴在伤口的上方，然后这些酒一点点地渗入伤口。陈羽顿时感到天旋地转，一瞬间，他就疼昏了过去。

"你为什么不说话？"陈羽说着，食指已经紧紧地扣在扳机上。

废弃工厂的周围一片荒凉，几乎能没到胸口的荒草一望无际，工厂内散发着一股发霉的味道。窗台上不是蜘蛛网就是鸟粪，有一些玻璃已经被打碎。普拉萨德站在窗口，看着外面的状况。莉迪亚此刻终于渐渐冷静下来，她也意识到眼前的费尔南德斯有问题，随即警觉起来。

"我家里真的有地下室吗？"莉迪亚再一次问道。

"有。"费尔南德斯说道，"我刚才已经说了。"

"可是你为什么对之后发生的事情吞吞吐吐？"莉迪亚说道。

"莉迪亚，我要做一件事，希望你原谅！"陈羽说着，将枪口朝着下方移动，对着费尔南德斯的膝盖就开了一枪。

费尔南德斯膝盖上中了一枪，从理论上说，他会立刻因为膝盖骨被打碎而感到剧痛，同时整个身体也会倒下去。可是，这个费尔南德斯竟然站在那里，并没有倒下去，他的膝盖上也没有流血，甚至看起来就像没有受到任何伤害一样。

与此同时，整个废弃工厂似乎是被染了一层颜料，在一瞬间剥离开，变成了一个全封闭式的密室。费尔南德斯突然消失无踪，接着，从一个角落里走出来一个人。

"还不错，子弹打断了最下面的一根肋骨，但还是被卡在了中间，藏得并不深。"肖恩说着，将已经取出的子弹扔出了窗外。

"有没有伤到要害？"艾琳娜问道。

"目前没有。"肖恩说着，将手上那根沾满血的铁钩也扔了出去。

"还好有这瓶白酒，能把这些都消毒，不过还是得找个地方让他好好休息。

他的肋骨断了，如果不及时接上的话，以后活动起来会很麻烦。"肖恩说道，"只不过眼下的情况很特殊，这里到处都是蚂蚁和蜘蛛，那些医院恐怕也不例外。"

艾琳娜重新为陈羽包扎好了伤口，在肖恩给他取子弹的过程中，他疼醒过几次，现在他太虚弱了，又睡着了。

"只能想办法离开这里，回到拉普达。"李耀杰说着，打开电脑，希望能在这里搜到一些有用的信息。

"回去！"陈羽眯着眼睛，非常虚弱地说了一句。

"什么？"肖恩低下头，把耳朵贴近。

"回到……刚才的地方。"陈羽说道。

"你疯了！"

陈羽努力地睁开眼睛，说道："艾琳娜是对的，我们必须回去！"

艾琳娜听了陈羽这话，她心里的内疚也减少了许多，她说道："你是怎么想的，和我一样吗？"

"是这样，EIPU7就像是一个总的控制器，那里的所有人能同时控制其他平行宇宙里的所有人。如果……如果我们的同事能够在那里一次杀掉那么多人，说明他们在那里遇到了麻烦，因为这个组织是不会任由他们继续在那里搞破坏的。"陈羽说道，"他们将在那里的南桐城与这个组织进行战斗，我们回到刚才的地方，在同样的地方一同发动进攻，这样就能扰乱他们的量子网络。因为他们得同时顾两头，所以他们就必须增派杀手来对付我们，无论是这里还是EIPU7，增派杀手最快的方法，当然就是虫洞。"

艾琳娜点点头，说道："和我想得几乎一样。"

"即便他们打开了虫洞，从里面派人来对付我们，我们也无法直接穿越虫洞，我们的飞船已经被他们发现了。而且他们穿越虫洞，可以将虫洞设置在任何位置，并非一定是某个传送站。"李耀杰说道。

"是啊，你们到底是怎么想的？"王腾问道。

艾琳娜说道："EIPU7和这里同时遭到了破坏，同时都死了大批的人，又因为 EIPU7 那里死掉很多人，这里又会出现很多觉醒的人、不受控制的人。那么，他们要想对付这里的我们，就必须派狼蛛来，但是狼蛛的危险性会减小，因为这些狼蛛很可能无法控制周围的人。那我们就有机会活捉一只狼蛛，这就是我们离开的机会。当然，这具有赌博的性质，但是现在也只能如此了。"

陈羽点点头，说道："没错，就是这样，我也是这么想的，最起码是因为我对我们的同事，以及另一个我还是有点儿信心的。"

此时，他们已不知不觉地再一次回到了之前的那片地区。

CHAPTER
28
绝地反击

　　莉迪亚和普拉萨德看见眼前的这个人时，着实让他们惊讶不已。这个人见了他们三个，从身上拿出了几块面包，递给了他们，同时还给他们一人一瓶柠檬水。陈羽还有些没明白，他从来没见过这个人。

　　"先吃饱喝足了再说。"这个人说道。

　　这句话让他们瞬间感到又渴又饿，一阵吃喝之后，他们的体力终于恢复了一些。

　　"你这家伙，终于出现了！"莉迪亚说道。

　　陈羽看着眼前的这个人，他是一个黄种人，准确地说更像是一个中国人，而这个废弃工厂眨眼间就变成了一个封闭的、整洁的、干净的场所，竟然连之前的那股霉味都没有了，这让他感到不可思议。

　　"你给我打电话的时候，虽然我没有接到你的电话，但是我知道。"眼前的这个男人说道。

　　"你也知道我家里有地下室？"莉迪亚问道。

　　"没错，我之前去你家找过你，所以我知道。"

　　陈羽走到普拉萨德旁边，低声问道："他是谁？"

普拉萨德说道："他就是史密斯·里夫斯。"

"对，是的，侦探先生！"里夫斯说道，"我们终于见面了，莉迪亚说得没错，你的大脑的确异于常人，绝大多数人都无法适应灵魂转移，你却可以，这是你的天赋。"

"这些你都知道？"陈羽惊讶地问道。

"没错。"里夫斯说道，"史密斯·里夫斯是我的英文名，我的本名叫江天佐。作为中国人，既然咱们见了面，还是叫中文名字比较顺口。"

陈羽看着这个名叫江天佐的人，说道："刚才的费尔南德斯是怎么回事，还有，这个废弃工厂怎么突然变了，而且连味道也变了。"

江天佐笑了起来，说道："对于'上帝的办公室'来说，这只是个小把戏。"

"你说什么？"普拉萨德听了，吃惊地看着江天佐，问道，"你把'上帝的办公室'带到了我们这个四维时空中？"

"是的。"江天佐说道，"虽然这玩意儿还无法精确查找各个平行宇宙里的所有事情，不过还是挺好用的，降落在四维时空中，它依旧可以任意穿梭到任何地方，只不过它无法截断时间线。"

"无所谓。"莉迪亚说道，"刚才你说之前被我炸死的那个人，是所罗门·斯坦，就是彩虹桥公司的总裁，是吗？"

"是的。"江天佐说道，"我调查过，但他只不过是个傀儡而已，没什么大不了的，无非就是控制了一些野兽而已，想想真是可怜！整个彩虹桥公司虽然是由他来管，但他也是被人操控的。"

"那费尔南德斯呢？还有我父亲？"莉迪亚迫切想要知道那天究竟发生了什么。

"很抱歉，那天我不在场，所以具体发生的事情我并不知道。"江天佐说道，"但我觉得他们凶多吉少。"

莉迪亚听了之后不禁黯然，不过她也清楚，一切都有机会，眼下必须完成这个任务。

"你是来帮我们的吗？"陈羽问道。

"是的，因为我一个人也查不下去了，只能和你们一起。这次的任务是非常困难的，也许是最困难的一次。到现在,我们连幕后黑手的一点儿线索都没有。"江天佐说道，"走吧。"

"去哪儿？"

"搞破坏！把那些蜘蛛也好，蚂蚁也好，还是别的什么牛鬼蛇神全部都引出来！"江天佐说道，"我们把这里破坏殆尽，这样最起码能够同时解放其他所有的平行宇宙。"

"对，但只有我们四个人？"普拉萨德问道，"是不是太少了点儿？"

"我认为是多了。"江天佐说道，"别忘了，我们有这个武器。"

"这玩意儿怎么用？"陈羽问道，"难道它里面有核武器？"

"不，看着吧。"江天佐说道。

接着，江天佐也没有刻意操纵某个按键，而是凭借着意念就让这间"上帝的办公室"读懂了他的意图，遂飞到空中。在四维时空中，终于可以一窥其究竟。从外表上来看，"上帝的办公室"就像是一个银灰色的巨大椭圆形，但又不像，换个角度看，它仿佛又变成了有棱有角的矩形。当它完全隐形的时候，有鸟儿可以直接从它的"体内"穿过，鸟儿也不会受伤。只可惜，这些神奇的现象他们里面的人是无法看见的。

他们飞回刚才的地方，接着，突然发出了一道雷电，瞬间将地面上的几个人劈得粉碎。

"他们也有气象武器，你觉得和这间'上帝的办公室'比起来谁更厉害？"陈羽问道。

"这是个好问题，就等着瞧吧。"江天佐冷笑道。

一个完全隐形的物体就飘浮在南桐城上方，一道道雷电仿佛从虚空中而来，纵劈下来，接连杀死了好几个人。

这时，他们透过窗口，看见他们的上空有一团乌云涌来，同样用雷电劈打在"上帝的办公室"上，然而这对他们来说几乎没有任何妨碍，就像一片落叶从头顶滑落。

"一般的客机都能防雷，何况我这里。"江天佐说道。

他们继续在空中飞行，几乎只在眨眼间，他们就抵达了刚才他们逃出的那片城区。

江天佐说道："现在只有一个办法，就是杀光这些虫草，这样就能一次性解救所有宇宙中的所有人。"

陈羽眼神黯然，问道："那我的妻子和女儿呢？"

江天佐说道："这个我是没办法保证的。你的妻子和女儿很显然也已经成了虫草，你得反过来想，如果这里的她们没有死，那么其他宇宙中的她们都会一直受到控制。"

陈羽叹了口气，说道："只有杀死他们这一个方法吗？"

江天佐说道："当然不止这一种方法，但眼前只有这样的方法最直接、最有效。你得果断一点儿，你要想到，我们可以穿越时空，当这一切都解决了之后，我们可以回到过去，改变整个历史，这样的话，这些人就等于从来都没有死过，也没有遭遇任何组织的入侵和控制，一切都会回到最正常的状态。我们杀他们，是为了最终救他们。"

"好吧。"陈羽有些无力地说道，"你这么说也有道理，那你就做吧。"

"我们都一样。"莉迪亚说道。

莉迪亚虽然这么说，但陈羽心里还是很难过，他总觉得自己的妻子和女儿还是正常人，或者说他还是不愿意接受她们成了虫草这样一个事实。这一路，他都尽量避而不谈这件事。此刻，他只有将希望寄托于时间线的重置上，因此眼前，他也只能面对了。

就在这时，千万道雷电打在他们的头顶上，他们虽然没有任何感觉，但是闪电的一道道强光，也让他们感到有些心烦意乱。

"不用慌，这种闪电对我们是没有用的。"江天佐说道，"反而会被我们利用。"

江天佐把"上帝的办公室"调成了一种神奇的模式，接着，天空中乌云发出的雷电打在"上帝的办公室"上，就好像一块石子打在冰面上，开始有一些滑动。这种雷电围绕着边缘在滑动，到了下方射出，将下方的一栋栋楼房炸得沙石横飞。下面的人群接连有被雷电炸死的，有的连身体都被炸得杳无踪迹。

"这算什么？借力打力？"陈羽问道。

"没错。"江天佐笑道，"那些家伙肯定不知道，'上帝'也是个太极高手。"

"龙卷风来了。"普拉萨德说道。

前方，有一道龙卷风在大马路上朝着他们狂奔而来，扭动的风将周围的屋顶、树木纷纷卷起，飞沙走石更不必说。江天佐又将"上帝的办公室"调到了另一种模式。

陈羽看着逼近的龙卷风，他也开始发慌，可回头看见江天佐并没有特别慌乱，而是双目圆睁地看着龙卷风。转眼间，他们被龙卷风彻底裹挟，可让他们没有料到的事情发生了。他们仿佛只是一个虚影，仿佛并不真实存在，因此龙卷风将他们裹挟入内，他们并没有感到有半点儿摇晃，就好像风直接从"上帝的办公室"穿过去，从他们的身体内穿过去，毫无障碍。

"这是怎么回事？"莉迪亚问道，"这玩意儿还有这样的功能？"

"没错。"江天佐说道，"这就是虚影模式，我将我们这里构建出一个高维度的空间，所以三维空间中的龙卷风对我们起不到作用，反过来从低维度的角度也能说得清，就好比你用拳头打墙上的影子，对影子来说没有半点儿影响。"

"看来我们在这里，不用担心受到任何袭击了。"普拉萨德说道。

"那可不一定。"江天佐说道。

陈羽所受的伤虽然暂时没有生命危险，但是他已经感到自己越来越虚弱了。王腾开着吉普车，冲进了原来他们所在的地方，但是眼前的景象让他们感到很是古怪。因为地上到处都是人，这些人看起来并没有死，只是昏倒了而已，散落各处，毫无规律可言。仍然在正常行走的人当中，有的人发现了他们，有的人却中途倒下了。

"看起来 EIPU7 那边受到的破坏很大，那帮家伙下手也的确够狠，这里的人成批成批地昏倒。"李耀杰说道，"陈羽老兄，你感觉好些了吗？"

"是的，最起码我还醒着。"陈羽打趣道。

"好，接下来就按照你们的办法，开着车在这片地区到处游荡。"王腾说道，"直到把狼蛛引出来，你们得把眼睛擦亮一点儿，仔细盯着，这些蜘蛛不知道会躲在什么地方。"

"你就放心地去开，但凡还有人向我们发动进攻，说明附近一定会有狼蛛徘徊。"李耀杰说道。

城市的街道上，有些人就躺在路中间，有些人倒在墙头，王腾只能想办法从没有人的地方绕过去。

"我要是不够人道，就直接从这些蚂蚁的身上轧过去。"王腾看着前方的路况，有些不耐烦地问道。

"这些都是刚刚被释放的人，等他们醒过来，很可能会把之前发生的一切当作一场梦。"艾琳娜说道，"不过前面的那一小撮人，正朝着我们扑过来，你得小心，他们仍然是红火蚁。"

王腾急忙一个大转弯，朝着相反的方向驶去，很快就摆脱了后面的那群人。不过眼下周围都是一片混乱，谁也说不清下一个路口会突然冒出来什么样的东西。

陈羽这时用力撑了起来，靠在椅子上，看着窗外，说道："怎么样了？我们还是得抓一只狼蛛。"

"哦，对了。"李耀杰说道，"但怎么分辨狼蛛与红火蚁的区别呢？"

"当一群人朝我们发动进攻的时候，我们最好留意四周，看看有没有某个可疑的人在徘徊。如果能凑近一点儿，看看这些人有没有翻眼睛。"陈羽说道。

"这些狼蛛会不会自爆？"王腾问道。

"我想不会。"陈羽说道，"毕竟狼蛛是操控蚁群，他们在组织里应该具有更高的地位和能力。"

王腾点点头，看着前方一片狼藉的城市。周围的高楼里有人对他们开枪，所幸这辆吉普车外壳比较硬，能暂时挡住这些子弹。可陈羽感到更加可怕，刚才的那一幕还让他心有余悸。

"快走，别停留在大楼周围！"肖恩说道。

王腾转弯，来到了一条大马路最中间的地带，离两边的高楼都有一段距离。然而依旧有子弹从他们身边呼啸而过，肖恩回头望去，看见有一群人正朝着他们追过来，还有两个骑摩托车的人，手里拿着来复枪。

"该死！那些狼蛛还没有出现！"王腾说着，一个甩尾将一辆摩托车甩翻过去。接着，除了陈羽和王腾以外，其他三人都拿出了枪，对着后面追上来的那群人接连开枪。紧追而来的子弹已将他们后方的一块玻璃打碎，他们只能俯下身去，躲在椅背后面。

"在那儿！"陈羽突然指着一个方向，艾琳娜紧跟着望去。在斜对面的一座大楼里，有一个人手里什么也没有拿，只是看着下方所发生的事情。

"你能确定？"艾琳娜问道。

"极有可能。"陈羽说道，"这些人要么就是被释放，暂时会昏倒在地，要么就是被控制，下楼来袭击我们，可他什么都没有做。"

"你们保护陈羽！"艾琳娜说着，一个人飞身下车。

"这德国娘儿们发什么疯？是争着加薪吗？"王腾看着已经飞奔而下的艾琳娜，陈羽也来不及阻止。王腾将车子开到了路边，艾琳娜在车的背面，肖恩、李耀杰、王腾纷纷拿出枪，和对面的那群人展开战斗，子弹横飞。

艾琳娜伏着身子，借着吉普车的掩护，一下子钻进了路边的小树丛里。陈羽躺在靠椅上，无法随意动弹。他透过车窗看着斜对面站在三楼阳台上的那个人，他大约能看见这个人穿着一身黑衣，一直都没有动，就站在那里。他希望艾琳娜进入大楼的时候，不会遇到什么危险。

艾琳娜从小树丛钻进了对面的小区内，此刻小区内空无一人，或许这些人都昏倒在家中，要不就是都冲出去了。艾琳娜从一侧绕进去，以免被那个人发现。接着，她上了楼，很快就到了三楼。

她站在门口，手里拿着枪，深吸了一口气，一脚将面前的房门踢开，枪口先进屋，且来回扫了一遍。接着，她钻进屋，将房门关上。

如果说龙卷风和雷电对于"上帝的办公室"来说不具任何威胁性，接下来，江天佐的话就应验了。

又一道龙卷风朝他们袭来时，他们看见了一切灾难最初时的状态，龙卷风内有一个巨大的人球。这一次他们都知道这个人球是什么，可是他们并不知道，当这道龙卷风将他们包围的时候，龙卷风内的人球竟然全都扒到了"上帝的办公室"上，并且从口中吐出一团又一团白色的物质，人与人连接，身体之间的缝隙就像网眼一样。那些白色的物质死死地粘在了"上帝的办公室"上面，就好像巨大的被人嚼过的口香糖一样令人作呕。

"这是怎么回事？"陈羽问道，"我们不是在更高维度的空间吗？"

"是的。"这时江天佐也开始露出慌乱的神色，他说道，"我也不懂，但是，他们有办法够到我们。"

"但这间'上帝的办公室'应该是非常坚固的，他们应该进不来才对。"普拉萨德说道。

"我说不准。"江天佐说道。

"那就释放雷电，将这些人全部都电死！"莉迪亚说道。

江天佐释放出雷电，这些雷电就在"上帝的办公室"的表面一层又一层地推开，就像是水中涟漪一样。可扒在上面的这些人似乎都是死人，他们看起来并没有生命体征，只是在被体内那团神秘的虫草菌控制着。雷电流过他们的身体，他们并没有丝毫被烧焦的迹象。

"我并不担心这些人。"江天佐说道。

"我知道，白色的虫草菌。"陈羽说道。

"没错，所有的秘密都在这里面。"江天佐说道，"你们有人研究过这个吗？"

"有的，之前鲍尔斯给了我一瓶他采集到的虫草菌，现在正在陈哲教授那里。"莉迪亚说道，"他是当代最伟大的科学天才，我想这么长的时间，他的研究应该会有所进展。"

"鲍尔斯，哼！他不是一直想退出吗？"江天佐说道。

"这时候你就别计较鲍尔斯了。"莉迪亚说道，"想想办法对付这些人。"

那些人形成的一个巨大人球，仿佛凭空飘浮在空中，陈羽他们望向四周，这些人就紧贴在边缘，那一团团白色的东西此刻正在蠕动，就像成千上万条白色的蠕虫在他们周围。

接着，天色大暗，暴雨顷刻间泻下，天空中雷电交加。江天佐此刻一时也解决不了外面的人，便将"上帝的办公室"又调回到了三维模式，进入了周边的三维空间。风雨雷电对他们并没有太大影响，只是周围的这些人身上的白色虫草菌实在令人恼火。

江天佐见了，为避免更多的人吸附在"上帝的办公室"的周围，于是释放出了一道赫尔墨斯振动波。一环一环扩散开去，将振动波之内所有的生物全部杀死了，包括吸附在"上帝的办公室"周围的那群人。也就是说，周围一大片区域内的所有生物体都死了，只剩下他们四个人。

"这就是赫尔墨斯学派的原理，用于震颤灵魂粒子，使得灵体分离。"江天佐说道。

可是，那些人虽然死了，但依旧死死地粘在"上帝的办公室"外围，而且从他们身体里冒出来的白色虫草菌依旧在蠕动，似乎连赫尔墨斯振动波也无法摧毁这种神奇的虫草菌。

"他们……都昏过去了？一瞬间？"王腾愣在驾驶位上，看着前方齐刷刷倒下去的身影。

前方，刚刚对他们发动进攻的那群人，竟然全部昏倒在地，他们全部都被切断链接，得到了释放。

"EIPU7那里一定出大事了！"肖恩说道。

"这对我们很明显是一个好事，最起码不必担心随时会冒出来蚂蚁了。"
王腾说道。

"你太天真了，南桐城对于整个世界来说只是沧海一粟，而这些人在南桐城里也只是极少数人而已。那边的事情远远没有结束。"李耀杰说道。

"关键是狼蛛，你们看！"陈羽说着，伸手指向刚才那个人待的地方，这会儿他已经离开了阳台，回到了屋内。

"她应该到了。"陈羽说道，"我们快过去，把车开过去！"

"好！"

艾琳娜来到客厅，这是一户看起来非常普通的人家，客厅里有一张长桌，墙边放着一张沙发，对面是一台电视机。她走在客厅里，看着周围的几个房间，从拐角处绕过，来到了一个房间，这里并不通向阳台。她又退出来，绕到了另一个房间。

"别动！"一个声音在她身后响起，一把枪已经顶在了她的后脑勺上。

艾琳娜没有乱动，而是缓缓转过身来，看见了那个身穿黑衣的男人。他的长相就让人心里发寒，他长着一双细长尖锐的眼睛，高耸的鼻梁，看起来就像是一只老鹰。

"你是一名监督者，一只狼蛛？"艾琳娜用一口流利的中文问道。

"你就是刚才从车里出来的女人，时空安全局的探员？"

"是的。"艾琳娜说道，"你跑不掉的。"

"未必。"

艾琳娜尚不知道马路上那群人全部昏倒的事情，她说道："是你在操控那些人对我们发动攻击的？"

"你既然知道，就不必多此一问。"黑衣男子说道，"你是对立面，那就必须死。"

"对立面？你把我们时空安全局称为对立面？"

"没错。"黑衣男子说道，"你看看你们，你们所到之处，势必一片狼藉，死伤无数。而我们覆盖的地区，能让这些地方变得井井有条，就像在天堂一样。每个人都在做自己该做的事情，人与人之间甚至没有什么冲突，社会稳定，警局都几乎要解散了，国与国之间的战火也逐渐平息。你们这一路查下来，没有发觉吗？"

　　"是的，这些我们都看见了。"艾琳娜说道，"可是这个世界被你们掌控了。"

　　"没错，世界变得越来越糟。你看看窗外，在被我们控制之前，满大街的人就像一群喝醉了酒的野蛮人，到处横冲直撞，生活过得浑浑噩噩，到处都是暴力与贪婪。"黑衣男人说道，"当我们接管这个世界，人类在短时间内就变得更有秩序、更有目标，每个人都可以发挥出自己的价值，维持整个人类文明有条不紊地发展下去。这些你们都看见了，可你们要破坏这种和谐与平衡。"

　　"这就是你们的目的？"

　　"是的。"

　　"可是你们又怎么有资格去操控整个人类？"

　　"人类天生就是被操控的，我们生下来后就要接受各种各样的观念和思潮，这些对于我们就是一种控制！你不必否认，既然人人都会接受这样或那样的思想，不如做到真正的和谐统一。只有理性，只有世界理性能够统一人类的思想，理性无处不在，我们在理性的思想中获得了一种就像数学方程式一样精确的和谐。"

　　"可人生来就有自由意志！"艾琳娜说道，"你们凭什么控制？"

　　"醒醒吧，小姐！"黑衣男子说道，"人类生下来就没有自由意志，我想你听过混沌理论，一切的一切都是相互关联的，自由意志也好，自己的选择也好，本身在世界诞生的那一刻就已经注定。"

　　"可是量根据子力学的理论，一切都是不确定的，就连我们每个人的选择随时也都会变化。反过来说，我们的选择也就是我们自己的选择，因为我们可以有很多种选择，我们有时也可以同时选择很多，你们有什么资格说这一切都是被确定的？"

　　"相信我，科学继续发展下去，我们将会知道，所谓量子力学的不确定原理，本身背后就藏着更加强大而难以理解的逻辑，当我们可以理解的时候，就会发现这背后依旧是被一条完整的逻辑线决定的。"黑衣男子说道。

艾琳娜咬了咬牙，说道："见鬼，我可不想和你探讨这些二律背反的破问题！"说着，她身子一斜，男子开了一枪，打在了墙上。艾琳娜顺手一把钳制住男子握着枪的手，另一只手挥拳过去，打在男子的脸上，又上前一步，左脚绊在男子身后。男子手中的枪在与艾琳娜搏斗的同时滑出去老远，自己也摔倒在地上。

艾琳娜随手拿起枪，对着这名男子，说道："你试试看控制周围的人，让他们来杀了我！"

男子眼中带着愤怒，艾琳娜的身手迅捷有力，他知道自己不可能打得过她，而现在手中的枪也没有了。

"你会自爆吗？"艾琳娜又问道。

男子脸上的愤怒越来越明显，艾琳娜知道，狼蛛是不会自爆的，这一下她就放心了。

可是，这名男子突然站起身来，不顾艾琳娜会不会开枪，掉头就朝着阳台方向跑去。艾琳娜大惊失色，生怕他会跳楼自杀。果不其然，男子朝着阳台外纵身一跃，艾琳娜还是晚了一步，没有抓住他。

下方，王腾此刻已经把车子开到了楼下。就在这时，陈羽看见那名男子冲向阳台，准备跳出来，他大喊一声："接住他！"

王腾、肖恩和李耀杰纷纷下车，此刻男子正好跳下，肖恩和李耀杰正好同时抓住了他。可这个黑衣男子是头朝下落下来的，重力加速度还是让两个人一时间难以支撑。眼看这个男子的头就要撞上花坛的尖角处，王腾右手一记勾拳，自下而上打在这名男子的右脸颊上，这一拳气力十足，将男子打得整个身体几乎都翻转过来。李耀杰和肖恩趁势向上一掀，这名男子平稳地落在了草地上。他昏过去了，不知道是因为跳楼的惊吓还是王腾的那一拳。艾琳娜见了，也随即下来。几个人上车，将这名男子放在中间一排，由肖恩负责看管，王腾开着车子疾驰而去。

CHAPTER
29
返 回

"请你简单地解释一下赫尔墨斯振动波！"陈羽说道。

江天佐看着黏附在周围的那些白色的虫草菌，以及已经丧失生命体征的人，说道："赫尔墨斯学派是一个古代就有的学派，其中有一种原理叫作振动原理，后来有一路非常神秘的科学家一直在研究。在中世纪的欧洲，为了躲避天主教廷的压迫，他们一直隐藏自己，他们有的是德鲁伊，有的是信仰犹太教，也有的信仰波斯拜火教，更多的是一群中世纪的炼金术士。后来到了近代，科学逐渐取代了古老的教会，有更多的科学家开始研究这个学派的哲学体系。后来当有人找到了生物体内的灵魂粒子时，他们利用这种赫尔墨斯哲学，设计出了一种能让灵魂与肉体发生分离的振动波。这种波本身也是一种特殊的离散粒子，它会干扰灵魂与肉体的链接，最终导致灵与肉的分离，生物体失去生命特征。"

"很好，那这种振动原理、这种离散粒子是适用于动物，还是植物，还是所有的生物？"

"所有的生物，包括菌类。"江天佐说道。

普拉萨德拍了拍脑门儿，说道："我懂你的意思了，你是说，这种看起来像一种虫草菌的东西，本身并不是生物体。"

"没错。"陈羽说道，"所以我觉得用赫尔墨斯振动波，也许还不如一般车窗上的雨刷，也许这样反而能把这些东西刷下去。"

江天佐耸耸肩，说道："可惜，这种东西我这里反而没有。"

"那就用一种简单粗暴的方法，如果这间'上帝的办公室'足够结实，那么就让它在周围的楼房间进行剐蹭，看看能不能把这些东西给蹭掉。"莉迪亚说道，"而且我相信在进行剧烈剐蹭的同时，我们这里面不会有什么感觉。"

江天佐苦笑了一声，说道："好吧，我试试，不过下一次我真的得在这外围装一些自动雨刷才行。"

说着，这个看起来千变万化的透明物体开始朝着前方的一栋大楼撞去。陈羽他们能在里面清楚地看见无数灰尘、砖块和石头在他们周围飞散，但里面很平静，甚至连撞击的声音都听不见。

"多好的感觉，就像是在看立体电影一样，而且还是环绕式的图像。"陈羽笑道，"如果以后没什么恐怖分子了，可以用这玩意儿做生意，这样倒是可以赚很多钱。"

他们撞倒了一栋又一栋楼房，里面的死人就这样躺在那里，最终被坍塌的大楼掩埋。他们继续撞下去，因为有一部分白色的虫草菌已经剥落，但还有一大部分仍旧顽强地粘在上面，他们只能继续撞大楼。

"现在南桐城看起来更安静了。"李耀杰说道。

陈羽此刻皱着眉头，捂着自己的伤口，血虽然止住了，但他感到口渴。他喝完了仅剩下的那小半瓶水，非常困倦地躺在旁边。

"快把这家伙弄醒，我们得严刑拷问了，逼出他说出制造虫洞的地方！"王腾说道。

李耀杰上前在这人脸上打了一巴掌，男子眉头皱起，渐渐苏醒过来。他的左半边脸被王腾那一拳打得肿了一大块，他痛苦地睁开眼，左半边脸说话都不方便，就连左眼都无法完全睁开。他舔了舔舌头，又从嘴里吐出了两颗牙，显然这也是王腾的杰作。

"我知道你不怕死。"李耀杰说道，"但是现在你想死也死不了，你得告诉我们，在哪里能开启虫洞。"

男子没有回答。

"说吧，迟早都得说。"李耀杰说道，"南桐城里的人几乎都被释放了，周围已经没有人能被你控制了。"

男子仍旧没有回答。

"你是不是很想死？你即便是死，也不愿意出卖组织，对吗？"李耀杰再次问道。

男子瞪了李耀杰一眼，说道："我什么都不会说！"

"别废话了！断他一根手指！"王腾一边开车，一边不耐烦地说道。

李耀杰拿出刀，说道："怕不怕？"

男子面无表情，不知道他究竟是害怕还是无所畏惧。这时，陈羽在后座咳嗽了几声，艾琳娜看着陈羽，问道："你感觉怎么样了？还能再撑一会儿吗？"

陈羽艰难地点点头，说道："子弹取出来了，也消了毒，但我感觉身上的力气在一点点消失殆尽，我不知道还能撑多久。"

"快！"艾琳娜回过头大喊一声。

"说不说？"李耀杰一把掐住他的喉咙，气急败坏地问道。

为了逼这只狼蛛说出开启虫洞的地方，李耀杰把刀刃放在男子的大拇指上，说道："我再给你五秒钟时间，再不说，我就剁了你的手！"

男子被断了一根手指，他终于艰难地说道："好，我说！我说！"

"去石王府。"男子眼看毫无办法，只能说出了开启虫洞的地方。

王腾立即掉转方向，朝着石王府开去。眼下整个南桐城里到处都是昏倒在地的人，他们都是被释放的，在其他宇宙里的南桐城也是如此。王腾一路开过去，没过五分钟，他们就抵达了南桐城石王府。

王腾下了车，和李耀杰一起押着这只狼蛛。肖恩和艾琳娜扶着陈羽。陈羽也尽可能地用力，但他感觉脚下就像踩了棉花一样，被两个人硬生生地抬了进去。

"带我们去！"

眼下，这一片地区所有的人都昏倒在地，石王府内也到处都是。他们到了里面，这时里面出现了一个人，他看见被李耀杰和王腾两个人押着的黑衣男子，先是一惊，接着他就准备掏枪。艾琳娜见了，左手掏出枪，一枪就将其打倒在地。

"我希望不会再有狼蛛出现！"艾琳娜说着，瞪了一眼黑衣男子。

黑衣男子带着他们穿过石王府，一路来到了煦园，走过幽深的林园，他们来到了一个亭子里。黑衣男子打开在石凳下的一个机关，亭子内的地面分开，有一个旋梯通往下方。

"就在这下面？"

男子点了点头。

"如果下面有陷阱，我会让你求死不能！"李耀杰说道。

男子咽了口口水，说道："我没有骗你们！你们可以带我下去！"

"很好。"他们带着这名男子顺着旋梯一直来到了下方。下方果然有一个巨大的传送站，上面有他们熟悉的金属圆壁和飞船，旁边是一排复杂的计算机，用于控制打通虫洞所需的能量。

"抱歉！"肖恩说着，从口袋里拿出了一瓶喷雾，对着男子喷了一下，男子立马就昏厥了过去。接着，他们将男子率先拖上了飞船。

肖恩上前，很快就启动了装置，并调好了所到的时空点。他们纷纷进入飞船，整个金属圆壁上升，将整个飞船完全包裹起来。接着，久违的虫洞终于开启，他们感到一股震颤，转眼，他们就离开了EIPU5。

"上帝的办公室"几乎将半个南桐城的楼都撞塌了，可是上面黏附的绝大多数虫草菌仍然顽强地粘在上面，这些虫草菌也将那群死人继续黏在'上帝的办公室'上面。

"这怎么办？"莉迪亚说道。

"撞墙都撞不掉，看来用雨刷就更没用了。"江天佐笑道。

莉迪亚瞪了他一眼。

"别开玩笑了，你们看，这些虫草菌在一点点蠕动，看来它们是要钻进来。"普拉萨德说道。

"它们是进不来的。"江天佐说道。

"希望如此，但我们不能就这样一直耗在这里。"普拉萨德说道。

"那块地方的颜色怎么变暗了？"陈羽指着一个角落，原本完全透明的"上帝的办公室"，在他们的左侧，颜色不再是完全无色透明，而是有些发暗，就好像是玻璃被火烤了一样。

江天佐来到那块地方，发现外面的虫草菌正在一股一股地蠕动，但并没有朝着别的方向，看起来就是朝着这个颜色发暗的方位用力往里钻。

"看来这个'上帝的办公室'也不再安全了，这些鬼东西似乎是要从外面钻进来。"陈羽说道，"江天佐，你还有什么别的办法吗？"

"这鬼东西怕火，你这里能放火吗？"莉迪亚问道。

"抱歉，不能。"江天佐说道，"这并不是一个武器，而且喷火的武器也显得很低级。"

"雷电不行，放火也放不出，那就只能下水试试。"莉迪亚说道。

"这又是你的点子？"江天佐说道。

"之前我向陈羽学会了一句中国话'死马当作活马医'。"莉迪亚说道，"我想你应该懂的。"

江天佐只得又将这间"上帝的办公室"朝着长江方向飞去，随后，"上帝的办公室"就潜入水中，开始朝着大海方向继续驶去。

"到水流最湍急的地方。"陈羽说道。

"我要往海里走，看看海水能不能剥离掉这些虫草菌，就像用盐水驱赶蚂蟥一样。"江天佐说道，"现在只能是死马当作活马医了。"

陈羽看着外面，长江的水很混浊，但也有些地方稍微清澈一点儿。他们在急速行驶的过程中，能在刹那看见旁边的江豚。长江里的水流就在他们四面八方，他们就像在一个巨大的气泡里，以极快的速度在移动。即便到了水里，周围黏附在上面的人体和人体内爬出的虫草菌依旧没有被水冲走。虽然这些虫草菌的一些末端在水流中来回摆动，但吸附的地方依旧非常牢靠，没有任何松动的迹象。

"看来只能去海里试试了，但千万不要抱太大希望。"江天佐说道。

南桐城这里的长江距离大海已经不太远了，虽然南桐城不靠海，但是对于"上帝的办公室"来说，这点距离只在瞬息间。大约过了一分钟，他们就进入了海中，因为他们已经能看见不远处海床上的珊瑚礁群以及周围的鱼群。

"现在就是海水，但看起来这东西也不怕海水。"江天佐看着周围这些虫草菌，而且他发现"上帝的办公室"的边缘有些地方颜色越来越深。看来，这些虫草菌势必要突破外围的防线，进入里面。

"那就试试深海的压力。"莉迪亚又说道。

"你是不是觉得这个'上帝的办公室'什么都能承受？"江天佐没好气地问道。

"不，不能这么做！"陈羽说道。

"为什么？"莉迪亚问道。

"因为这些颜色发暗的地方，应该就是被虫草菌一点点进入的地方。如果周边已经薄弱了，进入深海，海水的压强能不能驱赶走这些可恶的虫草菌，我们不知道，但会对这间'上帝的办公室'造成冲击。"陈羽说道。

"但无论如何还是得试一试。"江天佐说道。

普拉萨德走到边缘，看着外面这些白色的东西，距离他仅咫尺之遥。他看着颜色有些发暗的部位，有好几个地方。他说道："如果要潜入深海就是现在，再拖下去就真的不能潜下去了。"

江天佐开始调控这间"上帝的办公室"，他们朝着深海区急速行驶，周围蓝色的海底景色在他们眼前一闪而过，他们进入了一片很深的海沟，一直潜入进去。随着越来越深入，这间"上帝的办公室"所承受的海水压强也越来越大，包括黏附在上面的那群人和白色的虫草菌。

"实在不行，就去马里亚纳海沟！"莉迪亚说道。

"我不会再听你的，这里就够了！"江天佐说道。

除了"上帝的办公室"内有光亮，外面已经是一片漆黑，阳光已无法照射到这里。但在一片漆黑的海水中，他们还是能看见一些发光的海底生物，例如发光的乌贼、水母、虾子以及发光的鱼。

"这里已经是深海区了。"江天佐看着他们下潜的深度，已经接近六千米，而且还在继续往下。他也不知道这间"上帝的办公室"是否能承受这深海压强，他只能赌一赌。

因为他们的速度很快，所以当他们这时观察黏附在边缘的人体时，发现他们都已经扭曲得不成形了，皮肉下的血管完全爆裂，骨头也被压成粉末，浑身的肌肉开始不断缩小，就好像把一团原本松散的沙子，硬生生地搓成了一团小球。

那些人体内冒出来的白色虫草菌看起来也开始发生变化，在巨大的压强下，这些白色的虫草菌似乎在抽缩，而且变得越来越细长，有的甚至开始断裂。

"再往下一些！"莉迪亚说道。

"不，这间'上帝的办公室'也到临界点了。这并不是深海潜艇！"江天佐说道。

"如果不往下的话，那些虫草菌还是很难摆脱。"莉迪亚说道。

江天佐看着周围，咬了咬牙，继续下潜。最终，他们潜到了一万米。眼看周围的海水就要把"上帝的办公室"挤得变形了，他们能感到内部的一种非常不稳定的颤动，这说明这间"上帝的办公室"面临着巨大考验。陈羽能感到脚下传来的颤抖，他们已经抵达临界点了。

外面是一片漆黑，如此深的海域，只有最原始的生物光，但也只是星星点点。他们往远处望去，能看见黑暗中有一些光点流过，就像花园里的流萤一样。但这里与花园比起来，是一片死寂。

当陈羽感到脚下的颤动越来越明显时，他终于看见外围边缘上黏附的那些白色虫草菌，从一开始粗壮有力，到现在变得细弱无力，最终一点点地从外围剥离开，随着海水漂到了别的地方。

"全部都去干净了。"普拉萨德说道，"我们得赶快往上！"

江天佐立即反向，整间"上帝的办公室"飞速上升，他们就好像乘坐在一部海中电梯里一样。越往上，他们所察觉到的压抑感就越小。他们看见了一些来自头顶的微弱光线，直到这些光线越来越明显。终于，他们看见了五彩斑斓的珊瑚礁上，有好几头双髻鲨在徘徊，海葵里的小丑鱼时而冒出，时而又缩回去。他们终于来到了浅海区，最终，他们从海面升起，升到了半空中。他们看着那几块颜色黯淡的部分，好在它并没有因为深海压强而破裂，他们终于长长地出了一口气。

"我们接下来怎么办？"陈羽问道。

"既然彩虹桥公司也只是一个傀儡在看管，而现在这个傀儡已经被你杀了，那只能是继续寻找背后的操纵者。"普拉萨德说道。

"你是在怪我杀了他吗？"莉迪亚反问道。

"这倒不是，当时谁也不知道。"普拉萨德说道。

"他不重要，否则也不会亲自来阻拦你们，然后那么轻易地被你炸死。"江天佐说道。

"先带我们回去，回到 EIPU3 的拉普达飞船上。"陈羽说道。

"没问题。"

CHAPTER
30
控　制

江天佐他们通过虫洞，返回到拉普达飞船上，不过有人比他们先到了这里。

艾琳娜看见了江天佐，说道："你终于出现了！"

江天佐笑了笑，说道："没错，我出现了。如果不是我，他们就回不来了。"

陈羽看见了艾琳娜，问道："那个陈羽呢？"

"他中了一枪，现在在房里休息，有专门的医务人员为他治疗。"艾琳娜说道。

"受伤？怎么回事儿？"

艾琳娜简单地将他们在 EIPU5 所发生的事情说了一遍，莉迪亚也将他们在 EIPU7 所经历的事情大致说了一遍。他们这次兵分两路去调查，可谓危机重重，但还是颇有收获。他们捉住了一只狼蛛，现在正在实验室里，让陈哲教授去研究。

在这之前，这只狼蛛将组织的老巢所在的宇宙告诉了他们，是在 EIPU10。他们必须到那里找到这个组织的巢穴，瓦解这个组织。可是这只狼蛛并未去过 EIPU10，因此究竟具体在什么方位，他并不知晓。

转天，在会议室，除了受伤的陈羽之外，所有人都到了，包括陈哲教授。他们将要商讨下一步行动，直捣这个组织的老巢。

"这段时间，我研究了一下这个所谓的'虫草菌'。"陈哲教授说道，"其实是一种人工创造的复合型的营养物质，属于一种有机物，但并不是生命体，这种复合物本身需要一种很多动物体内都具有的名叫'DBF'的物质。简单来说，就是濒死时能诱发极乐体验的因子，这是哺乳动物、鸟类，包括爬行动物的基因中都会有的一种神奇因子，而这种因子就是维持这种复合物本身的原料。根据之前的调查，这种叫DBF的因子应该被专门培养在花盆里，然后将这些白色的复合物埋在上面。"陈教授说道，"最关键的不在这里，这种复合物当中内藏玄机。"

　　"什么？"

　　"纳米智能机器人。"陈教授说道，"因为纳米机器人的能量来源就是这种复合物，同时还需要阳光，因此是复合物内的纳米智能机器人操控它入侵人体，从而在人体中获得DBF。同时又以阳光作为另一种能量来源，它们在人的体内可以进入细胞，打开细胞核，同时也能操控人的神经系统、大脑，如此就可以操控一个人的行为和思想。同时，这种纳米机器人可通过阳光，通过同一个人体，在不同的宇宙中释放量子信息，在不同的宇宙之间建构一个完整的量子网络。这是因为，同一个人在不同宇宙中的基因是一致的，拥有的灵魂粒子也相同，因此彼此之间会产生引力和斥力，这个我曾经说过。这种引力和斥力就是同一个人在不同宇宙之间产生的一种量子纠缠，而纳米智能机器人能够通过这种天生具备的量子纠缠，建立量子网络，在EIPU7那里对某个人发送出一条指令，其他所有宇宙的相同的人都会同时接收到相同的指令。"

　　"那如何去解决？"肖恩问道。

　　"目前我还没有办法对付这些纳米机器人，不过我有办法能够切断他们构建的部分量子网络。"陈教授说道，"通过一种最先进的黑客手段，进入他们的量子网络，干扰其波函数，让量子网络变得混乱，这样就能瓦解掉这个庞大的量子网络。但是这很困难。那只狼蛛说了，他们的老巢在EIPU10，他们应该是在那里发送信息，给这些纳米机器人发生指令。这些智能机器人接到一个大的指令之后，立即在彼此之间形成非常精密的分工。接下来，就像设定好的程序，当所有的分工都明确之后，这些纳米机器人就会自动运转程序，利用 EIPU7 里的人统治其他宇宙里的所有人。这样就能建构一个在我们看来非常理性和谐的世界，一切都井然有序，消除混乱、消除战争。"

"那狼蛛是怎么回事？"

"这些狼蛛都来自 EIPU7，他们将其他宇宙中的自己都杀光之后，分批派入不同的宇宙。他们并没有被这种'虫草菌'感染，体内也没有那些纳米智能机器人，但他们能直接与主机连接，因为在他们的大脑内都嵌入了智能芯片。这种智能芯片很高级，能够穿越不同的平行宇宙依旧可以发送信息。他们在蚁群中，看管蚁群内的一举一动，一旦发生异常情况，他就会将信息发送给主机，然后主机做出相应的回应给纳米机器人，它们再操控其他宇宙里的那些红火蚁做出相应的反应。看起来很复杂，但传递信息的过程非常快，"陈教授说道，"这是非常先进的量子网络，必须找到主机。"

"可是，具体怎么做才能瓦解量子网络呢？"陈羽问道。

陈哲教授说道："敌人的科技非常发达，远远超过了我们。我只能设计出一种仪器，可以干扰或屏蔽一个区域内的量子网络，但我还没有办法进入他们的量子网络，从而瓦解。"

"这些纳米机器人好像很怕火。"莉迪亚说道。

"是的，但火并不能阻断量子网络，这是我见过的最强大的量子网络，我很难解释。"陈教授说道，"而且我在高倍显微镜下观察了这些量子机器人，它们的形态让我觉得有些担心。"

"担心什么？"

陈教授脸色有些凝重，他沉思了一会儿，说道："没什么，很抱歉，我没有帮上忙。"

"不，你已经帮了我们很多了。这种屏蔽网络的武器，对我们下一步的行动会有用的。"莉迪亚说道。

"我建议先把那个'上帝的办公室'磨损的地方修好，然后直接坐着那玩意儿过去，这样即便碰到危险，那玩意儿也能撑好长时间。"陈羽说道。

"那正好，我们也能在这里休息休息。"王腾说道。

"那个陈羽呢？"李耀杰问道。

"他已经很好地完成了自己的任务，让他留在这里好好休养。"艾琳娜说道。

"还有那个一直没变回原样的陈羽，他死了，所幸他的死法没有半点儿痛苦，我想他死的时候，身体里的 DBF 应该是在发挥作用。"普拉萨德说道。

"我想是的。"陈教授说道。

"他们都完成了自己的任务，接下来到我了。"陈羽说道，"等'上帝的办公室'一修复，我们就去 EIPU10。"

他们来到了太平洋的一座小岛上，这是一个无人的荒岛。他们将"上帝的办公室"也停在那里，一群科学家正在努力修补外围，好在内部没有任何损伤。来自 EIPU1 的陈羽的伤开始逐渐恢复，但距离复原还有一段时间。一天，艾琳娜独自一人来到了这个陈羽的房里看望他。此刻陈羽正坐在床头，看着一本名叫《威利的世界》的漫画。

"哦，这漫画我小时候也看过。"艾琳娜说道。

"是啊，这是我女儿最喜欢的漫画。"陈羽说道，"既然我不必再参加接下来的任务，我想等我伤再好一点儿的时候，回家一趟，看看我的家人，我想这会儿她们已经苏醒了。"

"那是当然。"艾琳娜说道，"当时你在 EIPU5，你在她们家里，是不是觉得有一种互补的感觉？"

"是的。"陈羽说道，"这是非常神奇的感觉。"

艾琳娜温柔地笑了笑，两个人在一起聊了很久。此刻陈羽只感觉到自己很轻松，虽然这个任务没有完成，但是他不需要再去为这个任务奔波了，他终于可以好好地休息休息了。

二十天后，陈羽、莉迪亚、艾琳娜、李耀杰、肖恩、普拉萨德、王腾以及江天佐，他们准备好了一切，直接乘坐修复好的"上帝的办公室"，在一瞬间就来到了EIPU10。剩下的人仍旧留在EIPU3的拉普达飞船上。

　　当他们抵达EIPU10的时候，虽然还没有走出来，但他们已经有一种非常强烈的陌生感。这是他们此前从未涉足过的宇宙，他们来到了地中海上的一座小岛上，放眼望去，杳无人烟。

　　"时空安全局在这里有分部吗？"陈羽问道。

　　"没有。"江天佐说道，"所以我们都是第一次来这里。"

　　"可那个狼蛛只说了在EIPU10，并没有说具体的位置，这让我们怎么找？"王腾问道。

　　"这样，我先将这里搜索一遍。"江天佐说着，开始用计算机搜索这里的信息。

　　过了五分钟，江天佐大吃一惊，说道："怎么可能？"

　　"怎么了？"

　　"一点儿信息都没有。"江天佐对于搜索出来的结果大为惊诧，一般情况下，当连接到一个地区的网络时，就能将这一片地区的大致信息搜索出来，眼下，他连一点儿信息都搜索不到。李耀杰是电脑高手，他又搜索了一遍，然而结果还是一样，一点儿信息都没有。

　　这个结果让他们犹如是在大海捞针，完全不知所措。接下来，他们只能是碰运气了。

　　"真是见鬼了！这下子怎么办？"王腾抱怨道。

　　"只有一个办法，用一点儿时间，围着地球绕几圈，先到处看看再说。"江天佐说道。

　　接着，他们坐在"上帝的办公室"里，一瞬间就抵达了北非。可在北非扫了一圈，他们看见的竟然全部都是蛮荒之地。再往南就是撒哈拉沙漠，原本应该是突尼斯、埃及、利比亚这些国家的范围内，却看不见一点儿人的踪迹，完全是一片蛮荒之地。

"这个宇宙里的非洲难道都没有人吗？"李耀杰看着下方问道。

"往南飞，去看看中非地区、南非地区。"陈羽说道。

江天佐操纵这间办公室，他们一瞬间就从广袤的撒哈拉沙漠纵穿而过，来到了撒哈拉以南的非洲。可是，刚果、埃塞俄比亚、肯尼亚这些国家，他们一个都没有看见，全部都是漫无边际的大草原。他们能够看见长颈鹿在奔跑，看见角马群在过河，可是看不见一个人。又往南飞，南非地区也没有半点儿人的踪迹。

"去欧洲看看。"

他们又飞往欧洲，首先进入了葡萄牙。原本应该是葡萄牙的地方，到处都是森林，接着是西班牙、法国、德国、斯堪的纳维亚半岛，全部都杳无人迹。

"难道这里没有人类文明？"陈羽问道。

"再往东，看看亚洲的状况。"莉迪亚说道。

往东飞去，乌克兰、俄罗斯，接着是叙利亚、沙特、伊拉克、巴勒斯坦、伊朗、印度、中国、日本，这些原本是人类国家的地方却找不到一点儿文明的痕迹。接着，他们又去了大洋洲、北美洲、南美洲，太平洋群岛、波利尼西亚人居住的那些地方、画家高更的精神家园、南北极。这些地方，他们用了一天的时间全部都走了一遍，可是没有找到一个人，没有发现一处人类文明的踪迹，到处都是一片蛮荒。如果有人，恐怕也是野人，藏在树林里，与野兽无异。

他们在星月之下吃着晚餐，看着下方没有丝毫人类文明痕迹的地球，周围的一切都尽收眼底，他们在鸟兽看来是透明不存在的。他们对这样一片蛮荒的地球感到惊奇。

"陈教授用测谎仪测过那只狼蛛说的话，应该不是假的。"肖恩说道，"也许他的确从没有来过这里。"

"但这里是怎么给 EIPU7 发送信号的，这个连接所有量子网络的计算机究竟在哪儿？"李耀杰说道，"简单来说，我们刚到这里的时候，我就测到了这里的网络，虽然和其他宇宙的网络都有些不同，而且不是特别稳定，但是既然有网络信号，就不可能没有科技文明。我想，他们一定是藏起来了。"

"这个地球上该有人类的地方基本上都找过了，除了印度洋和大西洋一些地方没有看过。"江天佐说道，"要不，我们明天去印度洋和大西洋上方看看？"

"只能如此了。"陈羽说道，"但这里的地球的确没有人类文明的痕迹，即便是人类文明中途毁灭了，也应该留下遗迹。可是我们之前去了北非，原本是埃及的地方，连一座金字塔也没有看见，南美洲也没有看见金字塔。这很奇怪，难道这里的人类在这个平行宇宙里还没有产生文明，就已经灭绝了吗？"

"可这里的网络信号怎么会存在？"李耀杰说道，"这里太古怪了！"

"明天我们再看看。"江天佐说道。

第二天，他们乘坐这间"上帝的办公室"来到了印度洋。这一次，他们看见了有一块连接马达加斯加和印度南部的大陆桥。但这块大陆桥他们总觉得很扎眼，他们看过无数次世界地图，并没有看过有这样一块地方。

"这是什么？地球上有这样一块陆桥吗？"肖恩问道。

"不，没有。"陈羽说道，"难道……这里是神秘学家所说的雷姆利亚大陆？"

他们都感到震惊。他们都听神秘学家和一些历史考古学家说过，在地球上有一些地区曾经存在，上面有着发达的文明。但他们一直以为这些不过是一些人杜撰出来的，现在，他们亲眼看见了这片出现在他们眼前的陆桥，他们曾经对地球面貌的认知被颠覆了。

"这真的是雷姆利亚大陆！我的上帝！"莉迪亚瞪大眼睛，说道，"难道说，这背后的主谋在这里？"

几个人都望着下方的这一片陆桥。接着，江天佐将这间"上帝的办公室"缓缓下降。他们逐渐看见了这片陆桥上的景色，陆地上林木葳蕤，一眼望去是典型的热带地区。在中间地段，他们发现了一些金字塔，一些有别于古埃及、古玛雅、阿兹特克、印加等他们已知的所有金字塔。因为在这些金字塔的表面，能看见不停流动的光线，通体呈现出银白色，时而又散发出紫红色。

地面上能看见一些椭圆形的飞行器，在各个金字塔之间穿梭。金字塔与金字塔之间有一些巍峨的高楼，但与他们见过的摩天大楼又很不一样。他们看见有人在街上行走，或出入于这些大楼中。他们仔细望去，发现这些人并不是人类，因为这些人的体形，他们一眼望去竟看不出来，但是在这些人身后的景象很清晰。因为这些人的身体是透明的，就像水一样，他们会在身上穿着银灰色的披风，在阳光下熠熠生辉。

"这些……是外星人？还是某种这里特有的古怪生物？"陈羽难以相信自己的眼睛。

"我想是的，至高无上的梵天，你是在和我们开玩笑吗？"普拉萨德说道。

"上帝的办公室"也是透明的，一时半会儿没有被这些透明人发现。他们站在上空，看着下方。他们从来没有见过这样的文明，也没有见过这样的一片大陆桥。所有人都沉默无语，过了好一会儿，王腾终于忍不住了，开口问道："这让我们怎么完成任务？"